大樟の里
田舎日記

【書】嶋田徳三
【画】嶋田 隆
【短歌】嶋田洋子
＊
【文】光畑浩治

花乱社

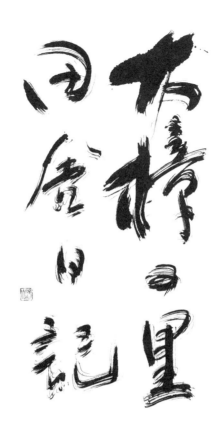

はじめに

人はなぜ趣味を持つのだろう。ポルトガル語ではpassa tempo、直訳すれば「時間が過ぎる」ことだ。日本語の「暇つぶし」がそれにあたるかもしれない。この本に収められている書、絵画、短歌は両親と祖父が長年行ってきた「暇つぶし」の産物だ。三人とも黙々と、時に楽しげに、時には何かに取りつかれたかのように力を込めて、向き合っていた。

父と祖父にはそれぞれ弟がおり、よく酒を酌み交わしては昔話をしていた。かつて「ゴヘンドー」というものがあってみんな大変だったらしい。幼い子供の耳に残ったのは、城に火を放った、刀傷が元で戦死した、山をいくつも越えて逃げた……と物騒な話ばかりだった。それが「御変動」で、明治維新の先触れのことだと理解したのはかなり後になってからだ。

家の前には城井川《きい》があり、一九五〇年頃は集中豪雨の度に氾濫を繰り返していた。ある年、堤防が決壊した。呉服屋だった店舗は濁流にのまれ、家族は曾祖母の隠居所に身を寄せた。母が嫁いだ時、その家には明治以前の空気が漂っていたかもしれない。先祖が小笠原藩に仕えていたことを誇りとし、「武士は食わねど高楊枝」そのままの暮らしをしていた人々は、母の目にどのように映っただろう。母は舅から、

► 2－3ページ写真：国の天然記念物「本庄の大樟」，樹齢1900年（野元桂撮影）。1901（明治34）年，根元の穴から失火したが，樹勢は衰えることなく現在も大きな枝を広げている。

一日マッチ三本で朝昼晩のかまどの火をつけるよう厳命されたそうだ。

　福岡女子師範を卒業して教師となった母は、結核で療養していた弟を必死で支えた。しかし数年にわたる闘病も虚しく還らぬ人となった。失意の中で田川郡の香春小学校に転任した母は、その後上司の勧めで父と結婚し、翌年の四月には初めての女教師として築上町の寒田小学校に赴任した。八十歳で亡くなった時、遺品の中に日記があった。「令女日記　昭和十四年」と書かれた外箱には翼に日の丸をつけた戦闘機が舞い2599の数字があり、中は短歌で埋め尽くされていた。

　父は絵を描いた。日本画を描いていた時はいつも何かが焦げるにおいがした。膠《にかわ》を火にかけて溶かし、顔料を練っていたのだ。群青色をきかせた「鎮守の森」は県展に入選し、佳作賞をいただいた。今は、日本画風に仕上げた「本庄の大樟」の油彩と共に築上町の旧蔵内邸に展示されている。油絵を描くようになると今度は家中に油のにおいが充満した。色を混ぜ、点描で深みを出し、時には貝殻をすりつぶしたような粉を混ぜた絵の具を重ねていった。晩年は、まるで大樟の魂が乗り移ったかのようにキャンバスに向かった。絵を描く機能は最後まで残った。チューブからキャンバスに絵の具を乗せはじめると、原色をまとった大樟が緩やかに描かれるようになった。最後の大樟は丸だった。手の動きが楽だったのかもしれない。大きな空洞から月の光が差し込んでいる大樟を描き終わって、父は絵筆をおいた。三歳の頃クレヨンで初めて描いたのも大樟だった。

そして九十四歳で亡くなった。

祖父は縁側でよく字を書いていた。墨を磨るのは孫の役目で、筆にたっぷりと含まれた墨が瞬時に形を変えていく様を、息を止めて見ていた。祖父はある時から、曲ったすりこぎのような枝に切れ目を入れて筆を何本も自作するようになった。それは墨を含まず、かすれて書きにくそうだった。何度も作り直していたのは蔓《かずら》筆で、訪ねてきた叔父にその由来や作り方を話す時の祖父は殊の外楽しそうだった。九十一歳で亡くなるまで筆致は衰えず、同じ字を蔓筆と毛筆で書いては、その違いを楽しんでいるようでもあった。

祖父は三十九歳の時、妻を亡くした。出産後の無理が祟ったのだ。体調を崩した妻のために看護師を雇い手を尽くしたが、快復には至らなかった。十二歳の父を頭に六人の子供が残された。生後間もない末娘は長崎に住んでいた弟夫婦に託され、そこに生まれた長男と一緒に育てられた。母の弟が結核でこの世を去ったころ、父もまた妹を結核で亡くしている。若くして逝った親やそれぞれの弟妹の法事には毎回たくさんの親戚が集まっていたが、「ゴヘンドー」の話をしていた人々は皆、鬼籍に入った。

趣味の時間とは、我々が日常や現実を離れて一人になれる時だろう。過去を振り返り、自分と向き合う時間かもしれない。誰にも言えない心の傷、ふいに頭をもたげる悲しみ、苦しいまでの後悔……。三人が三様の趣味に傾注したのは、それぞれの心をとらえていた鎮魂や贖罪の念を昇華するために、生かされている自分と対峙していたからではないだろうか。

百三十年前、城井川沿いの緑豊かな集落は、敗走していた武装集団を包み込み、生活の糧を与え、育んでくれた。それから半世紀、私たちはかつて大叔父や父たちが学んだ小笠原の藩校（現育徳館高等学校）に進学した。そして祖父の蔓筆が、先輩である光畑浩治氏の目に留まり、書家の棚田看山先生とのご縁に繋がった。この度、光畑氏の「田舎日記」シリーズに加えていただくことになり、花乱社の別府大悟氏の編集を経てこの一冊が生まれた。皆様に深く感謝すると共に、京築の豊かさと不変の温かさに改めて感謝している。二人の伴侶、野元桂、藤原和憲の協力にも感謝したい。なお、表紙の写真は桂の手すさびである。

野元千寿子《のもとちずこ》
藤原千佳子《ふじわらちかこ》

大樟の里❖目次

田舎日記❖目次

＊「田舎日記」は、二〇一九年八月から二〇二〇年四月まで、一話千字で書き綴った一〇八話を収録。各項末尾の数字は執筆年・月。

題字　棚田看山
カバー写真　野元　桂

大樟の里
田舎日記

書——嶋田徳三

南无阿弥陀佛

千鶴萬亀

松竹梅

19　大樟の里［書：嶋田徳三］

1 ―― 乞食俳人と乞食歌人

江戸期に乞食の俳人と歌人がいた。美濃国の八十村路《やそむらろ》通《つう》（一六四九～一七三八）と備前国の平賀元義《もとよし》（一八〇〇～一八六六）。二人は乞食ではあるが貴人だった。

松尾芭蕉が「和歌を詠む乞食」の噂を聞き、草津で出合った八十村に一首求めると「露と見る浮世の旅のままならばいづこも草の枕ならまし」と詠んだ。芭蕉と師弟の契りを結んだ路通。江戸で一家を成せる者として其角、嵐雪などと共に彼の名もあったが「いねいねと人に言われつ年の暮」と「蕉門」では疎まれていた。しかし芭蕉は「自分亡き後、路通を見捨てず」と向井去来に伝えた。芭蕉死後、路通は〝俳諧勧進〟として、漂泊の旅に出た。

肌の良き石にねむらん花の山
名月や衣の袖をひらつかす
芭蕉葉は何になれとや秋の風
残菊はまことの菊の終わりかな
ほととぎすに口きかせけり梅の花

平賀は、岡山藩士の嫡子。賀茂真淵に私淑し独学で国学を修めた。晩年、妻子で放浪生活を続けた。彼の業績は忘れられていたが、明治に入って研究がなされ、諸所に散った歌の短冊が蒐集された。この研究に正岡子規が注目し「万葉調の歌を世に残したる者、実に備前の歌人元義一人のみ、実朝以来の歌人である」と高く評価して名が広まった。

彼の「大君の春はくれども青葉つむわが山方は雪はふりける」などの歌碑が各所に建立されている。

牛飼の子らにくはせと天地の
　神の盛りおける麦飯の山
梅の花恋ひもつきねば高おがみ
　雪をふらせて我《あ》を偲ばすも
父の峰雪ふりつみて浜風の
　寒けく吹けば母をしぞ思ふ
玉くしげ二心なきますらをの
　心に似たるひひらぎの花
きはまりて貧しき我も立かへり
　富足りゆかむ春ぞ来むかふ

ところで、人は、こじき、こつじき、ほいと、かたいなど「乞食」を詠んでいる。

春寒や乞食姿の出来上がる　　初代中村吉右衛門

むやむやと口の中にてたふとげの
　事を呟く乞食もありき　　石川啄木

（2019・8）

俳句界では、俳聖・芭蕉、俳遊・良寛、俳人・一茶というようだ（『良寛の俳句　良寛のウィット』村田砂田男より）。人の一生が旅だとするならば、三人の彷徨《さまよ》う心は、生まれた根っこ、命の源の「ふるさと」を詠んでいるようだ。

松尾芭蕉（一六四四～九四）は、伊賀国（三重県伊賀市）の士豪の子。句は、さび、しをり、かるみを通して「つう」や「いき」を表す俳諧の醍醐味を伝える。

古池や蛙飛びこむ水の音
夏草や兵どもが夢の跡
閑さや岩にしみ入る蟬の声
五月雨をあつめて早し最上川
荒海や佐渡によこたふ天河
菊の香やならには古き仏達
秋深き隣は何をする人ぞ
旅に病んで夢は枯れ野をかけ廻る　（辞世）

良寛（一七五八～一八三一）は、越後国（新潟県出雲崎町）の名主の子。僧道元への帰依があり、野僧の人生を選んだ。句は、「愛語」の心を生きる想いで詠んだ。

新池や蛙とびこむ音もなし
鶯に夢さまされし朝げかな
名月や庭の芭蕉と背比べ

俳聖、俳遊、俳人という　2

散る桜残る桜も散る桜
手ぬぐひで年をかくすやぼむおどり
悠然と草の枕に秋の庵
初時雨名もなき山のおもしろき
うらを見せおもてを見せて散るもみじ　（辞世）

小林一茶（一七六三～一八二八）は、信濃国（長野県信濃町）の中農の子。句は、己の魂のあるがままを反射的に詠み、人の心に「あたたかさ」を伝える。

やせ蛙負けるな一茶是にあり
春風や牛にひかれて善光寺
目出度さもちう位也おらが春
やれ打つな蠅が手をすり足をする
我と来て遊べや親のない雀
名月を取ってくれろと泣く子かな
これがまあつひの栖か雪五尺
盥から盥へうつるちんぷんかん　（辞世）

三人は三者三様で生き、自然に遊んで人に指針を与えた。一茶と交遊のあった良寛の父・山本以南は「そめいろの山をしるしにたておけばわがなきあとはいづらむかしぞ」を遺している。

（2019・8）

鶴亀

鶴舞千年松
亀遊萬歳池

23　大樟の里［書：嶋田徳三］

3　良寛和尚の歌ものがたり

良寛（一七五八～一八三一）の辞世句は「散る桜残る桜も散る桜」と「うらを見せおもてを見せて散るもみじ」といわれ、多くの人に知られる。また歌も多く詠んだ。

良寛は越後国出雲崎（新潟県出雲崎町）の名主・神職の子として生まれた。十八歳で突然出家。曹洞宗の修行を始め、道元禅師（一二〇〇～五三）の教えに従い、妻子を持たず、寺も構えず、物も持たない清貧の思想を徹底した。難しい説法を行わず、質素な生活を示しながら庶民に解りやすい仏法を説いた。特に「子どもの純真な心こそが誠の仏の心」と、子どもを愛し、子どもらとかくれんぼや手鞠をついて、よく遊んだ。書をよくし、子らから「凧に字を書いて」には「天上大風」と揮毫した。作句もした。詠み遺した歌ものがたりを見る。

　この里に手まりつきつつ子供らと
　　遊ぶ春日はくれずともよし
歌もよまむ手鞠もつかむ野にもいでむ
　心ひとつを定めかねつも
我ながらうれしくもあるか御《み》ほとけの
　います御国に行くと思へば

七十歳の折、長岡藩士の娘で三十歳の貞心尼《ていしんに》（一七九八～一八七二）が良寛の人柄を慕って訪ねてきた。良寛が不在だったため、手鞠に「師常に手まりをもて遊び給ふときききて奉るとて、これぞこの仏の道に遊びつつつきや尽きせぬ御法なるらむ」の歌を添えて帰った。良寛は貞心尼の遺した和歌を見て返歌を贈った。

　つきてみよひふみよいむなやこゝのとを
　　とをとおさめてまたはじまるを

貞心尼の歌集『はちすの露』には、良寛と貞心のかけあい和歌が編まれている。

君にかくあひ見ることのうれしさも
　まださめやらぬ夢かとぞ思ふ　貞心
夢の世にかつまどろみて夢を又
　かたるも夢もそれがまにまに　良寛
誘ひて行かば行かめど人の見て
　あやしめ見らばいかにしてまし　良寛
鳶はとび雀はすずめ鷺はさぎ
　烏はからす何かあやしき　貞心

良寛の辞世歌は、道元の歌に拠る「形見とて何かのこさむ春は花　夏ほととぎす　秋はもみじ葉」と「良寛に辞世あるかと人問はば南無阿弥陀仏と言ふと答へよ」の二首が遺るという。

（2019・8）

4　特攻兵が遺した“詠”を掬う

昭和十九年（一九四四）十月、第二次世界大戦で窮地に追い込まれた日本軍は「体当たり攻撃隊」を編成するとして陸軍に万朶《ばんだ》・富嶽隊そして海軍に敷島・大和・朝日・山桜隊が編成され「特別攻撃隊」がつくられた。体当たりで多くの兵士が亡くなった。遺詠を追う。

身はかろく務める重さ思ふとき
　今は敵艦にただ体当たり　　谷　暢夫（二〇）

必殺の魚雷に乗りて体当たり
　ああ心地良き戦法にあらずや　　佐藤　章（二七）

死地に赴く若者には許婚《いいなずけ》もいた。辞世の「ますらをがたてし心の斃るともいかでまげなむ玉砕の剣　高山昇（二四）」に「永しへに変わらざらめや沢の梅　梅沢ひで」と応えた。巽精造（二四）の婚約者文子は『「いいなづけのままに征くこと許せよ』とやさしすぎます遺書の筆跡」と詠み「亡き人の数に入れるか今日よりは戸籍の朱線胸に痛しも　小栗楓子」詠も残る。

また特攻に志願した緒方襄（二二）は母との面会後、母の旅鞄に歌「今宵一夜語りあかしぬいざさらば我が御国の山桜母の身元にかへり咲かなん」を忍ばせた。母は「散る花のいさぎよきをば愛でつつも母の心は悲しかりけり」と返した。愛する人への言霊が響く。

戦死者をみる。特攻隊が編成されて一年も経ずに終戦。この間の特攻隊員の死者数は、海軍は四一五六人、陸軍は一六八九人、その他、未帰還、海難事故など特攻作戦関連による死者は八一六四人を数え、合計一万四〇〇九人の尊い命を失った。

そして、特攻といえば〝カミカゼ〟といった。海軍の神風特別攻撃隊の関幸男大尉（二三）は、特攻第一号といわれ「教え子よ散れ山桜此の如くに」を遺す。そして最期の特攻隊員は、終戦の日の天皇陛下玉音放送後、宇《う》垣纏《がきまとめ》中将（五五）命令で彼を乗せて沖縄へ飛び立った中津留達雄大尉（二三）といわれる。戦後、中津留の父は息子への心ない誹謗中傷に堪え「昭和二十年八月十五日南西諸島ニ於テ　名誉ノ戦死」と刻む墓碑を建てた。

また「特攻は、統率の外道」と述べた大西瀧治郎中将（五四）は、飛行機での敵艦突入作戦を告げ、「君たちは神である」とも讃えた。彼の辞世二句。

すがすがし爆風のあと月清し
これでよし百万年の仮寝かな

短い〝時〟しか刻めなかった特攻兵が遺した〝詠〟は、残る者が伝えねばなるまい。

（2019・8）

福壽無尽蔵

春入千林處々鶯

27　大樟の里［書：嶋田徳三］

5　がらみ羊羹の「一花の泪」

「一花の泪」は「ひとはるのなみだ」と読む。これは三十余年、茶の道を究めてきた女性が思考しえらんだ言葉。茶のそばにある和菓子は、「こころの雫」といってもいい。福岡県みやこ町で活動する一般社団法人豊前国小笠原協会（川上義光代表）では、和菓子を創作し、雅な名として「がらみ羊羹―一花の泪」とした。特異な味わいと高貴な紫紺の色調にふさわしい銘であろう。

新しい郷土の羊羹を栞《しおり》に記して伝える。

＊　＊

寛永五年（一六二八）の細川家の古文書「永青文庫」に「～仲津郡ニ而ぶだう酒被成御作候（略）がらミ薪ノちん～」とあります。

これは約四〇〇年前、福岡県みやこ町犀川大村で「ガラミを使ったワイン（ぶどう酒）づくり」を記したものです。

ガラミは学名エビヅル、古名はヤマブドウで、昔から目の健康を守り、生活習慣病などの改善、効能があるといわれています。

ガラミを羊羹に使ってみました。すると高貴な色合いを持つ「紫羊羹」が誕生しました。羊羹の名は、ワインづくりの元祖・細川家のガラシャ夫人の辞世と日本の四季を詠んだ道元禅師の和歌の心を人々に伝えていければとの願いを込めて想い巡らしました。

散りぬべき時知りてこそ世の中の
　花も花なれ人も人なれ　珠

春は花夏ほととぎす秋は月
　冬雪さえてすずしかりけり　道元

そして「一花の泪～ひとはるのなみだ～」が生まれました。人の世で人の泪が優しく滲み、願いを叶えることばです。艶やかな紫紺のガラミがゆっくりと体に溶けゆく味わいを知って欲しいものです。（栞）

＊　＊

天雨に恵まれ、大地で育ち、新芽から生じる茶。とこしえの歴史の中で「茶の道」が生まれ、伝わり、親しんできた。お点前では、薄茶に干菓子《ひがし》、濃茶に主菓子《おもがし》が添えられる。

時代によってお菓子の種類も様々に変化してきたであろう。令和に入って主菓子に「がらみ羊羹」を加えては、と関係者に〝紫の色と味〟が伝えられた。

日本伝統の茶は、〝しぶみ〟と〝あまみ〟が融合する。まさに「和」を表すものようだ。

（２０１９・８）

6　動物、植物が出てくる諺

昔から伝わる故事、教訓、風刺などに出てくる動物、植物などの諺《ことわざ》を拾ってみた。

【動物】犬も歩けば棒に当たる。牛に引かれて善光寺参り。馬に乗るとも口車に乗るな。及ばぬ鯉の滝登り。株を守りて兎を待つ。亀の甲より年の劫。雉《きじ》も鳴かずば撃たれまい。蜘蛛の子を散らす。虎穴に入らずんば虎子を得ず。猿も木から落ちる。鹿を追う者は山を見ず。蛇の道は蛇。雀百まで踊り忘れず。大山鳴動して鼠一匹。鶴の一声。蟷螂《とうろう》の斧。鳶に油揚げをさらわれる。捕らぬ狸の皮算用。虎の尾を踏む。猫も杓子も。始めは処女の如く後は脱兎の如し。河豚《ふぐ》は食いたし命は惜しし。目白押し。頭の上の蝿を追え。蟻の思いも天に届く。いつも柳の下に泥鰌《どじょう》は居らぬ。蛙の子は蛙。蟹は甲羅に似せて穴を掘る。鴨が葱を背負って来る。烏の行水。狐の嫁入り。腐っても鯛。鯖を読む。狸寝入り。泣きっ面に蜂。蛞蝓《なめくじ》に塩。能ある鷹は爪を隠す。鳩が豆鉄砲を食ったよう。畑に蛤《はまぐり》。豚に真珠。まな板の鯉。山より大きな猪は出ぬ。豚に念仏猫に経。磯の鮑《あわび》の片思い。鼬《いたち》の最後っ屁。梅に鶯。陸に上がった河童。男やもめに蛆《うじ》がわき女やもめに花が咲く。君子は豹変す。胡蝶《こちょう》の夢。月と鼈《すっぽん》、など。

【植物】青は藍より出でて藍より青し。秋茄子は嫁に食わすな。薊《あざみ》の花も一盛り。芋の煮えたもご存じない。雨後の筍。独活の大木。火中の栗を拾う。考える葦。桜切る馬鹿梅切らぬ馬鹿。山椒は小粒でもぴりりと辛い。木に竹を接ぐ。大根を正宗で切る。蓼《たで》食う虫も好き好き。立てば芍薬坐れば牡丹歩く姿は百合の花。泥中の蓮。どんぐりの背比べ。梨の礫《つぶて》。瓢箪から駒が出る。実るほど頭が下がる稲穂かな。桃栗三年柿八年。焼け木杭《ぼっくい》に火がつく。柳に雪折れなし。山の芋鰻になる。世の中は三日見ぬ間の桜かな。李下に冠を正さず。連木《れんぎ》で腹を切る。朝顔の花一時。瓜二つ。木仏金仏《かなぶつ》石仏。根も葉もない。蒔かぬ種は生えぬ。葦《よし》の髄《ずい》から天井を覗く。やはり野に置け蓮華草。大根喰うたら菜っ葉を干せ。六日の菖蒲十日の菊。青柿が熟柿弔う。人参飲んで首縊《くく》る。枝を切って根を枯らす。人の牛蒡《ごぼう》で法事する。匂い松茸味しめじ。松かさより年かさ。真綿に針を包む。家柄よりも芋茎。倹約と吝嗇《りんしょく》は水仙と葱。溺れる者は藁をもつかむ。夫婦喧嘩は貧乏の種蒔き。わさびを利かせる、など。

　日々の生活は、「時は金なり」で「楽あれば苦あり」「喉元過ぎれば熱さを忘れる」だが、「早起きは三文の徳」だろう。

（２０１９・９）

鶴亀

神樹大楠馨萬世社前
参拝転視界雄峰従連山
屏風清流灌遥周防灘

31　大樟の里［書：嶋田徳三］

7 ――「京築つれづれ」連載を終えて

「西日本新聞」北九州・京築版に、平成二十九年（二〇一七）九月九日（土）から「京築つれづれ」のタイトルで京築地域に伝わる歴史や隠れた秘話を探し、連載した。

福岡県築上町の尾座本雅光さん（七三）と二人、毎週土曜の紙面を交替で担当した。

スタートは、偶々《たまたま》九月九日「重陽《ちょうよう》の節句」からだった。この日は一九九〇年九月九日に亡くなった父の命日。不思議な縁を感じた。文は「日本ワインのルーツ」が最初だった。数年前から仲間と地域おこしをしていた話題で、細川家古文書「永青文庫」に福岡県みやこ町犀川大村が、我が国最初の「葡萄酒製造地」だったとあり、約四〇〇年前の記述の検証を記した。

また、「宇都宮家の百人一首」では、鎌倉時代から豊前国を治めていた宇都宮家の五代当主（頼綱）が藤原定家に依頼して「小倉百人一首」が生まれた話や、「光当たる無雙眞古流」として、みやこ町勝山新町の木村家伝来の生け花が銀閣寺伝承の花と確認された。さらに、苅田町の殿川《とのかわ》ダム奥の内尾山《うちおさん》のお薬師さんの広場では、四十年前、朝鮮半島の北と南それに日本人が一緒になって「アリラン舞う聖地」だったことなど、郷土史関連ではあまり知られてない随想を記すことができた。郷土には、まだまだ多くの未知の遺産が眠っているようだ。

連載は、相方と交替での掲載だからと高を括っていたが、時の経つのは早かった。一週間が終わるとすぐに次、と追われる原稿書きだった。今「京都郡」と「築上郡」を合わせて呼ぶ「京築」地域は、二市五町（行橋市・豊前市・苅田町・みやこ町・築上町・上毛《こうげ》町・吉富町）で人口は約十九万人。随想は、地域のバランスも考慮しなければならなかった。だから基本的に尾座本さんが築上（豊前・築上・上毛・吉富）エリアを担当した。

随想文は、八百年を超える行橋市の「連綿と語り継ぐ花納め」（光畑）など、これまで紹介されることのなかった埋もれた遺産の〝新ネタ〟発掘。一方、上毛町に遺る戦国時代の「悲劇伝える雁股《かりまた》城跡」（尾座本）など、名所・旧跡の〝旧ネタ〟掘り下げ手法で、お互いが自由な文づくりを楽しんだ。自分が楽しむからこそ人も楽しめるのだろう。「京築つれづれ」が、郷土を新しく、詳しく知る物語となるのならこの上ない喜びである。二年間、八十七回の連載だった。これが地域発信の全てだとは思わない。いい勉強になり、地域の良さも再確認できた。

この間、胆石手術で入院もした。

（2019・9）

8 ―― 彼岸花の呼び名は千を超す

暑さ寒さも彼岸《ひがん》まで、という。春分の日（三月二十一日頃）と秋分の日（九月二十三日頃）を中心に七日間を「彼岸」といい、いずれもお墓参りの習慣がある。仏教界では悟りの世界を彼岸といい、私たちのいる現世を此岸《しがん》という。太陽が真東から昇り真西に沈む春分と秋分は「彼岸」と「此岸」の通じ合う日として、先祖を敬う墓参りをする。自然に寄り添う暮らしの中で「彼岸」をさかいに暑さ寒さも和らぎ、凌《しの》ぎやすくなる。不思議だ。

彼岸の秋、鮮やかな〝赤の花〟が道行く里に乱れ咲く「彼岸花」が身近にある。

彼岸花の呼び名が多いのには驚いた。曼殊沙華はもちろん天蓋花、狐の松明《たいまつ》、剃刀《かみそり》花、捨子花、地獄花、幽霊花、死人花、毒花、痺れ花、狐花、雷花、リコリス、龍《りゅう》爪花《そうか》、石蒜《せきさん》、彼此岸花、オシロイバナ、マジックリリー、テクサリバナ、ハヌケクサ、疫病花、シタマガリ、ノダイマツ、カエンソウ、ニガクサ、蛇花、ヘーケバナ、ソウシキバナ、シャカバナ、はっかけばばあ、チンチロバナ、ハカバナ、クチナシハナ、ジュズカケバナなどあれこれ。さらに地方ではウドンゲ（北海道）、ゴシャメンバナ（東京）、シュウトメバナ（大阪）、コンソウ（沖縄）などいろいろ、千を超す呼び名があるようだ。歌と句を探してみる。

路の辺の壱師の花のいちしろく
　人皆知りぬ我が恋妻は　柿本人麻呂

曼殊沙華あっけらかんと道の端　夏目漱石

曼殊沙華の花あかあかと咲くところ
　牛と人とが田を鋤《す》きてゐる　北原白秋

お彼岸のお彼岸花をみほとけに　種田山頭火

うつつにしもののおもいを遂ぐるごと
　春の彼岸に降れる白雪　斎藤茂吉

うつくしき尼にまみえし彼岸かな　阿部みどり女

曼殊沙華咲く野の日暮れは何かなしに
　狐が出ると思ふ大人の今も　木下利玄

曼殊沙華キツネノカミソリヒガンバナ
　呼びつぎて来し世世の情念　坪野哲久

ヒガンバナはハミズハナミズ（葉見ず花見ず）の名も持ち、赤・白・黄色の三種類がある。毒々しい不吉なイメージだが、赤は「情熱・あなた一人を想う」で、白は「再会・また逢う日を楽しみ」、そして黄は「追憶・深い思いやり」など意外な花言葉。また田の畔《あぜ》や墓で土中に毒を放ちモグラなどから守る「悲願の花」でもある。

（2019・9）

壽長老不

嶋田徳三氏が使っていたかずら筆

嶋田徳三翁の書

棚田看山

幕末から明治にかけて豊前小笠原藩で活躍した書家・下枝《しもえだ》董村《とうそん》が創案した「かずら筆」を昭和の中頃に再現した人物がいたことに驚いた。嶋田徳三翁である。自ら筆を作り、作品を残していた。少々荒い感じは否めないが、その荒さを十二分に生かして作品化している技術は何をか言わんやである。鋒先の弾力性は乏しいが、それを補うかのように最大限に墨を含ませて潤いをもたせている。筆が躍動して紙面から飛び出さんばかりである。

そのエネルギーの根源は何なのか。地元本庄に屹立する天然記念物の巨樹・大樟に由来するものなのか、兎に角「素晴らしい」の一語に尽きる。

翁の書の生命力に脱帽する。

9——散り際、引き際、死に際

平成二年（一九九〇）九月九日、重陽の節句に父は七十一歳で亡くなった。膵臓ガンだった。

今、父の齢を一つ超えた。心臓と糖尿の検診、治療を続けているが、特に体調が悪いわけではない。風邪もひかず、仲間と文化活動に勤しんでいる。

しかし「死」はやがておとずれるだろう。人は常在戦場の覚悟が必要。最近「窓際」「瀬戸際」「壁際」や「有事の際」「この際だから」などの「際《きわ》」を意識することが多く「往生際」が悪いといわれないよう、生きている。特に「花は散り際、役は引き際、人は死に際」が大事だと思う。やはり人は最期、「死に際」がどうだったかに尽きるであろう。

句や歌に詠まれた死への想いを追ってみる。

今宵死ぬ人もやあらん花衣　大谷句仏

死ぬことを忘れてをりし心太《ところてん》　鈴木真砂女

口あけぬ蜆《しじみ》死んでゐる　尾崎放哉

病むもよし死ぬもまたよし油蟬　長谷川秋子

死ぬまで戦後よじれて残る縄の灰　穴井 太

死ぬ死ぬと申し給ひぬネハン像　正岡子規

死ぬる夜の雪降りつもる　種田山頭火

手をのべてあなたとあなたに触れたきに
　息が足りないこの世の息が　河野裕子

死の側より照明《てら》せばことにかがやきて
　ひたくれなゐの生ならずやも　斎藤 史

どんよりとくもれる空を見てゐしに
　人を殺したくなりにけるかな　石川啄木

いのちある人あつまりて我が母の
　いのち死《しゆ》行くを見たり死ゆくを　斎藤茂吉

遺産なき母が唯一のものとして
　残しゆく「死」を子らは受取れ　中城ふみ子

無名にて死なば星らにまぎれんか
　輝く空の生贄として　寺山修司

今死んだどこへも行かぬここにおる
　たずねはするなよものはいはぬぞ　一休禅師

死は、自然死の往生が一番。しかし病人を苦痛から解放する安楽死があれば、人為的延命を止めて死を迎えさせる尊厳死もあるようだ。また「死」を「恐怖」と感じる者もおれば「死」を「救い」と思う者もいる。

死への想いは人それぞれだ。ある人が「人間病気では死なない、寿命で死ぬ」といったというが、なるようにしかならない人世の終わりが死だろう。

（2019・9）

10　ふたりの詞がとけあう

短歌の上句（五七五）と下句（七七）を合作しての当意即妙の短連歌、鎖連歌などが盛んにおこなわれていたそうだ。ふたりの詞がとけあう不思議な世界といえよう。相聞歌《そうもんか》も〝私的交情〟が重きをなすといわれて遺る。

ふたりで一首の歌を探し、拾った。

平安時代の「後三年の役」で安倍貞任《さだとう》と源義家が詠む。

年を経し糸の乱れの苦しさに
　衣のたてはほころびにけり

平安の〝言語遊戯〟で藤原道信に伊勢太輔が受けた。

くちなしに千汐八千汐染めてけり
　こはえもいはぬ花の色かな

また、大納言の藤原公任《きんとう》に清少納言が付けている。

少し春ある心地こそすれ
　空寒み花にまがへて散る雪に

加茂神社神主の問いに和泉式部がさりげなく答えた。

ちはやふるかみをば足に巻くものか
　これをぞしものやしろとはいふ

僧慶暹《けいせん》が景色を見て詠むと小僧がそれに応えた。

梅の花が咲きたるみのむし
　雨よりは風吹くなとや思ふらむ

幕末、高杉晋作の詞に野村望東尼が添えた。

おもしろきこともなき世におもしろく
　すみなすものは心なりけり

斎藤茂吉の上句に愛人の永井ふさ子が下句をつけた。

光放つ神に守られもろともに
　あはれひとつの息を息づく

相聞歌といわれる額田王《ぬかたのおおきみ》と大海人皇子《おおあまのおうじ》、それに大津皇子と石川郎女《いしかわのいらつめ》の歌をみる。

あかねさす紫野行き標野《しめの》の行き
　野守《のもり》は見ずや君が袖振る　額田王

紫草のにほへる妹を憎くあらば
　人妻ゆゑに我れ恋ひめやも　大海人皇子

あしひきの山のしづくに妹待つと
　我立ち濡れぬ山のしづくに　大津皇子

吾を待つと君が濡れけむあしひきの
　山のしづくにならましものを　石川郎女

俳句にも「虹消えて忽ち君の無き如し　高濱虚子」に愛弟子は「虹消えてすでに無けれどある如し　森田愛子」とかえす相聞句。また「かぎろへる夜は邪推の夢ばかり　坊城俊樹」に「風邪声をだして失恋日和かな　大高翔」などの相聞俳句もある。詞は生きて繋がる。

（２０１９・９）

画——嶋田　隆

野元千寿子・藤原千佳子編『嶋田隆作品集』（二〇〇四年）収録作品を中心に。
絵の解説は著者による（作品集より転載）。

本庄の大樟

樹齢千九百年ともいわれる国の天然記念物。それが私の対象です。

「見たとおりに描いても絵にならない」

「大樟を見る角度が一度違えば、絵も変わる」

「色と形で勝負しなさい」

師と仰ぐ方々の教えを手がかりに向き合っているうち、八十余年の日々が流れました。クスは、楠とも、樟とも書きます。国の天然記念物としての正式名称は「本庄の大樟」であり、ご神木として祭られているのは「大楠神社」です。

豊津中学へ通っていた私は、上野の美術学校へ進学したいと望むようになりました。しかし、母を亡くし幼い弟妹を抱えた父子家庭は、それを許してはくれませんでした。一度は家出までしたのですが、父や叔父に説得され、遂にその夢はかないませんでした。そんな私の心を癒してくれたのは若葉の緑陰を広げた大きな楠の樹でした。さらさらと風にそよぐ楠に力を与えられた私は、この楠と共に生きていこうと決心しました。大樟は私の人生。命ある限り、描きつづけることでしょう。

（嶋田　隆　公式ホームページより）

大楠全景　油彩10号／自宅蔵
1884年10月、娘婿が在アラブ首長国連邦日本国大使館に赴任するので、娘に大楠三部作を託しました。この絵は85年、当時ドバイに駐在していた従姉夫妻に贈られ、赴任先である台湾や香港を経てオーストラリアのビクトリア州の自宅に飾られていました。

11　新撰組「誠」の人びと

幕末の動乱期、多くの英雄が誕生した。中でも「新撰組」は集団として際立った。新撰組は尊皇攘夷、倒幕運動の志士から徳川幕府を守るため、清河八郎の献策で町人や農民、浪士などで構成する「壬生《みぶ》浪士組」の非正規組織を「会津藩預かり」として発足させた。

新撰組は、文久三年（一八六三）の「八月十八日の政変」後、芹沢鴨《せりざわかも》と近藤勇を中心にスタートしたが、芹沢が乱暴狼藉をくり返すため、会津藩の命令による内部抗争で暗殺、後、近藤が率いることになった。組織は厳しい鉄の掟「局中法度」を作り守らせた。

一、士道ニ背キ間敷事　一、局ヲ脱スルヲ不許
一、勝手ニ金策致不可　一、勝手ニ訴訟取扱不可
一、私ノ闘争ヲ不許
　右条々相背候者切腹申付ベク候也

新撰組は「池田屋事件」に関与、「禁門の変」に参加、「鳥羽伏見の戦い」に参戦したが、明治二年（一八六九）の戊辰戦争終結後に解散。約六年で組織は消えた。

新撰組は真で偽りのない忠義一筋の「誠」の「隊旗」を掲げて突き進んだ。儒教の教えの「至誠、天に通ず」に沿い、仏教と神道が結ばれる武士道にあって、誠は「言」を「成」す、いわゆる「武士に二言はない」に由るとされる。しかし、一方では「人きり集団」と呼ばれ、新政府下では「賊軍」だった。

彼らの詠んだ歌など、いくつかを拾ってみる。

雪霜に色よく花のさきがけて
　散りてものちに匂ふ梅が香　　芹沢　鴨
綾なる流れに藤の花にほう
　わが生涯に悔はなし　　近藤　勇
たとひ身は蝦夷《えぞ》の島根に朽ちるとも
　魂は東の君や守らむ　　土方歳三
動かねば闇にへだつや花と水　　沖田総司
武士の節を尽して厭までも
　貫く竹の心一筋　　永倉新八
益荒雄の七世をかけて誓いてし
　ことばたがはじ大君のため　　藤堂平助

新撰組は、壬生浪士二十四名から出発し「大政奉還の頃」には同志も増え、最大時は二二七名にのぼったようだ。組織は「結成」「発展」「分裂」「解散」を歩み、自らの「誠」で国を守ろうとしたことは確かなようだ。

今、どれほどの人が「誠」をもって国を思っているだろうか。

（２０１９・９）

12　「奇兵隊」と「海援隊」

幕末の動乱期、長州藩に「奇兵隊」、土佐藩に「海援隊」が生まれ、新時代に向かう動きの中、熱い部隊が結成された。命を懸ける戦いを時代が要請したようだ。

文久三年（一八六三）の下関戦争（長州藩と英・仏・蘭・米列強四国との武力衝突）後、長州藩は高杉晋作（一八三九～六七）の発案で身分によらない「有志」を募った。武士や農民ら六二二名の志願兵が集った。混成隊は「正兵」に対する「奇兵」として「奇兵隊」と名付けられた。主要メンバーは、諸隊対立で隊士惨殺事件の責めを負い、三カ月で総督を辞した高杉の後を山縣有朋が継いだ。また池田屋事件で新撰組の刃に倒れた吉田稔麿《としまろ》や禁門の変で戦死した入江九一《くいち》、宮廷建築に携わった建築家の片山東熊《とうくま》など多士済々の人材が名を連ねている。隊の動きを追うと、高杉が隊を創設後、山縣が実質リーダーとして隊を率いた。長州藩は幕府の「朝敵」とされ「長州征伐」が行われた。しかし奇兵隊ほか大村益次郎、山田顕義《あきよし》などの指揮下で戦い、長州は幕府を圧倒した。後、諸部隊は政府軍として戊辰戦争で幕府軍と戦った。慶応三年（一八六七）春、高杉は肺結核で夭折。その秋、大政奉還。明治二年（一八六九）藩内諸隊は再編され、六年余り活動した奇兵隊の姿は消えた。

慶応元年（一八六五）から三年余、土佐藩を脱藩した坂本龍馬（一八三六～六七）は、幕府機関の神戸海軍操練所解散の後を受け、薩摩藩の支援で海運交易などを行う「亀山社中」を長崎に設立。兵器取引から教育を含め近代的な商業活動を開始。国事にも奔走した。薩摩の西郷隆盛と長州の木戸孝允（桂小五郎）を結んで薩長同盟締結に大きな役割を果たした。慶応三年、龍馬が土佐藩から脱藩が許されると「亀山社中」は土佐藩が引き継ぎ「海援隊」となった。主な隊士は、龍馬が隊長で指揮は佐々木高行、事務は長岡謙吉。緒方洪庵に学んだ石田英吉ほか紀州藩士の陸奥宗光、初代衆議院議長の中島信行がおり、越前、越後、讃岐などから三十余名が参画。中江兆民の名も見える。隊発足の年、京都の「近江屋」で龍馬、中岡慎太郎、山田藤吉が殺害された。以降、隊の士気も下がったが、土佐藩士・後藤象二郎の要請で土佐の地下《じげ》浪人の子として生まれた岩崎弥太郎が「海援隊」の事務業務全般を引き継いだ。そして日本初の商社「亀山社中」は日本最大の「商社」へと飛躍していった。

慶応三年、高杉晋作と坂本龍馬が亡くなった。日本のターニングポイントかも知れない。

（２０１９・９）

大樟　油彩10号　1935年／自宅蔵

20歳前、初めてキャンパスに油彩で描いた大樟です。1950年代といえば油絵の具は高価なものでしたが、父は、私が子供の頃「王様クレョン」を買ってくれたように、今度もまた何も言わず絵の具を買ってくれました。東京の美術学校に行きたいといって家出までした長男の夢を、母親が亡くなり兄弟がたくさんいるという家庭の事情で叶えてやれなかった父の、せめてもの気持ちだったのではないでしょうか。

本庄の大樟　油彩50号　1952年／築上町蔵
日本画のような色調の大樟です。これを東京の日展に出品しました。キャンパスを枠からはずして丸め、鉄道便で送りました。

慶応四年（一八六八）に始まった戊辰戦争の中、会津戦争での悲劇が伝わる。会津藩は中国の故事「方角の守護神」による部隊を年齢別等で編制した。

朱雀隊（約一二〇〇人）、青龍隊（約九百人）、玄武隊（約四百人）、そして白虎隊（三四三人）である。

白虎隊は武家の男子（十五、十六、十七、それに十三歳）で組織されていた。鶴ケ城を死守すべく主力部隊は街道防備にあたるが、政府軍との攻防は劣勢。その支援に白虎隊は前線へ果敢に進軍、しかし各所で苦戦、撤退を余儀なくされた。戦死者が出て、負傷者を抱えて飯盛山《いいもりやま》に逃げ延びた。後、戦いをどうするかの激論で「恥をさらすことはできぬ」と皆で自刃を決行した。会津藩降伏の後、藩内では、それぞれの物語が遺った。

そして若い命を散らした少年らを偲んで嶋田磬也《きんや》作詞、古賀政男作曲「白虎隊」の歌が人々に届いた。

戦雲暗く　陽は落ちて／孤城に月の　影悲し／誰が吹く笛か　識らねども／今宵名残の　白虎隊／／紅顔可憐の　少年が／死をもて守る　この保塞／滝沢村の　血の雨に／濡らす白刃の　白虎隊／／飯盛山の　山頂に／秋吹く風は　寒けれど／忠烈今も　香に残す／花も会津の　白虎隊

13 ——— 会津戦争の「おんな白虎隊」

会津の地は男だけの戦いではなかった。中野竹子を中心とする約二十名の婦女子が加わった。前藩主の義姉・照姫護衛のために組織されたというが、指揮官は女子従軍を拒否。しかし彼女らの「熱望」に折れ、従軍を許した。文字通り死を決した婦女隊は「涙橋の戦い」で壮絶な奮戦をみせた。その武勇に驚いた政府軍は婦女隊に銃を向けた。薙刀《なぎなた》で突き進んだ竹子は銃弾を受けて戦死。妹の優子は「首級を奪われては」と介錯した姉の首を持ち帰ったという。彼女らを讃える高橋掬太郎作詞、細川潤一作曲「おんな白虎隊」ができた。

大群突如として　風雨来る／唇かんで　眉あげて／花の乙女も　白たすき／孤城を守り　剣を執る／会津の天地日は昏し／／腹背皆敵　将に何くにか行かん／風なまぐさき　城下口／そよぐ秋草　何むせぶ／倒れし姉を　肩に負い／なおつき進む　敵の中／／南鶴ヶ城望めば　砲煙あがる／血を吐く思い　落城の／つきぬ恨みを　誰が知る／散り行く花の　娘子軍／会津ノ山河　雲悲し

中野竹子は「もののふの猛き心にくらぶれば数にも入らぬ我が身ながらも」を詠んだ。

（２０１９・９）

14——春と冬の「七草」の句を探す

日本の四季は楽しめる。春、夏、秋、冬それぞれに「七草」があり、人日《じんじつ》の節句（一月七日）には「春の七草」で「七草粥」を作る。平成二十九年（二〇一七）十二月、冬至に「冬の七草」で新しい行事食をと、福岡県行橋市稗田地区で「七草飩《どん》」が誕生した。

一年の健康を感謝する行事が各地で続く。

春と冬の七草を詠む句を探す。

春の七草は、芹《せり》、薺《なずな》、御形《ごぎょう》、繁縷《はこべら》、仏の座《ほとけざ》、菘《すずな》、蘿蔔《すずしろ》で「七草粥」。早春の新芽をお粥と食べ、植物の生命力を摂り、正月の祝膳などで弱った胃を休め、無病息災を願う。万葉の時代からの習慣だ。

ななくさの日に一くさの芹を祝ぐ　阿波野青畝
薺咲く風の運河の緑草に　山口青邨
ふみ外す畦なつかしき御形かな　勝又一透
はこべらを小鳥にやりし手で物食う　山口誓子
遠来のもののごとくに仏の座　鷹羽狩行《しゅぎょう》
山口につくる生駒の鈴菜かな　池西言水
蘿蔔と呼べば大根すらりとす　加藤楸邨

冬の七草は、饂飩《うどん》、寒天《かんてん》、金柑《きんかん》、銀杏《ぎんなん》、南瓜《なんきん》、人参《にんじん》、蓮根《れんこん》で「七草飩」。年の終わりの「運《うん》」をそのまま新しい年にもと、「ん」が二つ付く食材での「行事食」を「冬至」に食べる。

夜の霜に饂飩の汁をこぼしけり　長谷川かな女
寒天や夕まぐれ来る水のいろ　芥川龍之介
金柑の甘さとろりと年迎ふ　鈴木真砂女
銀杏のにがみは二つ三つほどに　岸田稚魚
南瓜半分喰はれてゐる　尾崎放哉
人参の朱をおもいだす真人間　宇多喜代子
顔あげてからかはれをり蓮根掘　高野素十

人は、自然の恵みに感謝しながら生き、時代を超えて同じ営みを続ける。感謝の心だ。

ところで「食べられる野草」も身近にひっそり自生しており、フキ、ミツバ、ツクシ、ゼンマイ、タラノメ、ヨモギ、シソほかたくさんある。詠んだ句を拾う。

蕗《ふき》の茎だけしろい宵なり　北原白秋
三つ葉噛んで光源氏に逢ひたしや　長谷川秋子
土筆人なき舟の流れけり　夏目漱石
ぜんまいの拳ほどけよ雲と水　桂　信子
たらの芽や結城のたより聞えざる　正岡子規
春雨や蓬をのばす艸の道　松尾芭蕉
青紫蘇に赤紫蘇に風立ちにけり　辻　桃子

（2019・9）

大樟全景　水彩20号　1934年／自宅蔵
水彩画の大樟です。小倉師範学校では暇さえあれば絵を描いていました。この絵を見た美術の先生が、私に油絵を勧め、手ほどきをしてくださいました。大樟は、当時から高く大きく力強く天に向かって伸び続けていました。

本庄の大樟　油彩50号　1972年／築上町蔵

この絵は、師範時代からの美術仲間に勧められ、全日本美術協会に出品したものです。突然、「会員推挙」の報をもらって驚きました。50歳半ばの頃です。大樟の、まるで地面にグッと楔を打ち込んだような力強い根元、樹齢1900年の風雪に耐えながら大きな枝を支え続けてきた幹の生命力を表現しました。当時、私は中学校の校長で、創作活動からは足が遠のいていましたが、久々に持った絵筆は心地よく、一気に描き上げることができました。

15 秋と夏の「七草」の句を探す

四季には「七草」があり、俳人の坪内稔典は「春の七草」を「せりなずなごぎょうはこべら母縮む／ほとけのざすずなすずしろ父ちびる」と詠む。

春は食す七草だが、秋は見る七草。

また夏の七草は、歓修寺《かじゅうじ》経雄の和歌「涼しさはよしいおもだかひつじぐさはちすかわほねうさぎそうの花」が定着したのと、第二次世界大戦中の食糧難で日本学術振興会が「食べる七草」を選定。「藜《あかざ》、猪子槌《いのこづち》、莧《ひゆ》、滑莧《すべりひゆ》、白詰草《しろつめくさ》、姫女苑《ひめじょおん》、露草《つゆくさ》」とした。

秋と夏の七草の句を探す。

秋の七草は、萩《はぎ》、薄《すすき》、桔梗《ききょう》、撫子《なでしこ》、女郎花《おみなえし》、藤袴《ふじばかま》、葛《くず》で、秋風に吹かれながら「見る七草」にふさわしい。

二分咲て一分零しぬ萩の花　桜井梅室
吹くからに薄の露のこぼるるよ　上島鬼貫
挿されたる壺に桔梗の一雫　桂　信子
撫子や海の夜明けの草の原　河東碧梧桐
いつの世に名づけし花や女郎花　森　澄雄
枯れ果てしものの中なる藤袴　高濱虚子
夏山の葛風たゆるときのあり　飯田蛇笏

夏の七草は、葦《あし》、藺《い》、沢瀉《おもだか》、未草《ひつじぐさ》、蓮《はちす》、河骨《こうほね》、鷺草《さぎそう》で、明治生まれの教育者が選んだ「歓修寺七草」をみる。

月夜の葦が折れとる　尾崎放哉
大青田芯にくろぐろ藺田一つ　百合山羽公
沢瀉や芥流るゝ朝の雨　佐藤紅緑
山の池底なしと聞く未草　稲畑汀子
あひびきがのろのろ歩く蓮の花　日野草城
河骨の葉と葉と花とさし交す　飯島晴子
ぬき足さし足鷺草に近づくあり　石川桂郎

日本人の知恵と工夫は巡りくる季節を、どう過ごし、どう楽しむかを教えてくれる気がする。

やはり、ここで大戦時「食糧難」で選ばれた「食べる七草」の「あかざ、いのこづち、ひゆ、すべりひゆ、しろつめくさ、ひめじょおん、つゆくさ」も探しておいたほうがいいだろう。ネット検索を試みた。

あかざの実食べに来てゐる雀かな　山口青邨
ゐのこづちひそかな花が蝶を呼ぶ　阿部ひろし
すべりひゆ水に正午の匂ひあり　正木ゆう子
白詰草地を這ふ風のいくたびも　加藤みき
姫女苑どこにでも咲き父の日なり　安住　敦
露草を超ゆるとふぐり驚きぬ　加藤楸邨

ただ「ひゆ」見つからず。しかし「みな」食べられる。

（2019・9）

16——春と秋の「七草」の歌を探す

室町時代の歌人・四辻善成は『源氏物語』の注釈書『河海抄《かかいしょう》』の中に「薺、蘿蔔、芹、菁、御形、須々代、佛座」と記す。これを「芹薺御形（＝母子草）はくべら仏座（＝田平子）すずなすずしろこれぞ七種」と、誰かが詠み「春の七草」が広まった。歌を探す。

あかねさす昼は田賜《た》びてぬばたまの
　夜のいとまに摘める芹子《せり》これ　葛城王

桑の木のうね間うね間にさきつづく
　薺に交る黄花の薺　長塚　節

母子草とその名教えし一瞬の
　母のない子の表情を忘れず　鳥海昭子

畔草の繁縷《はこべ》もくもくと繁りたり
　幼ごころ湧きて寝ころがりたき　窪田空穂

春の野の仏の座とて咲く花の
　君が唇淡き紅　横雲

花めきてしばし見ゆるもすずな園
　たふせの庵《いお》に咲けばなりけり　橘曙覧

北国の雪のやうなり野あかりに
　残月ありぬすずしろの花　与謝野晶子

奈良時代の歌人・山上憶良は、秋を代表する花が七種あることを『万葉集』に二首残したことで「秋の七草」が生まれたといわれる。歌は「秋の野に咲きたる花を指《および》折りかき数ふれば七種の花／萩の花尾花葛花瞿麦《なでしこ》の花女郎花また藤袴朝貌の花」である。ところで、この歌の解釈で「朝貌」は「桔梗」という。歌を探す。

散りぬらば惜しくもあるか萩の花
　今宵の月にかざして行かむ　良寛

虫の音もほのかになりぬ花すすき
　穂にいずる宿の秋の夕暮れ　源　実朝

消えて凝りて石と成らむの白桔梗
　秋の野生の趣味さて問ふな　与謝野晶子

久方の雨は降りしくなでしこが
　いや初花に恋しき我が背　大伴家持

葛の花踏みしだかれて色あたらし
　この山道を行きし人あり　釈　迢空《ちょうくう》

秋くさの千ぐさの園に女郎花
　穂蓼《ほたで》の花とたかさあらそふ　伊藤左千夫

秋ふかみたそがれ時の藤袴
　にほふは名のる心ちこそすれ　崇徳院

春の七草は「食」を味わい、秋の七草は「見る」を愉しむ。四季の醍醐味だ。

（２０１９・９）

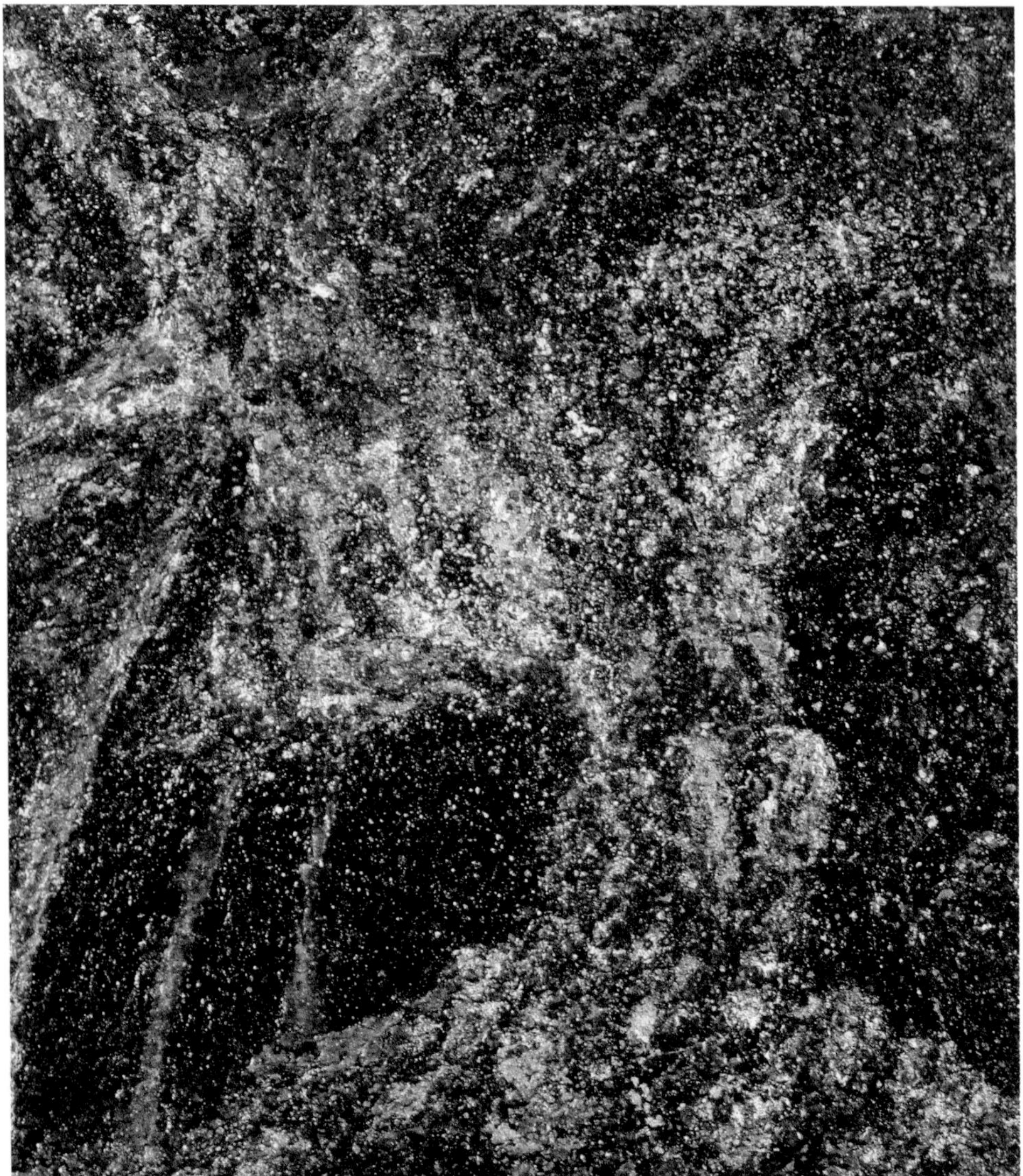

冬の大樟　油彩10号　1977年／個人蔵
この絵は白と灰色の世界ですが、樟は常緑樹なので冬でも緑の葉です。実は、この絵は左ページの「春の大樟」と共に、連作『四季の大樟』の一枚でした。10号４枚を毛筆の解説と共に収めるため、横長の連作額も特注しました。当時の私にとって、同じような構図で４枚の異なる色調の絵を描くのは新しい試みであり、自分自身への挑戦でもありました。

春の大樟　油彩10号　1977年／個人蔵

春の大樟。桜と菜の花に囲まれ、すがやかな空を背景にしています。春の柔らかな日差しに、樟の若葉がゆれています。展覧会終了後、『四季の大樟』は知人に所望されました。しかし、「夏の大樟」と「秋の大樟」は自分でも今ひとつ納得がいかなかったので、お譲りするのを控え、家に置くことにしました。後日改めて見直していると、どうしても手を入れたくなってしまい、残りの２枚はいつの間にか別の絵に姿を変えてしまいました。

17 ――「平和の鐘」と「長崎の鐘」

ニューヨーク国連本部の前庭にある「平和の鐘」が「国際平和デー」に鳴らされると聞く。この鐘にはドラマがある。愛媛県宇和島元市長を務めた中川千代治さん（一九〇五～七二）が、昭和二十六年（一九五一）に「平和を願う世界の人々のコインを入れた鐘を造りたい」と国連加盟国に訴え、歩いた。ローマ法王ピオ十二世からの金貨と六十五カ国から頂いたコインを鋳造して「鐘」ができた。昭和二十九年、鐘は「世界絶対平和祈願」の文字を刻み、撞木《しゅもく》の当たる中心には平和を意味する月桂樹が描かれ、国連の前庭の鐘楼に納められた。

平和の鐘は、国と宗教の違いを超えて誕生した。

日本と世界に「平和の鐘」がどれだけあるのかを調べてみた。まず広島平和記念公園内の「鐘」は、昭和二十二年に設置された「ベル型」が二代続き、二十七年から「半鐘」に替わり、盗難や火災などに遭い、現在は五代目の鐘だそうだ。鐘には吉田茂元首相揮毫の「平和」の文字が刻まれているという。その他、国内には、北海道・東北・関東（十七）、中部（九）、近畿（六）、中国・四国（十五）、九州・沖縄（六）など五十カ所以上にある。外国ではアメリカ、カナダ、ドイツ、フィリピン、メキシコ、スペインなど十六カ国にあるようだ。

広島忌平和の鐘を撞く少女　　吉田未灰

長崎の「原爆投下中心地や平和祈念像」がある平和公園内願いのゾーンに、原爆投下から三十三回忌にあたる昭和五十二年（一九七七）「長崎の鐘」がつくられた。

碑文の詞を記す。

長崎の鐘よ鳴れ　長崎の鐘よ鳴れ　私達の肉親を奪った　私達のからだをむしばんだ　あの原爆が　いかに恐ろしいものであるか　あの戦争が　いかに愚かなものであるか　長崎の鐘よひびけ　長崎の鐘よひびけ　地球の果てから　果ての果てまでも　私達の願いをこめて　私達の祈りをこめて

原爆被爆者の永井隆は『長崎の鐘』という作品を遺した。書き出しは「昭和二十年八月九日の太陽が、いつものとおり平凡に金毘羅山から顔を出し、美しい浦上は、その最後の朝を迎えたのであった。（略）」とある。

さりげない普通の日が、突然、暗黒の日になった。彼は未曾有の悲惨な日から抜け出そうともがき苦しむ日々に〝鐘〟を聴いたのかも知れない。

新しき朝の光のさしそむる
荒野にひびけ長崎の鐘　　永井　隆

（2019・9）

18　女たちの詠む乳房

縄文時代の女性の豊かな乳房を表した土偶が残っている。古い文献では『万葉集』に「（略）珠名《たまな》は胸別《むなわり》の広き我妹腰細のすがる娘子のその姿《かお》きらぎらしきに花のごと（略）」とある。乳房は時代を超え、ボイン、デカパイから今、巨乳の時代に入り、極乳、爆乳、超乳、魔乳、美乳、貧乳、微乳、無乳とAからGカップまである。

女たちの詠む乳房を追う。

湯の中に乳房いとしく秋の夜　　鈴木しづ子

乳ぶさおさへ神秘のとばりそとけりぬ
　ここなる花の紅ぞ濃き　　与謝野晶子

夏来たる白き乳房は神のもの　　三橋鷹女

もゆる限りはひとに与へし乳房なれ
　癌の組成を何時よりと知らず　　中城ふみ子

ひなげしや土偶の乳房に指の跡　　大木あまり

「女の子はボタンの左右が逆なんだね」
　はしゃぐあなたにあふれる乳房　　林あまり

黄沙来と涸れし乳房が血をそそる　　竹下しづの女

乳ふさをろくでなしにもふふませて
　桜終はらす雨を見てゐる　　辰己康子

乳房ある故のさびしさ桃すすり　　菖蒲あや

乳房おさえ神秘のベールをそっと蹴る
　そのとき我は紅い花びら　　俵　万智

乳房みな涙のかたち葛の花　　中島秀子

人知りてなお深まりし寂しさに
　わが鋭角の乳房抱きぬ　　道浦母都子《もとこ》

魂も乳房も秋は腕の中　　宇多喜代子

蒼みゆくわれの乳房は菜の花の
　黄の明るさと相関をせり　　阿木津英

松蝉や乳房ふくむもふくますも　　中村汀女

ブラウスの中まで明るき初夏の陽に
　けぶれるごときわが乳房あり　　河野裕子

ふところに乳房ある憂さ梅雨ながき　　桂　信子

湯を透きて心つましき己が胸の
　ちち房みれば今もやさしき　　今井邦子

麦秋や乳児に噛まれし乳の創《きず》　　橋本多佳子

垂れこむる夕雲のその乳房を
　神が両手でまさぐれば雪　　松平盟子

近代文学で、乳房を大胆に詠んだのは与謝野晶子が最初だという。今、川柳も「子にあたふ乳房にあらず女なり　林ふじを」や「乳房つんつん私に背き恋をする　時実新子」などが詠まれ始めている。

（2019・9）

本庄の大樟　油彩８号　1975年／自宅蔵

東から見た大樟です。明治34年、不審火で木が焼けたため右側には空洞があります。火事で残された大きな枝が主幹となり、左側にせり出し広々とした稲田につながっています。自らの重みで折れてしまわないよう、主幹はたくさんの支柱で守られて現在に至っています。

老いて益々盛んなり　油彩50号　1978年／個人蔵

構図には苦労しました。特に支柱には気を遣いました。大樟の雄大さを出そうとすると、何本もの支柱は邪魔になります。しかし、支柱が1本もなければ、特異な木の形も重みも表現できません。地面に食い込んだ支柱の根元は何かで隠さないと奥行きが出ません。構図の研究は続きました。

19　男たちの詠む乳房

動物行動学者で京都大学名誉教授の日高敏雄は、「ヒト以外の哺乳動物でオスがメスの乳房に魅力を感じることはない」という。そういえば「男の身長は女の胸」という言葉があるそうで、一般的に男性は「胸の大きい女性」を好み、女性は「身長の高い男性」を選ぶ傾向があるという。母の乳で育つわけだから人間、原点に還れば乳房だろう。男たちの詠む乳房を探す。

おそるべき君等の乳房夏来る　西東三鬼

人妻の少し汗ばみ乳しぼる
硝子杯《コップ》のふちのなつかしきかな　北原白秋

たわたわと乳房揺るるや昆布干し　加藤楸邨

ゆふされば母が乳房をふくみ寝ぬる
幼な心地に花にこもれり　島木赤彦

まぼろしの鶴は乳房を垂れて飛ぶ　堀井春一郎

戦争のたびに砂鐵をしたたらす
暗き乳房のために禱《いの》るも　塚本邦雄

湯上りや乳房吹かるゝ端涼み　正岡子規

垂乳根《たらちね》の母が乳房に寄眠り
一つの蜜柑小さき手に持つ　伊藤左千夫

草いきれ女人ゆたかな乳房を持てり　中塚一碧楼《いっぺきろう》

背後より触るればあわれてのひらの
大きさに乳房は作られたりき　永田和宏

花冷えのちがふ乳房に逢ひにゆく　真鍋呉夫

しろたへの乳房みづから露はして
吸はしめくるる老いの夢もなし　二宮冬鳥

秋暑い乳房にぶらさがってゐる　種田山頭火

乳房のなければ雌雄わかちがたく
飛燕はすべる夏のなかぞら　島田修三

秋風や子無き乳房に緊く着る　日野草城

小さくなりし一つ乳房に触れにけり
命終りてなほあたたかし　清水房雄

すばらしい乳房だ蚊が居る　尾崎放哉

乳房はふたつ尖りてたらちねの
性《さが》のつね哺《ふく》まれんことをうながす　上田三四二《みよじ》

子のための又夫のための乳房すずし　中村草田男

きのこ汁くひつつおもふ祖母の乳房に
すがりて我はねむりけむ　斎藤茂吉

男性群は「そこに山があるから」に倣って「そこに乳房があるから」なのだろう。それに川柳にも「何よりも母の乳房は甘かりし　井上剣花坊」や「涸れた乳房から飢饉を吸うてゐる　鶴彬」などの作品が残されている。

（２０１９・９）

令和元年（二〇一九）秋。新しい創作太鼓が披露される。福岡県行橋市の正八幡宮を拠点とする飛龍八幡太鼓奉友会の野本敏章会長（七〇）が、昨年いわゆる平成最後の年、一般社団法人豊前国小笠原協会（川上義光代表）の関係者との話し合いで「古希を迎え、一つのけじめの年になる」との思いと「和太鼓結成四十年を超えた」想いから「新しい地域の創作太鼓を仲間と共に響かせていこう」となった。そこで「豊前国の新しいひびき」を皆に届けられたらと、太鼓創作のリズム研究を重ねてきた。そして平成の最後に生まれ、令和の初めに披露できる「豊前国小笠原流正調祇園囃子」が誕生する。

元和《げんな》四年（一六一八）豊前国一帯が干ばつ、疫病、暴風雨に悩まされていた折、藩主細川忠興は被災者救済にと八坂神社に参籠したところ平穏を取り戻したことから京都祇園を基にする「祇園祭」を始めたのが「小倉祇園」の始まりとされる。そして小倉藩が細川から小笠原家に代わっても治民対策の「祭」は継承され、大いに奨励された。太鼓を打つようになったのは藩主小笠原忠雄の時、万治三年（一六五〇）からだといわれる。毎夏開かれる小倉祇園太鼓は「小倉の祇園、雨が降らねば金がふる」と他国からの見物者で賑わった。

20 豊前国小笠原流正調祇園囃子

平成三十一年（二〇一九）三月、小倉祇園太鼓は「太鼓芸を中心とした稀有な事例」として国の「重要無形民俗文化財」に指定された。小倉祇園太鼓は、全国的にも珍しい両面打ちが特徴で、太鼓二台に四人、ジャンガラ二人が織りなす調べ。そして歩きながら打つ、低く腹に響く「ドロ」の音と高く軽やかな「カン」の音が交叉する「品良い音」だ。

太鼓の音は普通、トンコ、トンコ、トンコのリズムで打たれるが、小倉祇園は裏打ちのコトンコ、コトンコ、コトンコと入る独特な跳ね音。そして小倉三十六地区の打つ太鼓の音調、曲双は全て違っているという。それぞれ自由な打ち方で、音に独自の魅力があるようだ。

豊前国小笠原流正調祇園囃子は、ジャンガラ、鉦、締め太鼓で心に響くリズムを伝える。コトン、コトン、コトンと裏打ちで入り、バチを替え、小倉祇園の単式復打ではなく復式復打の手法で音を出す。打法は、左から入る裏打ち、返る打ちで、拝みのバチ握りは太鼓の一点を叩く。十人を超える太鼓打ちのグー、チョキ、パーのバチ握りの基本動作が不思議な音を出す。太鼓の新しいリズムが旧豊前国の各地でひびき渡ることを願う。

（２０１９・10）

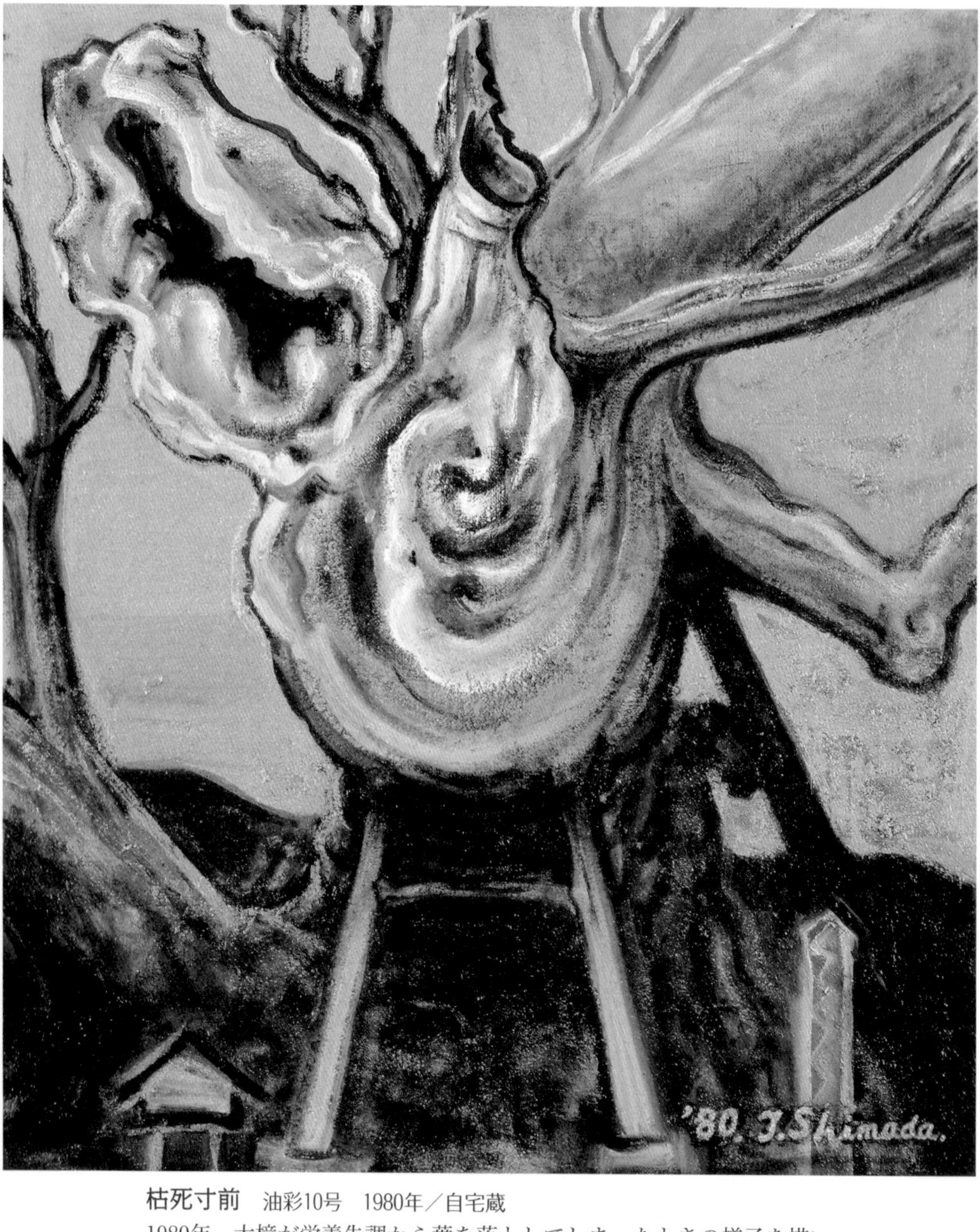

枯死寸前　油彩10号　1980年／自宅蔵

1980年、大樟が栄養失調から葉を落としてしまったときの様子を描いた一枚です。私は、日ごとに葉を落としてゆく哀れな大樟を見続けては、一日も早く対策を講じてもらえるよう、町長に働きかけました。

老樟枯死免れる　油彩50号　1981年／自宅蔵
大樟は、町を挙げての手当ての甲斐あってようやく元気を取り戻しました。よく見ると、新芽がポッポッと顔を覗かせています。「もう大丈夫」。私はそれまで尽力してきた幼馴染の町長と、肩を抱き合って喜びました。

21　こんなに数え方いろいろ

私たちは暮らしの中で、いろんなものの数え方を意識しないまま、数えているようだ。そこに家は何「軒」あるの、とか、人は何「人」いたのなど、数え方は「こんなにもいろいろ」あるかというほど、あるのに驚いた。

蝶は花にとまるときハネを閉じるが、蛾はハネを広げてとまるそうで、蝶は「頭」と呼び、蛾は「匹」と数える。ものの数え方を探してみる。

茶／服、豆腐／丁、海苔／帖、ほうれん草／株、羊羹／棹、だんご／串、服／着、箸／膳、刺し身／切、畳／畳、布団／組、大福／団、ウニ／壺、サヨリ／条、膳／客、供物／盛、ウサギ／羽、魚／尾、鳥居／基、カメラ／台、蚊帳／張、カニ／杯、キャベツ／玉、クジラ／頭、銀行／行、靴下／足、劇団／座、碁／局、口座／口、硯／面、俳句／句、短歌／首、小説／編、雫／滴、数珠／巻、鏡／面、田／面、印鑑／顆《か》、エプロン／掛、織物／反、ざるそば／枚、鎧／領、鏡餅／重、羽織／領、はかま／具、銃／挺、弾丸／発、大砲／門、人形／体、花／輪、寄付／口、洋服／着、料理／品、ぶどう／房、椅子／脚、鍵／本、たらこ／腹、寿司／巻、茶碗／客、箪笥／棹、学校／校、相撲／番、映画／本、電車／両、笛／管、三味線／棹、太鼓／張、荷物／梱、飛行機／機、遺体／体、位牌／柱など。

ところで、動物の数え方は「匹」と「頭」という。古い時代からほとんどが「匹（疋）」だったそうだが、明治以降に「頭」の呼び方が加わったようだ。一つの基準として人間よりも小さいのを「匹」といい、大きいのを「頭」と区分けしたようだ。人間、考えるものだ。「頭」を生む要因は「馬」だったといわれる。馬は「匹」「頭」や「騎」という。

そしてモノやコトは呼び方が一つとは限らない。例えば、飲み薬は「服」、粉薬は「包」、錠剤は「錠」「粒」となる。写真も「点」「葉」「枚」となり、煙も「筋」「条」「本」と見る。また、大きい船は「隻」で小さい船は「艘」。茹で麵は「玉」で乾燥麵は「束」「把」となる。ハガキも「通」「本」「葉」「枚」と使い分ける。山は「座」「峰」「山」「岳」と呼び、風も「陣」「脈」「流」「幅」とややこしい。書物は「冊」「巻」「部」「帙」と数え、絵は「幅」「点」となる。「一席」持つから「一献」傾けましょうと、酒席では「杯」「盃」「升」を重ねることになる。

数え方は、五百種類を超すといわれ、日本語の奥深さも考えさせる。

（2019・10）

『万葉集』には「相聞歌《そうもんか》」「雑歌《ぞうか》」「挽歌《ばんか》」があり、死者を追悼する「挽歌」は二六三首あるといわれる。挽歌は後「哀傷歌」とも呼ばれ、多くの歌が遺されている。

夫、妻への歌を探す。

▼倭大后《やまとのおおきさき》から夫の天智天皇へ
人はよし思ひ止むとも玉鬘《たまかずら》
　影にみえつつ忘らえぬかも

▼大伴家持《やかもち》から妾へ
今よりは秋風寒く吹きなむを
　いかにか独り長き夜を宿《ね》む

▼柿本人麻呂から妻へ
去年《こぞ》見てし秋の月夜は照らせども
　相見し妹はいや年離る

▼大伴旅人から妻へ
吾妹子《わぎもこ》が植ゑし梅の木見るごとに
　心咽せつつ涙し流る

▼紫式部から夫の藤原宣孝へ
見し人のけぶりとなりし夕べより
　名ぞむつましき塩釜の浦

▼光源氏から紫の上へ
大空をかよふまぼろし夢にだに
　見えこぬ魂の行く方たづねよ

▼一条天皇から中宮定子へ
露の身の草の宿りに君をおきて
　塵を出でぬることをこそ思へ

▼野村望東尼から夫へ
ともすれば君がみけしきそこなひて
　叱られし世ぞ今は恋しき

▼孫戸妍《ソンホヨン》から夫へ
君よわが愛の深さをためさむと
　かりそめに目を閉じたまひしや

歌人夫婦に永田和宏（一九四七〜）と河野裕子（一九四六〜二〇一〇）がいた。

二〇一〇年の夏、妻の裕子が身罷った。

二人は歌人らしく、逝く前に互いへ歌を詠み合った。

生きてゆくとことんまでを生き抜いて
　それから先は君に任せる　　裕子

きみがゐてわれがまだゐる大切な
　この世の時間に降る夏の雨　　和宏

喪った人への想いを言葉に残し、遺った者への生きる標として伝えることは大事だろう。

（2019・10）

22 喪った人への想いを詠む

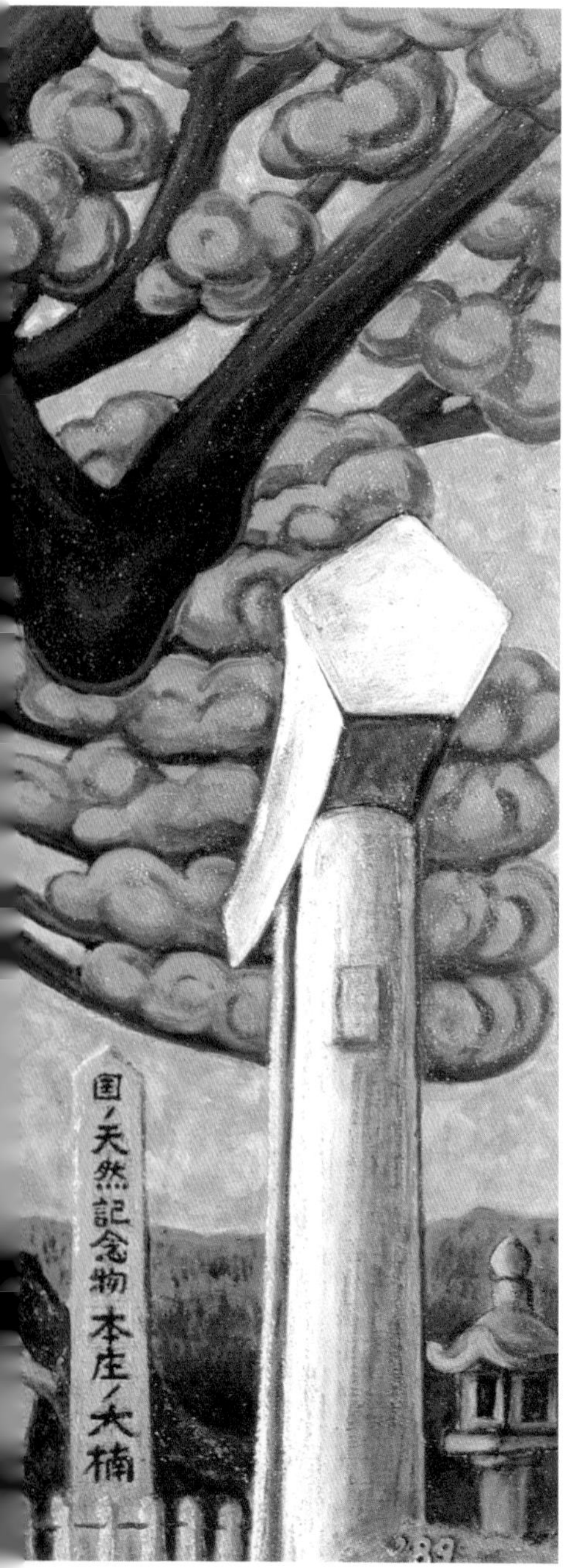

本庄の大樟 B　油彩30号　1989年／自宅蔵

大樟は、昭和55（1980）年、栄養状態が悪くなって葉が落ちてしまいました。毎日のようにその姿を眺めていた私は、異変に気づき町長に直訴。驚いた町長は県庁に報告。早速、大樟の空洞に雨水をしのぐために銅版製の「蓋」が取り付けられました。迅速な手当ての結果、見事に新芽を吹いた大樟をおじいちゃんに見立て、復活の喜びを「赤頭巾」で表現しています。鳥居と大樟を比べれば、この木の大きさがおわかりいただけると思います。第2回「サロン・ド・パリ展」に出品、委員に昇格しました。

63　大樟の里［画：嶋田　隆］

23――一休宗純は怪僧？だった

とんち話の「一休さん」で親しまれる一休宗純（一三九四～一四八一）は臨済宗の禅僧。怪僧のようで「頓智」もあるが「艶話」も残る。名は「有漏路《うろじ》より無漏路《むろじ》へ帰る一休み　雨ふらば降れ風ふかば吹け」に由るという。

室町時代の僧で、詩人といわれる一休を追う。

泉州堺に「地獄と名乗り、心には仏名を唱える」美貌の遊女・地獄太夫が住んでいた。ある時、一休が堺に赴いた。すると地獄太夫が「山居せば深山の奥に住めよかしここは浮世のさかい近きに」の歌をおくると、「一休が身をば身ほどに思わねば市も山家も同じ住処よ」とかえした。この遊女が名高き太夫と知り、一休が「聞きしより見て恐ろしき地獄かな」の上の句を詠むと「しにくる人のおちざるはなし」と下の句を太夫が付けた。後、歌は「聞きしより見て美しき地獄かな　いきくる人のおちざらめやは（も）」との説も出る。この出会いから二人は師弟関係を結んだ。一休の「門松は冥土の旅の一里塚めでたくもありめでたくもなし」は太夫への歌といわれる。また「我死なば焼くな埋めるな野に捨てて飢えたる犬の腹をこやせよ」の辞世を残し若くして逝った地獄太夫を一茶は看取り、泉州の寺に塚を建て供養したと伝わる。

それにしても、「南無釈迦じゃ娑婆じゃ地獄じゃ苦じゃ楽じゃどうじゃこうじゃというが愚かじゃ」と言う一休の生き方が偲ばれる。人は命あっての物種だろう。

一休は、七十七歳の時、二十代後半の盲目の旅芸人・森侍者（森女）と遭い、八十八歳で亡くなるまで恩愛の情を交わした。二人の交情は『狂雲集』に記されており「一代風流之美人」と森女を溺愛した記述が残る。晩年も「花は桜木　人は武士　柱は檜　魚は鯛　小袖はもみじ　花はみよしの」と言う一休の盛りを思わせる。

この二人は何の因縁なのか「南北朝」を繋いでいる。一休は、北朝の後小松天皇の落胤《らくいん》といわれ、森女は、南朝の後亀山天皇の孫娘だそうで、ともに天皇の血筋の者。するとと南北朝統一の一端を担ったと言ってもおかしくはないだろう。真意のほどはともかくとして、隠れた歴史を繙《ひもと》いてゆく楽しみは計り知れない。一休の「借り置きし五つのものを四つ返し本来空に今ぞもとづく」の辞世や「一休は死なぬ。未来永劫生き続ける」と遺す言葉のように、今も「一休さん」として多くの人に親しまれている。やはり風狂子・一休の「世の中は起きて箱（糞）して寝て食って後は死ぬのを待つばかりなり」の豪快な言葉どおり、恋多き〝御仁〟の姿は頼もしい。

（2019・10）

24　江戸の浮世絵師らの辞世

浮世絵は、挿絵師だった菱川師宣《ひしかわもろのぶ》の墨摺絵から始まり、鈴木春信らの多色摺木版画の創始で黄金期を迎え、江戸時代に広く普及した。作品は、版元がいて絵師、彫師、摺師の分業作業で完成する。あでやかな色合いの絵を残した浮世絵師らの辞世の言葉を探す。

東路に筆をのこして旅のそら
　西のみ国の名ところを見ん　安藤広重

具眼の士を千年待つ　伊藤若冲

焼き筆のまゝかおぼろの影法師　歌川豊国

花は根に名は桜木に普賢像
　のりのうてなも妙法の声　歌川豊春

死んでゆく地獄の沙汰はともかくも
　あとの始末は金次第なり　歌川豊広

一向に弥陀へまかせし気の安さ
　只何事も南無阿弥陀仏　歌川国貞

うきこともうれしき折も過ぎぬれば
　ただあけくれの夢ばかりなる　尾形乾山

枯ゆくや今ぞいふことよしあしも　勝川春章

人魂で行く気散じや夏野原　葛飾北斎

色どれる五色の空に法の道
　心にかゝるくま取もなし　渓斎英泉

我も万た身はなきものとおもひしか
　今ハのきハハさ比しかりけり　恋川春町

耳をそこね足もくぢけて諸共に
　世に古机なれも老いたり　山東京伝

江漢が年が寄ったで死ぬるなり
　浮世に残す浮絵一枚　司馬江漢

この世をばどりゃおいとまにせん香の
　煙とともに灰左様なら　十返舎一九

長き夜を化けおほせたる古狸
　尾先な見せそ山の端の月　谷文晁

隈刷毛《はけ》の消ぎはを見よ秋の月　鳥山石燕

よの中の人の似かおもあきたれば
　ゑむまや鬼の生きうつしせむ　豊原国周

たましひのちりぎはも今一葉かな　羽川珍重

まぎらかす浮世の業《わざ》の色どりも
　ありとや月の薄墨の空　英《はなぶさ》一蝶

百までは何でもないとおもひしに
　九十六ではあまり早死　英一珪

浮世絵は、多量の作品が国外に持ち出され、欧米諸国の印象派の巨匠らに影響を与えた。

（２０１９・10）

本庄の大樟全景　油彩50号　1979年／築上町蔵
細い筆を何本も使い、点描画法で描いています。気が遠くなるような時間の中で少しずつ色を重ねながら、時に全体を眺め、またコツコツと仕上げていきました。私の筆と共にゆっくりと流れていく時間は何ものにも代えがたい安らぎでした。この絵が認められ、全日本美術協会のフォーカス作家に選抜されました。

◀**大樟全景**　油彩50号　1980年／築上町蔵
「一足お先にお嫁いり」。この絵は、東京の上野で行われた全日本美術協会主催の展覧会場から直接、結婚が決まった娘の嫁ぎ先に送りました。

67　大樟の里［画：嶋田　隆］

25 ——— 俳人の「辞世」を追ってみた

人は生きて死ぬ。鎌倉以降、文人の最期や武士の切腹では、歌や句などで「辞世」が詠まれてきた。どんな一生を送ったのか、死を見つめる心はどうなのかなど、言葉を遺す。

俳諧が発達した江戸期は発句などで、軽みの「辞世文化」が盛んになった。

俳人の辞世を追う。

ゆらゆらと亡母われ呼ぶ罌粟《けし》のかげ　秋元不死男
朝顔に今日は見ゆらんわが世かな　荒木田守武
ながむる月に立ちぞ浮かるゝ　飯尾宗祇
誰彼もあらず一天自尊の秋　飯田蛇笏
蟬時雨児は担送車に追ひつけず　石橋秀野
終に行く道はいづくぞ花の雲　市原多代女
何処やらに隺《つる》の声聞く霞かな　井上井月
夢返せ烏の覚ます霧の月　上島鬼貫
春の山のうしろから烟が出だした　尾崎放哉
月も見てわれはこの世をかしく哉　加賀千代女
雪晴れのあそこかしこの友黙る　金子兜太
梟となり天の川渡りけり　加藤楸邨
朴《ほほ》散《さん》華《げ》即ちしれぬ行方かな　川端茅舎
盥から盥へ移るちんぷんかん　小林一茶
秋の暮大魚の骨を海が引く　西東三鬼
来て見れば花野の果ては海なりし　鈴木真砂女
鳥雲にわれは明日たつ筑紫かな　杉田久女
春の山屍を埋めて空しかり　高濱虚子
ペンが生む字句が悲しと蛾が挑む　竹下しづの女
もりもり盛りあがる雲へあゆむ　種田山頭火
只たのむ湯婆一つの寒さかな　内藤鳴雪
春暁や今はよはひをいとほしみ　中村汀女
勇気こそ地の塩なれや梅真白　中村草田男
いち早く枯れる草なれば実を結ぶ　野村朱鱗洞《しゅりんどう》
雪の日の浴《よく》身《み》一指一趾愛し　橋本多佳子
風立ちぬ深き睡りの息づかひ　日野草城《そうじょう》
春寒し赤鉛筆は六角形　星野立子
旅に病んで夢は枯野をかけめぐる　松尾芭蕉
糸瓜《へちま》咲て痰のつまりし仏かな　正岡子規
一輪の花となりたる揚花火　山口誓子
しら梅に明る夜ばかりとなりにけり　与謝蕪村
うらを見せおもてを見せて散るもみじ　良寛

遺された言葉で、その人の人生を読み解く。

言霊は、その人物を浮かび上がらせる。


（２０１９・10）

26 ——— 歌人の「辞世」を追ってみた

人がこの世を去る時に「辞世」を詠み遺すようになったのは、起源は定かではないが、中世以降といわれる。禅僧が死に際に「偈《げ》」を絶筆とした影響のようで、近世になって「辞世文学」として大きな盛り上がりを見せた。

歌人の辞世を追う。

つひに行く道とはかねて聞きしかど
　昨日今日とは思はざりしを　在原業平

今も猶やまひ癒えずに告げてやる
　文さへ書かず深きかなしみに　石川啄木

あはれなりわが身の果てや浅緑
　つひには野辺の霞と思へば　小野小町

願わくはのちの蓮の花のうえに
　くもらぬ月をみるよしもがな　大田垣蓮月《れんげつ》

秋の蚊の耳もとちかくつぶやくに
　またとりいでて蟵《かや》を吊らしむ　北原白秋

花もみつ郭公《ほととぎす》をもまち出でつ
　この世後の世おもふ事なき　北村季吟

余りにも花の命の短さに
　恨みは深し春の夕暮れ　九条武子

いつしかも日がしづみゆきうつせみの
　われもおのづからきはまるらしも　斎藤茂吉

願わくは花の下にて春死なむ
　そのきさらぎの望月のころ　西行法師

死ぬならば真夏の波止場あおむけに
　わが血怒濤となりゆく空に　寺山修司

灯を消してしのびやかに隣にくるものを
　快楽《けらく》の如くに今は狎《な》らしつ　中城ふみ子

雲の上に春の花散り匂ふ
　すがしさにあらむわが死顔は　前田夕暮

そこひなき闇にかがやく星のごと
　われの命をわがうちに見つ　柳原白蓮

をみなにてまたも来む世ぞ生まれまし
　花もなつかし月もなつかし　山川登美子

宗鑑《そうかん》はいづくへと人の問うならば
　ちとようありてあの世へといへ　山崎宗鑑

今日もまたすぎし昔となりたらば
　並びて寝ねん西の武蔵野　与謝野晶子

つれづれや天井をはふ百足《むかで》の子
秋の夜やのそのそと人の入りて来つ　若山牧水

言の葉が、後の世の人々の生きる指針になるようで、感謝しなければなるまい。

（2019・10）

東から見た大樟　油彩50号　1977年／個人蔵
背景に社殿と新緑の木を、前景には桜を配した東から見た若葉の大樟です。教え子の所望で筆を取りました。遠景に低い山を配し空を広く取ることで、大樟の雄大さを表出しています。

◄老いて益々盛んなり　油彩50号　1985年／築上町・第二青蓮保育園蔵
背景の社殿は消え、前景に植え込みを置くことで、樟の木の後ろに広がりが感じられます。右側の空洞には「子樟」が顔を覗かせています。この絵で、全日本美術協会の委員に推挙されました。会員に推挙されてから10年が経っていました。この間、ＮＨＫや九州朝日放送などで幾度も取り上げていただきました。

71　大樟の里［画：嶋田　隆］

日本人のモノの使い分け、仕分けの巧さは、言葉の選別の確かさから来ているのかも知れない。日本語の奥にある迷路を上手に歩く日本人の言葉探索のよう。

言葉の発音は同じだが字が異なる、字は同じだが発音が違う、などの同音異字と同字異音を探す。

【同音異字】時間—次官、県議—嫌疑、性格—正確、科学—化学、絶対—絶体、創造—想像、水星—彗星、開放—解放、食料—食糧、保険—保健、確率—確立、作成—作製、用意—容易、収集—収拾、騎手—奇手 ▼公立—効率—高率、故人—個人—古人、意外—以外—遺骸、終了—修了—収量、天気—転機—転記、移動—異動—異同、意志—医師—意思、異常—以上—委譲、放送—包装—法曹、保証—保障—補償 ▼習慣—週刊—週間—収監、側溝—速攻—即効—速効、自覚—字画—痔核—寺格、体制—態勢—大勢—大成、指示—師事—支持—私事、女子—女史—助詞—序詞、市長—支庁—視聴—士長 ▼女性—助成—女婿—助勢—女声、高校—口腔—航行—後攻—孝行 ▼辞典—事典—時点—自転—次点—自店 ▼それに交渉—鉱床—厚相—考証—高尚—工廠—公証—興商—口承—公傷—哄笑—校章—工匠—高唱—公娼—高承—康正—行賞—口証—高昇—好尚—公章—功将—光勝—口誦—工商などは五〇を超す。

【同字異音】頭（あたま／かしら）、雨水（あまみず／うすい）、海士（あま／かいし）、市場（いちば／しじょう）、筆（ふで／ひつ）、一時（いちじ／ひととき）、大事（おおごと／だいじ）、大家（おおや／たいか）、大雪（おおゆき／たいせつ）、札（ふだ／さつ）、花道（はなみち／かどう）、上方（かみがた／じょうほう）、生地（きじ／せいち）、木目（きめ／もくめ）、黒子（ほくろ／くろこ）、間（あいだ／かん）、自然（しぜん／じねん）、入水（じゅすい／にゅうすい）、初日（しょにち／はつひ）、人事（じんじ／ひとごと）、生物（せいぶつ／なまもの）、道（どう／みち）、人気（にんき／ひとけ）、日向（ひなた／ひゅうが）、表（おもて／ひょう）、文書（ぶんしょ／もんじょ）、変化（へんか／へんげ）、目下（めした／もっか）、床（とこ／ゆか）、最中（さいちゅう／もなか）、上手（うわて／かみて／じょうず）、下手（しもて／へた／したて）、地下（ちか／じげ／じか）、大人（おとな／たいじん／だいにん）など数えきれない。

日本語の多彩さは、どんな言語にも引けを取らないだろう。一つの言葉で読みと意味が違う言語が多い。

日本人は学びの中で、それを素直に受け入れている。

（２０１９・10）

28　禅語またよし、沢庵和尚

沢庵和尚といえば「沢庵漬け」を思う。

江戸初期の臨済宗の禅僧・沢庵宗彭《そうほう》（一五七三〜一六四六）は、但馬国（現兵庫県豊岡市）で生まれ、十歳で出家した。後、大徳寺首座に就くなどしたが、寺を去り、名を求めない野僧の道を歩いた。

しかし、幕府の「紫衣《しえ》取り上げの命」には断固として反対。流罪となったが、徳川秀忠死去の大恩赦令で罪は許された。三代家光は上洛後、沢庵に深く帰依し品川に東海寺を建てて住持とした。沢庵は書画、詩文に通じ、茶を親しみ、家光の政事の相談にも応じた。言葉を拾う。

　敵を恐るべからず、味方を恐るべし

　道を説く人はあるがこれを知る人は鮮い

　苦を楽と思ふも迷ひ苦も楽も
　　夢の中なる夢のたはむれ

　心こそ心迷わす心なれ心に心許すな

　人みな我が飢を知りて人の飢を知らず

　今更に思ひすてむもくるしくて
　　うきにまかせて世を過すなり

　花にぬる胡蝶の夢をさまさじと
　　ふるも音せぬ軒の春雨

　富貴を求め人にへつらい仏法を売るより野僧たるべし

　浅くともよしや又汲む人もあらば
　　われにこと足る山の井の水

　過去もなく未来もなしと云人の
　　此の世を有りと見るはそも誰ぞ

　思わじと思うも物を思うなり
　　思わじとだに思わじやきみ

和尚の名を持つ「沢庵漬け」は、大根の糠《ぬか》漬けをいう。家光が「たくわえ漬けというより沢庵漬けじゃ」と言ったというが、俳諧師・越谷吾山『物類称呼』には「たくあん漬けの名は、武州品川、東海寺開山の沢庵禅師、初めて製し給う、に依ってたくあん漬けと称する」と記す。

彼もまた「大かうの物とはきけどぬかみそに打つけられてしほしほとなる　沢庵」と詠む。そして武家では、たくあんは一切れ（人斬れ）、三切れ（身〈腹〉斬れ）ではなく二切れ出すのが習わしとされた。

ともあれ、沢庵は人の道を説く禅語を多く遺している。沢庵は死の間際に「是もまた夢、弥勒もまた夢、観音もまた夢、仏云く、正に是のごとき観を作すべし」という想いからか、自ら筆を執って「夢」の一字を描き、筆を投げて逝ったといわれる。

（2019・10）

青の大樟　油彩10号　2002年／自宅蔵

夏の日差しを浴び、大樟が青い色に染まっています。私はこの絵を描く前に同じキャンバスに赤い色調で「秋の大樟」を描いていました。25年前展覧会に出したその絵を、私はどうしても気に入らず、いつの間にか塗りつぶしてしまいました。その構図を基に青い色調で描き直したのがこの絵です。しかし、どうしてもこの構図が今の自分の気持ちに合いません。私はある朝、思い切ってこの絵を塗り替えることにしました。その絵が次のページです。

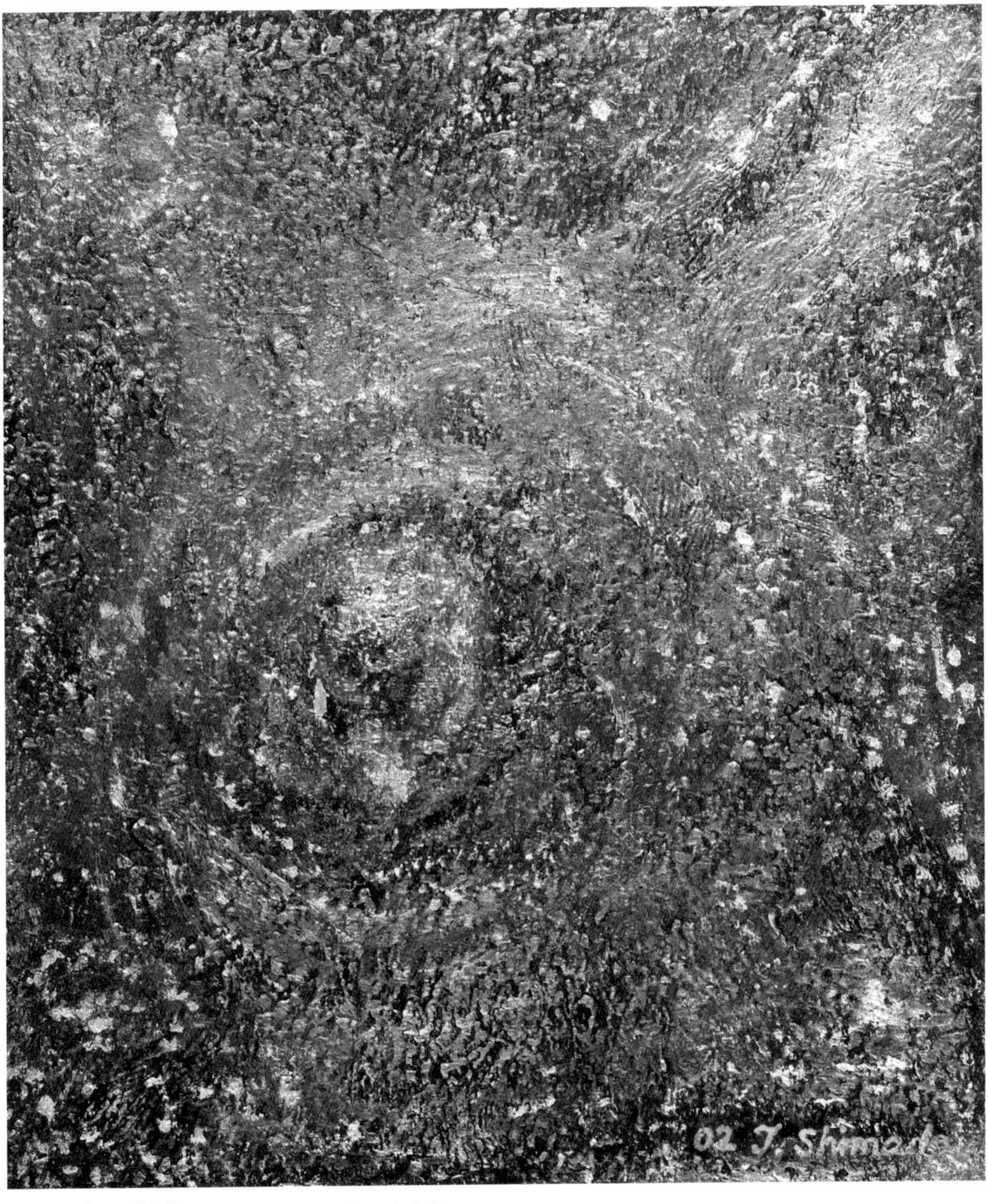

冬の大樟　油彩10号　2002年／自宅蔵

自分が今一番描きたいのは何か。私は朝の光の中で再度構図を考え、夢中で絵筆を走らせました。気がつくと、大きな主幹が残っていました。新しい絵は冬を連想させました。大きな「こぶ」の周りをきらきらと輝く雪が取り囲んでいます。この絵を「冬の大樟」と名づけ、もう一度、今の自分が描きたいと思う『四季の大樟』を描くことにしました。最初に『四季の大樟』の連作を発表して四半世紀。この頃から私の絵は余分なものを捨て去り、徐々に抽象に向いはじめました。(連作の一部)

29　女優の詠む俳句を掬う

五・七・五の十七音定型の文学空間。短い言葉で、時を詠み、思いを詠み、自らの真の生きざまを表現する。生の姿が現れる言葉の世界。女優の詠む俳句を掬う。

▼吉行和子（一九三五〜／東京／本名同じ）
白桃や優柔不断もやさしさか
雪解けや男の腸を踏むごとし
魂よ気儘に遊べ鳳仙花
恋心消えれば他人夾竹桃

▼冨士眞奈美（一九三八〜／静岡／岩崎真奈美）
なにほどの男かおのれ蜆汁
流れ星恋は瞬時の愚なりけり
母を拭きし盥の水を打ちにけり
百合ひらく闇一寸の吐息かな

▼吉永小百合（一九四五〜／東京／岡田小百合）
蓬《よもぎ》餅あなたと逢った飛騨の宿
ぬくもりをそっと抱きて初雪の降る
葱坊主大小長短右左
松茸を喰らひつしゃぶりつまた喰らひ

▼中田喜子（一九五三〜／東京／山崎喜子）
春愉し房総の空ひた走る
いそいそと受話器上げたる梅の旅
「とき」発車旅憂わしき花追風
紅梅やはるかに富士をのぞみたる

▼渡辺えり（一九五五〜／山形／渡辺えり子）
茶畑の下トンネルは黄泉への穴
亡き友よ星河渡れ我れジョバンニ
女木《めぎ》よ!!一人で死ぬか暖簾《のれん》の下に
子を無くしきつねの首に鈴つけて

▼夏目雅子（一九五七〜八五／東京／西山雅子）
湯文字乱れし冷奴の白
風鈴よ自分で揺れて踊ってみたまえ
間断の音なき空に星花火
ぬぐってもぬぐっても汗みどろ

▼壇蜜（一九八〇〜／秋田／齋藤支静加）
運だめし紐引きたぐる福袋
恋やぶれ傷からいずる赤ワイン
寒風と失意をしのぐ紙の銭
書きぞめる「爪は短く気は長く」

言葉が人を試すならば、紡がれた言葉でその人を判断、見極めるしかない。女優として〝掬った言葉〟が、その人の〝生〟を見せるのであればこの上ない。

（2019・10）

30　色がつくことば色いろ

飛鳥時代に聖徳太子は「冠位十二階」を制定。徳、仁、礼、信、義、智の六徳目を大小に分けて「十二階」とし、紫（大徳）、薄紫（小徳）、青（大仁）、薄青（小仁）、赤（大礼）、薄赤（小礼）、黄（大信）、薄黄（小信）、白（大義）、薄白（小義）、黒（大智）、薄黒（小智）の十二色に分けた。そして「紫」を最高冠位とする階級を色で示した。色のつく諺などを探す。

　朱に交われば赤くなる。赤貧洗うが如し。赤い信女が子をはらみ。トマトが赤くなると医者が青くなる。真っ赤な嘘。赤の他人。頬を赤らめる。赤い羽根。赤縄を結ぶ。赤心《せきしん》を推して人の腹中に置く。好きに赤烏帽子。隣の花は赤い。赤子の手を捩じるよう。紅は園生に植えても隠れなし。紅一点。柳は緑花は赤。朝《あした》に紅顔あって夕べに白骨となるなど。

　白眉。色の白いは七難隠す。白髪三千丈。白河夜船。清白を子孫に遺す。白寿。紺屋の白袴。白紙に戻す。座が白ける。白羽の矢が立つ。白い目で見られる。面白い。白々しい。白を切る。白い大陸。白い歯を見せない。白刃踏むべし。雪に白鷺。息白し。頭の中が白くなる。目白押し。口脇白し。白馬は馬にあらず。白泡嚙ます。狐の子は頬白。白玉楼中《はくぎょくろうちゅう》の人となる。白刃前に交われば流矢を顧みず。白駒の隙を過るが如し。顔面蒼白など。

　黒白を争う。目を白黒させる。白黒つける。黒白を弁ぜず。大黒柱。頭の黒い鼠。腹黒い。目が黒いうち。何処の烏も黒い。這っても黒豆。緑なす黒髪。黒い霧など。

　青い鳥。青柿が熟柿を弔う。青天白日。青天の霹靂。青葉に塩。青葉は目の薬。青は藍より出でて藍より青し。人間至る処青山有り。青二才。青臭い。青雲の志。青田買い。隣の芝生は青い。青山ただ青を磨く。男に青菜を見せるな。青蠅白を染む。青色吐息など。

　黄色い声。嘴《くちばし》が黄色い。黄泉《こうせん》の客。黄牛《あめうし》に突かれる。茶封筒。お茶目。時は金なり。沈黙は金。金は良き召し使いなれど悪しき主なりなど。

　ところで、日本が昔から持つ「色の言葉」は、赤、青、白、黒の四つだという。それは色の後に、赤い、青い、白い、黒いと「い」が使える。また色に重ね字「々」が付くのは、普通、赤々、青々、白々、黒々四色のようだ。他の「緑い」「黄い」とか「緑々」「黄々」などの使い方はない。この四色が日本語の基盤にあり、長い言葉の歴史を培ってきたといえる。やはり「思いうちにあれば色外に現る」といい〝色の見極め〟も大事なようだ。

（2019・10）

父と娘の大樟　油彩50号　1978年／築上町蔵

大樟に、人物があるのは、この絵だけです。自分の樟に対する思いを次の世代に伝えておきたい、という気持ちがこの絵になりました。後に、私の大きなモチーフとなる「孫の若樟」も見えますが、この時点で私はまだ、この若い木を「孫」とは捉えていませんでした。まだ娘が手元にいたので、この「若樟」を、自分の後を継ぐべき娘に説明しています。

◄**老樟孫生**　油彩50号　1983年／個人蔵

この絵は、娘に男児が誕生したのを記念して制作しました。絵の上部から下には老人の顔と体が隠されていますが、ここは明治34年の失火によって枯れてしまった箇所で、現存している最も古い部分です。老人が見守っているのは生まれたばかりの「孫の木」です。「孫生」は、「ひこばえ」と読みます。稲を刈り取った後の切り株から生えてくる幼苗のことです。

79　大樟の里［画：嶋田　隆］

31 ——— 朝鮮半島の放浪詩人・金笠

朝鮮半島で編み笠をかぶって放浪した金笠《キムサッカ》（一八〇七～六三／本名＝炳淵）という詩人がいた。自由奔放で当意即妙、機知、風刺、諧謔《かいぎゃく》に富み、庶民から親しまれる風流人だった。作品の多くが口伝で散逸しかかっていたが、一九三九年に『金笠詩集』が編纂されて遺った。

日本の西行、良寛、山頭火などに擬せられる庶民詩人であった。日本には詩人の三好達治や作家の佐藤春夫らによって紹介された。金笠の作品を追ってみる。

松松栢栢岩岩廻（松と松、柏と柏、岩と岩の間を廻ると）
水水山山処処奇（水また水、山また山、至るところが奇景だ）
吉州吉州不吉州（吉州吉州というけれど、そんなにめでたい町ではない）
許可許可不許可（許可する許可するといいながら、許可しようとしない）
明川明川人不明（明川明川と呼ぶけれど、住む人は明るくない）
魚佃魚佃食無魚（のらりくらりで魚の一匹も食べさせてくれない）
月白雪白天地白（月白く雪白く天地ことごとく白い）
山深水深客愁深（山深く水深く旅人の憂いもまた深い）
是是非非非是是（ぜぜひひ、これぜにあらず）
是非非是非非是（ぜひひぜ、これひにあらず）
是非非是是非非（ひをぜとし、ぜをひとする、これはひにあらず）
是是非非是是非（ぜをぜとし、ひをひとする、このひこそぜなり）
貧富倶非吾所願（貧乏と富裕をともに私は願わない）
願為不富不貧人（富み過ぎず、貧し過ぎない人になることを願う）
万事皆有定（万事はみな定められた運命にある）
浮世空自忙（浮世をいたずらに忙しがっているだけだ）

朝鮮半島の南北で人気の高い金笠。腐敗した両班《ヤンバン》に歯に衣着せぬ風刺詩を放った。

彼はもともと高貴な家柄に育ったが、農民反乱事件に巻き込まれて家が没落。若くして家庭を持ったが、家族を残して出奔。雲の流れのごとく流離《さすら》った。

彼は、権威を嗤《わら》い、酒を愛し、反骨の精神で庶民に溶け込んだ。その場のひらめきで言葉を紡ぐ笠をかぶった詩人は、路傍で逝った。

（２０１９・10）

32 舌読で学ぶハンセン歌人・金夏日

舌読《ぜつどく》で学んだという、驚いた。韓国の農家に生まれた金夏日《キムハイル》（一九二六〜／日本名＝金山光男）は、一九三九年、十三歳で来日して菓子工場で働きながら学んでいたが、四一年にハンセン病を発病。四九年には両目を失明した。その頃、短歌を始めていた。やがて、彼は末梢神経麻痺で指先の感覚も失った。指が駄目になって点字が読めなくなった。それで「指がダメなら唇で、唇がダメなら舌先で読み取る稽古を」と言われ、五二年、点字を舌で読む「舌読」を始めた。「目は真っ赤に充血、涙はぽろぽろ、唾液が出て紙はべたべた、舌の先から血がでてくる」という過酷な訓練、努力を重ね、舌で読むことを習得した。併せてハングル点字も覚えた。

舌で学んで、歌を詠んだ。

菓子工場の仲間と共に日光に
　旅行せしころは健やかなりき

ひたぶるに眼科に通い癒えざりし
　視力にて仰ぐ桜は白し

戦死せし兄は遺族の知らぬ間に
　靖国神社に祀られていき

日本に徴用されし朝鮮人
　遠くサハリンにて貧しく暮らす

指紋押す指の無ければ外国人
　登録証にわが指紋なし

無窮花《むくげ》とはいかなる花か朝鮮の
　国花と聞けばわれは知りたし

五十年異国にありてわが祖国の
　サムソリの踊り忘れていたり

われ思う突き放されて得たるもの
　失せしものよりはるかに多し

本名をわがなのるまでの苦しみを
　いっきに語り涙ぐみたり

点訳のわが朝鮮の民族史
　今日も舌先のほてるまで読みぬ

在日を生きる貧しさ苦しさも
　みな歌にして書き溜めしもの

金さんは、在日朝鮮人、元ハンセン病患者、失明者として過酷な運命を生きた証を歌に詠み、『無窮花』『黄土』『やよひ』『機を織る音』『一族の墓』の五冊の歌集と随筆集『点字と共に』を残す。異国で戦争を体験、戦後も懸命に生き抜いて今がある。彼のすさまじい生の奥にある静かな魂を想い、尊い心を思う。

（2019・10）

西から見た大樟　油彩50号　1979年／築上町蔵

「大樟は、360度、どこから見ても絵になる」というのが私の持論です。それまで東側から描いていた私は、西側、つまり大樟の裏側に回ってみました。そこには、表の、天に向かって伸びていく力強い幹とは対照的な、焼け爛《ただ》れた空洞が口をあけていました。黙々と風雪に耐えてきた老樟に自分を投影した私は、点描に挑みました。同時に、私は画家として新しいモチーフを探していました。点描の中に動物の形がおぼろげに見て取れます。この絵は、「老樟孫生」に代表される新しい構図を確立させる基ともなりました。

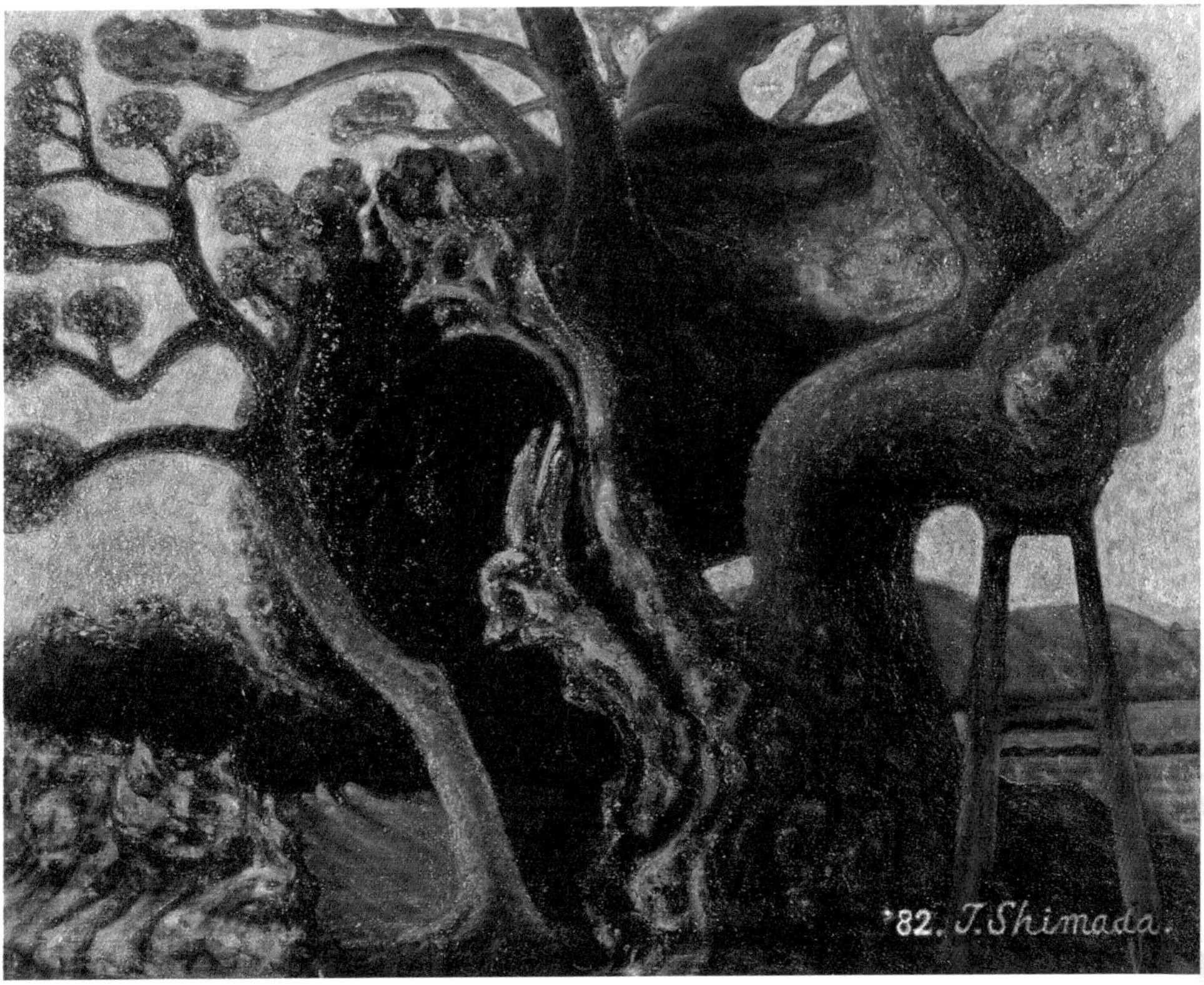

老樟孫生　油彩50号　1982年／築上町蔵

大樟の裏側に回り、「西から見た大樟」を制作して５年が経ちました。この構図はおもしろく、描いていると次々にイメージがふくらんできました。ぽっかりと口をあけた焼け跡の空洞からは、元気な孫生（ひこばえ）が朝日に向かって立ち上がり、火事でその身を焦がしてしまった老樟は、狐や兎、狸の形に姿を変え、自分の後を継いでくれる若い力を見守っています。次の世代への限りない希望を託したこの絵は、展覧会で共感を呼び、『毎日グラフ』、『芸術家年鑑』、『芸術グラフ』などに掲載されました。

33 ―――― 佐々木六戈は“俳歌人”だろう

短歌三十一文字と俳句十七文字の作品をともに詠み遺すのは〝俳歌人〟というのだろうか。北海道生まれの佐々木六戈《ろっか》（一九五五〜）の経歴が異色。

彼は、詩人の鷲巣《わしす》繁雄の短歌集を読み「作歌」を始めた。後、俳句結社に参加して「作句」をすすめ、俳人としての地位を確保。再び短歌に戻って第四十六回角川短歌賞（二〇〇〇年）を受賞した。短歌結社に属せず無所属で師もいない。本人の「歌人佐々木六戈は一夜で誕生した」というように、歌人の馬場あき子は「この人は新人としてではなく歌人として遇しなきゃいけない」との高い評価を受けて特異なデビューを果たした。

彼の短歌と俳句の作品を探す。

昭和史を花のごとくにおもふとき
　衰へはいつも花の奥から

私とは他人《ひと》の棺に外ならず
　或いはわれが死してよむうた

その昔のラッパのマーク皇軍の
　輝く薬効正露丸征く

「とてつもなき嘘を詠むべし」獺祭《だっさい》の
　百回忌まで少し間がある

完璧の珠玉ぞ燃ゆる椿ゆゑ
　立ったまま逝け水のおもてを

あのときはあらんかぎりの愛をもて
　あんなことをあくせくとアイヒマン

さりながら死ぬのはいつも他人なり
　夢野久作荻野久作

ほんたうにかなしむものはかなしみを
　つたへはしないそこに木がある

花守にあらずば三日働かず
かたばみの汚れて雲の遠ざかる
蚊の声や水の底から水の垢
筆入れに消しゴム匂ふ鹿の声
えんぴつに涼しき傷のありにけり
回りけり入道雲の裏口へ
一の馬二の馬三の秋の風
すぐ横を勿忘草《わすれなぐさ》の水流れ

彼の紡ぐ言葉は花と死が多いという。これまで開拓された「前衛」の技法というより「思想」詠と言った方がいいだろう。そして「歌人が思うほど、読者は作者のつまらない起居に興味など持たない」と記すように、視点を変えて自在な言葉を駆使する俳歌人のようだ。

（2019・10）

34 ハンセンで生きた女性ふたり

歌人の津田治子（一九一一～六三）は佐賀出身。十歳で母と死別し父と暮らす。十八歳でらい宣告。隠れて療養。手が曲がり右目失明。カトリック洗礼。後、ハンセン病院に入院。二十四歳に『アララギ』で短歌を始める。二十八歳で歌人の伊藤保《たもつ》との交流が始まる。歌は通じ合ったが結ばれることはなかった。四十三歳で『津田治子歌集』を出版。彼女の歌を掬う。

現身にヨブの終りの倖は
　あらずともよししぬびてゆかな
従ひて行きとどまれば山の上に
　物の音なく月澄みわたる
愚かなるわが一途さを思ひつつ
　山の苔をふむ人を恋ひ来て
病み崩《く》えし身の置き処なくふるさとを
　出でて来にけり老父を置きて
次の世にいのちゆたけきをみなにて
　いく人もいく人も吾は生みたし
ただひとつ生きてなすべき希ひありて
　主よみこころのままと祈らず
命終《めいじゅう》のまぼろしに主よ顕《た》ち給へ
　病みし一生をよろこばむために
苦しみのきはまるときにしあはせの
　きはまるらしもかたじけなけれ

俳人の玉木愛子（一八八七～一九六九）は大阪出身。材木問屋の裕福な家庭に育って琴、三味線、踊りを習う。十二歳でらい宣告。自宅療養に入るが妹や弟の婚姻に障ると自らハンセン病院に入院。キリスト教に入信。三十七歳で俳句を知る。四十二歳で右足切断。五十歳で失明。『ホトトギス』投句は続ける。六十八歳で『この命ある限り』を出版。彼女の句を掬う。

目をささげ手足をささげ降誕祭
心眼にさぐりて木下闇を出づ
よそ目には不幸に見ゆれ水中花
生涯を打たれうたれて砧盤《きぬたばん》
一冊の聖書がいのち冬ごもり
わが体操リズムに乗らず山笑ふ
天命に謝しねむりたく銀河濃し
祈ること怒濤のごとし去年今年

ハンセン病で生きた女性ふたりは、言葉を遺すことで生きゆく命を見つめさせる。津田治子は歌で、玉木愛子は句で、紡がれた詞の先にいる者たちへ……。

（２０１９・10）

国の天然記念物 本庄の大樟蘇生する A 油彩30号 1986年／個人蔵

1985（昭和60）年、日本美術出版社が「サロン・ド・パリ」を創立し、海外で日本の美術展を開催することになりました。これまでずっと国内の展覧会に「大樟」を出品してきた私は、「大樟」を世界に広めたいと思うようになりました。正会員に応募したところ、合格証と会員証の盾をいただきました。これも皆、大樟の神様のお陰です。この絵は、第1回パリ展で、「サロン・ド・パリ芸術公論賞」を受賞しました。

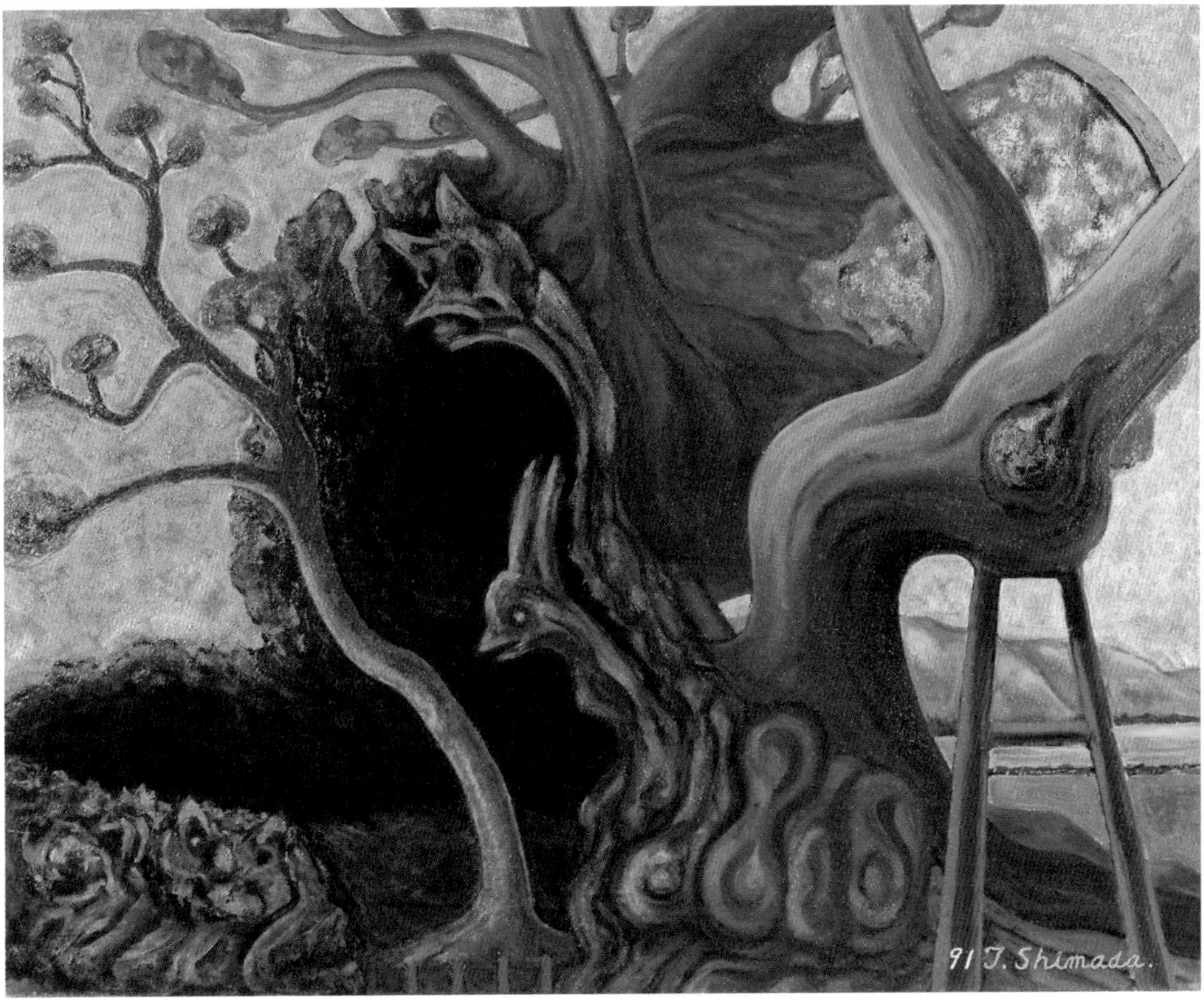

本庄の大樟 F 孫生（空洞の中の若樟） 油彩30号 1991年／個人蔵
明治34年の大火事で焼けた傷跡は薄皮一枚、かろうじて養分を吸い上げています。表で若く美しい緑葉をゆらす大樟を支えているのは、この年老いた樟です。若い世代を見守る老樟の姿にわが身を重ね、湾岸戦争の影響でパリ展が中止となり、東京で開催された第6回「サロン・ド・パリ展」に出品すべく絵筆を取りました。

35　末松謙澄が遺した言の葉

末松謙澄（一八五五～一九二〇）は、豊前国前田村（現福岡県行橋市）に生まれ、郷土の私塾「水哉園《すいさいえん》」で漢学、国学を学び、明治四年（一八七一）に上京。西南戦争で西郷隆盛への降伏勧告状を起草、後、ケンブリッジ大に留学。英国で『源氏物語』を英訳出版するなど明治・大正時代を駆け抜けたジャーナリストであり、政治家、歴史家として活躍したマルチ人間だった。そして伊藤博文の次女・生子《いくこ》（一八六八～一九三四）を妻とした。

生子夫人は、謙澄没の翌年命日（大正十年十月五日）に追悼の歌「はかなくもかへらぬ水のうきくさのあともしばしは世にのこれとぞ　生子」を納め、遺詠集『うきくさのあと』を編纂・出版した。

これには夫・謙澄の和歌、俳句、狂歌それに平安時代に発生した七・五・七・五・七・五・七・五で構成する現代風を意味する「今様《いまよう》」の歌詞などが収録されている。

こゝろこそ人の玉なれうれしきは
　君がこゝろの玉にぞありける

故郷に錦あやなす鏡山
　くもりなき名を代々に留めて

年毎にいやますものはたらちねの
　なき迹《あと》しのぶ思なりけり

姨捨やむかしもいまも月は月

ほんのりと酔うたすがたや初紅葉

青葉わか葉たもとすゞしき門出かな

大荒をのがれてこゝに桃の花

飲すぎてうつつぬかさぬ用意せよ
　思案酒でも酔へばつぶるゝ

何事もひとりぼっちは駄目と知れ
　どうせ世間は智慧のもち合

空也さんくふやくはぬは知らねども
　香のにほひもわるくあるまい

世の中は辛抱せねばかけまはり
　才覚しても金はでんがく

千曲《ちくま》の月にいそがれて　清水がしらの柴の戸を
　みかへりがちに過ぎゆけば
浅間の山に立つけぶり　風のまに〳〵うちなびき
　われに別れを惜しむらし

謙澄は、明治二十年（一八八七）に明治天皇ご臨席の下での「天覧歌舞伎」公演を実現させるなど伝統芸能向上の指揮を執り、国の文化普及に大きな役割を担った人物でもあった。

（２０１９・10）

36 ——— ことばの由来「あ」から「わ」

言葉は「言《こと》」＋「端《は》」であり「やまとうたは人の心を種《たね》としてよろずの言《こと》の葉《は》とぞなれりける」（『古今和歌集』）で「言の葉」という。「あ」から「わ」の由来を抄録する。

【挙句の果て】連歌の最後の「挙句」に「果て」を添えた。【今際《いまわ》の際】「今はもうこれ限り」の死に際。【うってつけ】釘を打って木をつける。【会釈】仏教用語「和会通釈」の略。【思う壺】博打《ばくち》の熟練壺振りは思った目を出す。【書き入れ時】商売の帳簿に数字を書き入れる。【几帳面】家具「几帳」の柱に刻み目を入れる。【玄人はだし】専門家（玄人）が履物を忘れてはだしで逃げる。【けちをつける】不吉な「怪事《けじ》」が音変化。【古希】詩人・杜甫の「古来稀なり」に由来。【さじを投げる】漢方医（医者）が治療に見切りをつける。【しおり】枝折《しお》るの連用形が名詞化。【図に乗る】法会で僧が唱える声楽の調子が変えられる。【責任転嫁】転嫁は「再度の嫁入り（再婚）」が転じて移すになった。【反《そ》りが合わない】刀の「反り」が「鞘」の曲がりに合わないと収まらない。【啖呵《たんか》を切る】咳と出る痰を治すと胸がスッキリ。【ちぐはぐ】鎮具《ちぐ》は金づち、破《は》具《ぐ》はくぎ抜き、交互に使って仕事が進まない。【つうかあ】「つうことだ」に「そうかあ」の意。【手玉に取る】曲芸師がお手玉を自由自在に扱う。【とどのつまり】魚のボラは出世魚で最後にはトドになる。【なしのつぶて】投げた小石は返ってこない。【にっちもさっちも】算盤《そろばん》用語で割り切れない数では計算が合わない。【ぬか喜び】糠は細かく小さいの意味が派生して儚《はかな》いになった。【念仏】仏を憶念《おくねん》する仏教語。【伸るか反るか】矢師の矢作りに由来。【背水の陣】中国『史記』の故事で川を背にして捨て身の態勢。【ひとりぼっち】独法師《ひとりぼうし》が変化した。【布団】禅僧が用いる「蒲《がま》の葉」で編んだ敷物が発展。【弁当】中国の古語で「便利」の意の「便当」が語源。【ほくそ笑む】中国の古老・北叟《ほくそう》が笑う故事。【真っ赤な嘘】摩訶な嘘が転じた俗説も。【未亡人】いまだ死なない人。【婿】迎子《むかふこ》とも向子《むかこ》ともいう。【目白押し】メジロの習性からの言葉。【門前払い】軽い刑で奉行所の門前から追い払う。【野次馬】老いた「親父馬」に由る。【指切りげんまん】愛の不変を誓う「指切り」に「拳万《げんまん》」を加えた。【羊羹】羊肉の羹《あつもの》をいう。【落語】落とし咄《ばなし》から生まれた。【立派】僧が一派を立てるなど。【ルンペン】ドイツ語でボロ服などの意。【歴々】区別して並んでいる様。【ろれつが回らない】雅楽の「呂律」の音階が合わない。【脇役】能楽の「シテ（仕手）」と「ワキ（脇）」に由来する。など。

（2019・11）

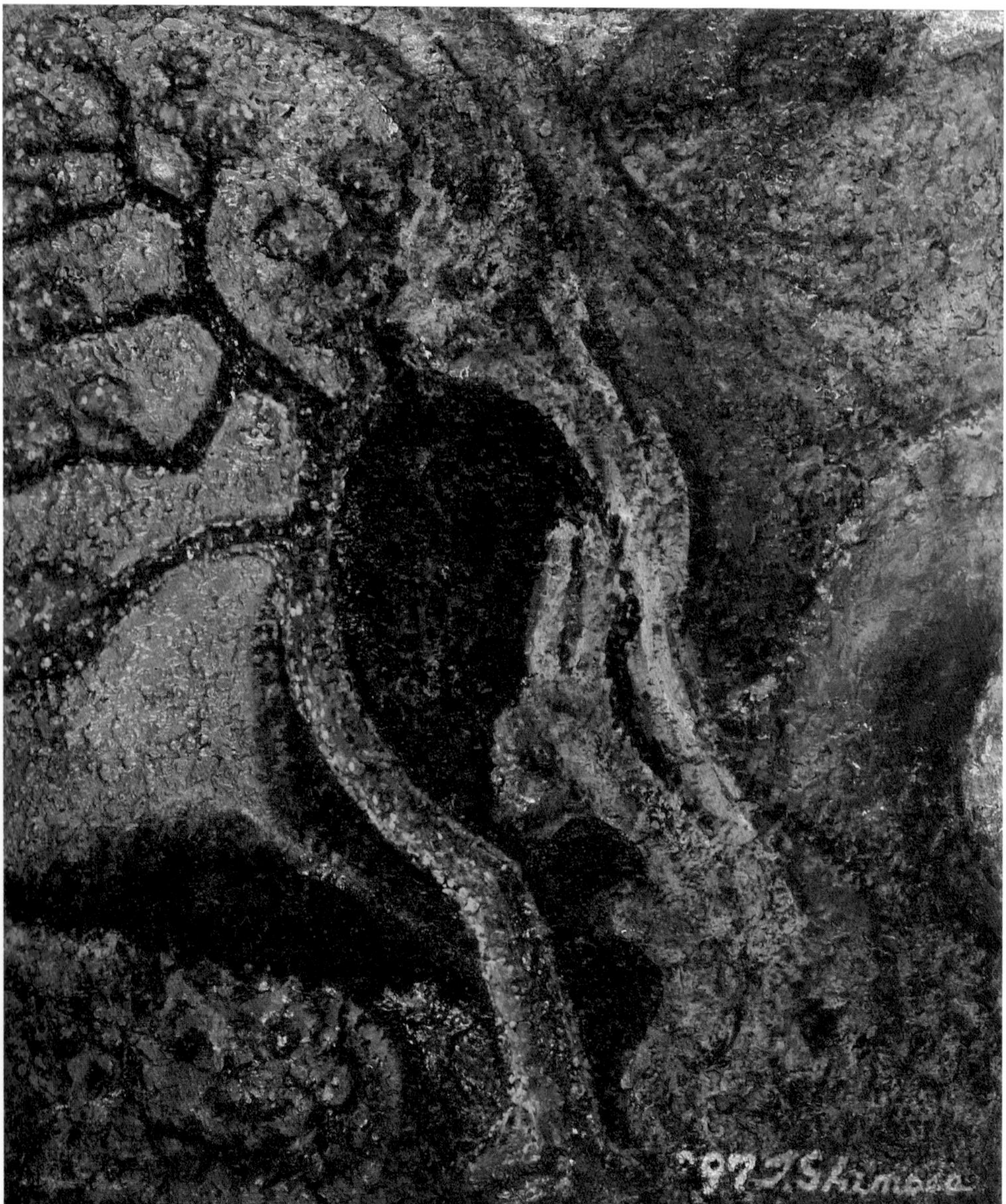

若樟　油彩10号　1997年／自宅蔵

この絵は、若樟に焦点を当て、大きく描いています。すくすくと育つ若い世代を見守っているキツネやウサギは、おじいちゃんの世代である大樟の旧い幹です。

老樟孫生　油彩50号　2001年／築上町・特別養護老人ホーム誠松園蔵
全日本美術協会の本展で、「老樟孫生」を発表してから20年。大樟にも変化がありました。かつての火事で穴を空けてしまった主幹には、赤い銅版で蓋がかけられました。よく見ると老いがその色を変えています。暗い祠《ほこら》には、永年の間、ここを根城にしているふくろうの姿が見えるようです。しかし、歳を経ても朝の光は変わることなく空洞の隙間から差し込んでいます。

37　詩と句と歌と、石原吉郎

石原吉郎（一九一五〜七七）は静岡県伊豆市に生まれる。昭和十三年（一九三八）に東京外国語学校を卒業後、大阪ガスに入社。翌年、応召、歩兵中隊に所属。後、ハルビンに配属された。終戦後、シベリアに抑留、ラーゲリに収監されて森林伐採に従事。昭和二十八年、特赦により帰還した。彼は回顧録を記し、友と詩誌を創刊、詩を詠み続けた。そして抑留体験を文学的テーマに昇華した戦後詩の代表的詩人として地位を築いた。

　昭和三十九年『サンチョ・パンサの帰郷』でH氏賞を受賞した。後、五冊の詩集を刊行している。

　さらに一五五句を収めた『石原吉郎句集』と九十九首を収録した『北鎌倉』の〝一句集と一歌集〟も遺す。

　彼が、なにを、なぜ、詩と句と歌として詠んだかの想いを追う。

　いまは死者がとむらうときだ／わるびれず死者におれたちが／とむらわれるときだ／とむらったつもりの／他界の水ぎわで／拝みうちにとむらわれる／それがおれたちの時代だ／だがなげくな／その逆縁の完璧さにおいて／目をあけたまま／つっ立ったまま／生きのびたおれたちの／それが礼節ではないか　（「礼節」）

＊　＊

その少女坐れば髪が胡桃《くるみ》の香

懐手蹼《みずかき》ありといってみよ

林檎の切口かがやき彼はかならず死ぬ

いちご食ふ天使も耳を食ふ悪魔も

墓碑ひとつひとつの影もあざむかず

＊　＊

今生の水面を垂りて相逢はず
　藤は他界を逆向きて立つ

「我れ渇く」無花果の成るもと飢ゑたりし〈彼〉

鎌倉は鎌倉ならじ鎌倉の
　北の剛毅のいたみともせむ

「この病ひ死には到らず」発念の
　道なす途の道の行く果て

塩のごと思想を口に含みてし
　をとこはいづれ去りて還らず

石原は「詩の定義」で「（略）詩における言葉はいわば沈黙を語るためのことば、『沈黙するための』ことばであるといっていい。（略）失語の一歩手前でふみとどまろうとする意志が、詩の全体をささえる（略）」と記す。

沈黙から零れでる言葉は、重く、深く、静か。

（２０１９・11）

38 妻が願った最後の「七日間」

神奈川県川崎市に住む宮本英司さん（七二）は、平成三十年（二〇一八）一月に妻の容子さんを亡くした。享年七十。二人は早稲田大学の同じクラスで席が隣だった。岐阜出身の英司さんは東京育ちの容子さんがまぶしかった。愛を育み、社会人三年目に結婚。二人の子に恵まれ「一卵性夫婦関係」だった。

平成二十七年（二〇一五）春、容子さんに小腸ガンが見つかり、余命二年と宣告された。連れ添った時を振り返り「交換日記」を交した。妻の逝った後「彼女の願ったものを遺せないか」とノートに記した妻の言葉を掬って、「七日間」が生まれた。夫は読み返し続ける。

＊　＊

神様お願い　この病室から抜け出して／七日間の元気な時間をください／／一日目には台所に立って　料理をいっぱい作りたい／あなたが好きな餃子や肉味噌カレーもシチューも冷凍しておくわ／／二日目には趣味の手作り　作りかけの手織りのマフラー／ミシンも踏んでバッグやポーチ　心残りがないほどいっぱい作る／／三日目にはお片付け　私の好きな古布や紅絹／どれも思いが詰まったものだけど　どなたか貰ってくださいね／／四日目には愛犬連れて　あなたとドライブに行こう／少し寒いけど箱根がいいかな　思い出の公園手つなぎ歩く／／五日目には子供や孫の　一年分の誕生会／ケーキもちゃんと11個買って　プレゼントも用意しておくわ／／六日目には友達集まって　憧れの女子会しましょ／お酒も少し飲みましょか　そしてカラオケで十八番を歌うの／／七日目にはあなたと二人きり　静かに部屋で過ごしましょ／大塚博堂のＣＤかけて　ふたりの長いお話しましょう／／神様お願い　七日間が終わったら／私はあなたに手を取られながら／静かに静かに時の来るのを待つわ／静かに静かに時の来るのを待つわ

（「七日間」）

＊　＊

妻のノートを開くと「病気はみんな私が背負うから健康で長生きするのよ」の言葉が飛び込んできた。すると「あなたの後を片付けながら歩いているのよ」という日々の暮らしの呟きが耳元に蘇った。

ごくさりげない日常でいい、何があるわけでもない、それでいい。ある一文「なにもないことは、何でもないことではなく、尊いことなのだ」を想い出した。

生きているだけでいい。

（２０１９・11）

'96 T.Shimada.

老樟孫生（寿）　油彩　208×386cm　浄興寺障壁画　1996年／築上町・浄興寺蔵
福岡県築城町の浄興寺に寄進した障壁画（襖絵）。お寺と油彩という組み合わせは大変珍しいのですが、白木をふんだんに使った明るい本堂の左右には襖絵が華やかに溶け込んでいます。これは、御本尊に向かって右側の４枚ですが、朝日を浴びながら伸びていく若樟は自然が育んだ「希望」の姿。豊かな曲線で描かれた太陽の光には、常にやさしく見守る「母性」への限りない思慕を託しました。人間を超えた大自然の大きな力によって、私たちもまた、生かされています。

39 ——「絆」に頼らず「独」で生きる

最近、よく耳にし、目にする言葉に「絆《きずな》」がある。家族の絆、夫婦の絆、友との絆など、なんか、あまりに「絆」を使い過ぎのような気がする。

言い換えると、人と人との「絆」が稀薄であり、無い時代だということを強調しているようにさえ思える。

絆が無いからこそ、絆、きずな、絆と言い立てているようだ。とにかく、絆を追ってみる。

絆の字は、牛を表す「半」に「糸」を合わせて「牛をつなぐ縄」の表現とある。

音読は、ハン・バンで「攀《ハン》」に通じて「すがりつく」の意になる。また訓読は、きずな、ほだ（す）と読み、ともに「結びつける」の意味を持つが「きずな」はポジティブで「ほだす」はネガティブ。そうか「きずな」を強めるのはいいが、強ければ強いほど「自由」が無くなり「束縛」されて身動きが取れない意味を持つ「ほだし」へと変化する。元々、絆は牛や馬などをつなぐ綱で、平安時代の辞書『和名類聚抄』にも記されている言葉。

やはり時代によって言葉の解釈は違ってくるようだ。いい言葉だった「忖度」のように。

モノをつなぎとめるという「絆」を考えると、例えば、家族で親が「きずな」を強くする思いがあっても、子は「ほだされる」という「うざい束縛じゃん」の感覚だろう。

ところで、絆の熟語を探してみると、一般的には脚絆《きゃはん》だろう。意外なのは絆創膏《ばんそうこう》があった。絆婚《きずなこん》、羈絆《きはん》、籠絆《ろうはん》、走絆《はしりほだし》など数少ないようだ。

また諺に、「貧は菩提の種、富は輪廻の絆」があった。

絆を文学作品から拾うと「断てない執着の絆」「重苦しい過去の絆」「捨て難い絆」「絆を断ち切って」など暗いイメージの表現が多いようだ。そういえば、戦前までの「絆」は封建的で個人を縛る「紐帯」であり「断つ」ものであったといわれている。それが、現代では人と人をつなぐ解釈になり、東日本大震災で「絆」は復興のシンボルとなっている。今、絆が「断つ」から「結ぶ」という正反対の使い方に変化している不思議。

絆とは入日にしぼむ棉の花　　福田甲子雄

連なりて和をなす珠の煌めきや
　万葉の枝に結びし絆　　詠み人知らず

絆の反対語は「独」では？の議論の中、今の世、人は疎外され孤立し分断されて断絶を生んでいる。

人も心も飛散の風潮。だったら「絆」に頼らず「独」で生きる学びを始めよう。

（2019・11）

40 人名と干支と人体の諺

生活の中でふっと立ち止まることがある。迷いだとか、思いだとか、特にどうということはなくても、そんな瞬間がある。そして先人の言葉がよぎる。心の奥底に刻まれ、眠っている道標の詞を想い出す。人の名と干支、それに体の部分の「故事ことわざ」を探す。

【弘法にも筆の誤り】優れた人でも失敗はある。【韓信の股くぐり】大志あるものは目前の小事を争わない。【弁慶の立ち往生】進退窮まる。また【玄治店《げんやだな》】は徳川家光の病を治した岡本玄治（一五八七〜一六四五）の拝領地、そこでは物語も生まれた。

【大山鳴動して鼠一匹】大騒ぎした割に結果は小。【牛に引かれて善光寺参り】人の誘いや偶然で良いことに導かれる。【虎穴に入らずんば虎子を得ず】危険を避けていては成功はない。【二兎を追う者は一兎をも得ず】欲を出して二つの事を上手くやろうとすると失敗する。【登竜門】立身出世、試験などの関門。【鬼が出るか蛇が出るか】何が起きるか予測できない。【老いたる馬は道を忘れず】経験豊かな人は判断が適切。【亡羊《ぼうよう》の嘆】真理への到達は困難、物事の選択に迷う。【猿も木から落ちる】道に通じた者でも失敗することがある。【鶏群《けいぐん》の一鶴】凡人の中に抜きんでた人が一人。【煩悩の犬は追えども去らず】人の煩悩は付きまとって離れない。【遼東の豕《いのこ》】自分だけが知っていると思いこんで得意がる、など。

【頭角を現す】学識や才能がすぐれて目立つ。【後ろ髪を引かれる】未練が残り思いきれない。【仏の顔も三度】温厚な人でも何度も無礼があれば怒る。【眉に唾を付ける】騙されないように用心する。【目から鱗が落ちる】あるきっかけで判らなかったことを理解する。【木で鼻を括《くく》る】そっけない冷淡な態度。【耳学問】人から聞いた知識や学問。【口は禍の元】不用意な発言は慎む。【物言えば唇寒し秋の風】余計なことを言うと災いを招く。【歯に衣着せぬ】遠慮なく思ったことを言う。【喉元過ぎれば熱さを忘れる】苦しいことも過ぎてしまえばすぐに忘れる。【首が回らない】借金などで生活ができない。【胸襟を開く】お互い心を打ち明ける。【暖簾に腕押し】何の張り合いも手ごたえもない。【両手に花】同時に二つ良いものを手に入れる。【爪の垢を煎じて飲む】優れた人にあやかる。【食指が動く】物が欲しい、何かをしたい。【腹に一物】何かを企んでいる。【臍《ほぞ》を噛む】ひどく悔しがる。【尻馬に乗る】人の言動に同調して軽はずみな行動。【二の足を踏む】決心が付かずためらう、など。

（２０１９・11）

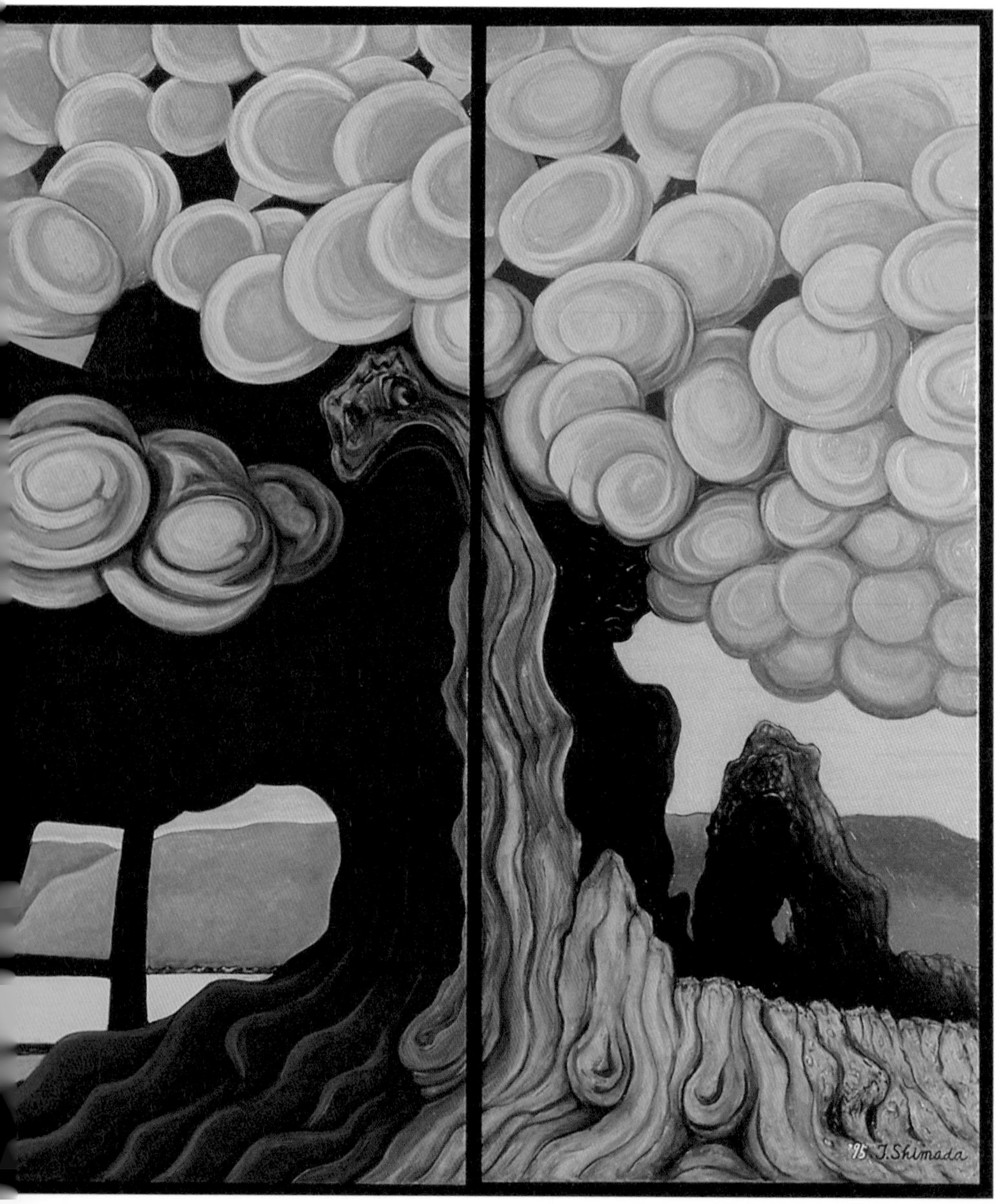
'95 T.Shimada

大樟全景（福）　油彩　208×386cm　浄興寺障壁画　1995年／築上町・浄興寺蔵

御本尊に向かい左側。襖絵にふさわしく装飾的に描きました。構図は左奥に向かって奥深く広がっており、最も深い所には小さくとがった山があります。それは、城井谷から山一つ越えた所（豊前市）にある求菩提山《くぼてさん》という修験道の聖地です。天からきらきらと明るい光が降り注ぐさまは極楽浄土を彷彿《ほうふつ》とさせます。樟の葉は丸く、おだやかに連なっていますが、これは寺社のご一族およびご門徒の方々の結束を表わしており、太く力強い支柱は、この寺の発展を支える有形・無形の力を示しています。

41 『平成田舎日記』刊行まで

令和元年（二〇一九）十一月十一日に『平成田舎日記』を刊行できた。平成二十九年（二〇一七）一月から翌年九月までの三六五篇を収めた。「田舎日記」シリーズ三冊目で、平成二十年（二〇〇八）に自由気ままな千字随想「田舎日記」を綴ってきた成果である。

昔から記録は活字で残すことが大事だと思ってきた。それで、これまでの『句碑建立記念竹下しづの女』（編著、私家版、一九八〇年）をはじめ『ものがたり京築』（共著、葦書房、一九八四年）、『京築文化考一〜三』（共著、海鳥社、一九八七〜九三年）、『京築を歩く』（共著、海鳥社、二〇〇五年）、『ふるさと私記』（海鳥社、二〇〇六年）、『田舎日記・一文一筆』（共著、花乱社、二〇一四年）、『田舎日記／一写一心』（共著、花乱社、二〇一六年）などの書籍刊行を続けてきた。ほとんどが〝郷土をともに知ろう、伝えよう〟のスタンスだった。

「郷土史家」という言い方は好きではない。やはり郷土を調べ、研究する「郷土研究家」の方が地域を伝える人に似合う呼び名ではなかろうか。郷土史の「史」は「歴史」の視点が主のようで「全体」の解説でなく、伝承の深化はあるが、拡散のない狭隘な世界のようだ。やはり物事一つ、前、横、後、斜の三六〇度、いろんな角度からの視点が必要だろう。

我が家の玄関先から広がる自然と文化を改めて観察する必要がある。小さな碑に意外な物語が伝わっていたりする。思いがけない遺産が眠っていたりもする。そんな話は、案外、地域に住む誰かが不思議と知っていて、古文書確認もできる。また伝わる話も、同じ伝承が少し違って、ひっそり隠れて点在するのも妙な話だ。

話は一つではない。我が住む地域に、産土神《うぶすながみ》がいて鎮守の森がある。さりげないお宮にいろんな伝え話が残るのも、神仏に手を合わせ、守り続ける心が〝救いの物語〟を生むのではなかろうか。

生活の中での「日記」は大事なようだ。この〝自分史〟が貴重な資料になる。くり返す日々が歴史になり、営む生活には世界の動きも見える。また良かれ悪しかれ政治の姿も映し出される。とくに郷土の話題は、遠くにいると、なおさら生活に彩りを添えるようだ。

平成の時を刻む中、千篇を超える記録から一日一篇、三六五日分の『平成田舎日記』を纏めることができた。日々、尋ねて綴ったものだ。今後も「日記」は書き続け、いずれ『令和田舎日記』として刊行できればと願う。

（２０１９・11）

42 「郷土学」私考

近年、現代人に「原点回帰」の風潮があるようだ。郷土の原点といえば、やはり生まれ育った故郷につながる鄙《ひな》、田舎への想いになるだろう。ところで「郷土」という言葉は、我が国の教育では明治十五年（一八八二）から昭和四十年代の高度経済成長期に「地域」に置き換えられるまで使われたようだ。郷土の認識は、十九世紀のヨーロッパで「人と土地の結び付き」を強める運動が始まりとされ、ドイツの地理・生物学者フリードリヒ・ラッツェル（一八四四～一九〇四）によって新しい分野の「郷土学」が確立されたという。

西欧の郷土論は、日本の地理学者らによって紹介された。とくに内村鑑三（一八六一～一九三〇／東京小石川出身）による啓蒙は大きな役割を果たし、札幌農学校の後輩である新渡戸《にとべ》稲造（一八六二～一九三三／岩手盛岡出身）に引き継がれた。新渡戸は「農村は個性を持って自立する郷土保護が必要」として、江戸時代から使われている「地方《じかた》学」を唱え「一村一郷の事を細密に学術的に研究して行かば、国家社会の事は自然と分かる道理」と記し「先ず其村の岩とか、近所の山とかを教え、川なら小川でも可《よ》いから、其村を流れて居るものから教えたい。歴史も其通りで、東洋歴史よりも、先ず村の歴史を教えたい」と話す。聴衆の中に柳田国男（一八七五～一九六二／兵庫福崎出身）がいて、新渡戸の考えに触発されて仲間と「郷土研究会」を作り、各地の村落研究の小旅行を試みた。柳田は雑誌『郷土研究』を創刊、民俗学を主体に活動するが「より広義な地方経済についてのものにすべき」との南方熊楠（一八六七～一九四一／和歌山田辺出身）の意見も寄せられたようだ。

内村から新渡戸、柳田、南方などと繋がる「地方学」は「郷土学」として受け継がれている。

〝地方の時代〟と叫ばれて久しい。地方主義が浸透して各地域ではそれぞれ、取り組みや研究がなされているようだが、いまだ西洋の「郷土学」のような総論体系は無く、原点に立ち返った具体的な実践もない。また活性化戦略を立てる根拠試論も見当たらない。イベント羅列に終っている。まず地域で活動する郷土史家は、蒐集した史料を抱きかかえるのではなく、公開し、いろんな角度から論戦をくり広げる包容力を持ってほしい。鄙であっても住む人が、景観十年風景百年風土千年精霊万年の想いの「郷土学」確立のため、郷土人にこれまでとは違った想像や見方ができる学びを示唆して欲しいものだ。

（２０１９・11）

大樟全景　油彩10号　1998年／自宅蔵

大樟の葉の描き方は徐々に変化してきました。筆先で絵の具を塗り重ねてみたり、一枚一枚の葉の質感を出そうと点描で描いてみたりしました。遠くから木を見たとき、一本の枝が抱えている葉が一つの塊のようにきらきらと輝いているのを表したいと思い、いつしか、このような丸い葉を描くようになりました。

国の天然記念物 本庄の大樟蘇生するC 油彩30号 1988年／自宅蔵
この絵は、フランスのパリで開催された第5回「サロン・ド・パリ展」に出品しました。海外に出品するので、日本らしさを出すために漢字を書き込んでいます。支柱を以前より細く、湾曲させて描くことで、支えねばならない木の重さを表現しています。大樟の葉は遠くから見ると、枝ごとに丸く繁り、太陽の光を受けてきらきらと輝いています。

43 わび茶を追ってみる

わび（侘）さび（寂）といえば「ああ、わびさび、ね」と納得顔。だが詳しく訊くと、さて、となる。解っているようで解ってない。日本の美意識の一つ。ところで、日本の茶は奈良時代に始まり、わび茶の原型は室町時代という。茶道における「わび茶」を追ってみる。

「わび」の記述は『万葉集』にもあるようだが、美意識の概念は江戸時代の茶書『南方録』以降とされる。また「さび」は『徒然草』などに「古く味わい深い」と記され、特に俳諧の世界で重視。江戸時代に「わび」と結ばれ、茶道において「わびさび」が用いられるようになった。わびさびは、質素で静寂な空間にひそみ、西洋にはない日本独自の美で「Wabi Sabi」と表現される。元来、わびは悲嘆など人間内面の落ち込みを表す言葉だが、戦国時代、大名がこぢんまりした不自由さを好む「侘び茶」を開き、静かな佇まいを楽しんだことに由るという。わび茶は、一休宗純の下に参禅した奈良出身の僧・村田珠光《じゅこう》（一四二二〜一五〇二）が創始者といわれ、堺の豪商である武野紹鷗《じょうおう》（一五〇二〜五五）らが引き継いで発展。豪華な茶の湯に対し簡素な境地を示す草庵の茶として、安土桃山時代に流行し千利休が完成させたといわれる。

それを「乞食宗旦《そうたん》」と渾名《あだな》された利休の孫・千宗旦（一五七八〜一六五八）が徹底探究し「わび茶」をさらに深化させ、創りあげたとされる。

わび茶に関して、珠光は粗末な道具や茶碗を賞美して「ひえかかる」美学に適《かな》えば良しとし「茶禅一如」を説いた。また紹鷗は「みわたせば花も紅葉もなかりけり浦の苫屋《とまや》の秋の夕暮れ（藤原定家）」を「わびの心」として「枯れかじけ寒かれ」を茶道の極みとした。

わび茶を完成させた利休は茶道精神、点前《てまえ》作法を説く歌「利休百首」を残している。

ならひつゝ見てこそ習へ習はずに
　よしあしいふは愚かなりけり

茶の湯とはただ湯をわかし茶をたてて
　のむばかりなる事と知るべし

また俳聖・松尾芭蕉は「侘てすめ月侘斎《つきわびさい》がなら茶哥《うた》」の句の「詞書」に「月をわび、身をわび、拙《つたな》きをわびて、わぶとこたへむとすれど、問人もなし。なほわびわびて」と記す。そして「駿河路や花橘も茶の匂ひ」など茶を詠む八句があるようだ。

日本美は、古くなり朽ちゆく様さえも「わびさび」の美として捉え、究極美に触れる。

（2019・11）

44　茶を詠む俳人、歌人など

茶の世界で表千家、裏千家、武者小路千家の祖であり、茶聖といわれる千利休に「利休七則」という名言が遺る。茶を基本にした「詞」のようだが、日々の生活にも繋がっているようだ。

一、茶は服のよきように点《た》て
二、炭は湯の沸くように置き
三、花は野にあるように生け
四、夏は涼しく冬暖かに
五、刻限は早めに
六、降らずとも傘の用意
七、相客に心せよ

また中国茶の歴史の中、唐時代に詠まれた盧仝《ろどう》の茶詩「七碗茶歌」も見てみる。

一碗飲めば喉や口が潤い、二碗飲めば胸のツカエが取れ、三碗飲めば干涸びた腸を探り、四碗飲めば汗が出て不平不満が毛穴から出て行く、五碗飲めば肌や骨まで清らかになり、六碗飲めば仙界へ通ずる、七碗はもう飲めない。両脇から清風が吹き抜けて行く。

茶人、文人には茶の詞が遺り、俳人、歌人などには茶を詠む作品が遺る。

馬に寝て残夢残月茶の烟　松尾芭蕉
うぐひすもうかれ鳴する茶つみ哉　小林一茶
茶の花のわづかに黄なる夕かな　与謝蕪村
俳諧の虚実を見たり古茶新茶　正岡子規
方丈に今とどきたる新茶かな　高濱虚子
茶の木にかこまれてそこはかとないくらし　種田山頭火

わが庵は都の辰巳しかぞ住む
　世をうぢ山と人はいふなり　喜撰法師
茶を好む歌人《うたびと》左千夫《さちお》冬ごもり
　楽焼きを造り歌はつくらず　伊藤左千夫
茶を飲みて心静まれ長靴の
　重みが足につきて居るかな　島木赤彦
あかつきのねざめ静けきこころもて
　すゝりあじはふ茶にしかめやも　若山牧水
茶の聖千の利休にあらねども
　煙のごとく消なむとぞ思ふ　北原白秋
さみどりの斜面かぐはし一番茶
　摘みゆく人に立夏のひかり　喜寻隆子

明治三十九年（一九〇六）に日本の茶道を欧米に紹介する岡倉天心（一八六三〜一九一三）の英文での『茶の本』が刊行された。野蛮国から文明国へと向かった日本。

（2019・11）

本庄の大樟　油彩10号　1996年／個人蔵
教え子の所望で筆を取りました。貴家の繁栄を祈るという意味の文字が見えます。孫の樟が大きくその枝を広げ、次世代の存在をアピールしているかのようです。金《きん》をたくさん使うことで華やかな絵に仕上がっています。

◀**大樟全景**　油彩50号　2000年／築上町蔵
この絵が、妻洋子に見守られながら描いた最後の一枚になりました。天を突いて伸びてゆく大樟の力強さを、キャンバスの左上まで伸ばした太い枝で表現しています。この主幹を際立たせる一方で、大樟の雄大さを表わすためには、枝の隙間から見える空もまた重要で、どのように空間を作り出すかは、いつも苦心するところです。小倉師範学校からの親友である故後藤忠雄氏（響ホール元館長）が12年間ホールに飾ってくださいました。

107　大樟の里［画：嶋田　隆］

45 ―――― 十一月二十九日は「神待ち」

　日本の暦では、睦月《むつき》（一月）、如月《きさらぎ》（二月）、弥生《やよい》（三月）、卯月《うづき》（四月）、皐月《さつき》（五月）、水無月《みなづき》（六月）、文月《ふみづき》（七月）、葉月《はづき》（八月）、長月《ながつき》（九月）、神無月《かんなづき》（十月）、霜月《しもつき》（十一月）、師走《しわす》（十二月）となっている。産土神を奉る日本各地の神社では、毎月、いろんな祭事が執り行われている。福岡県行橋市前田の清地《すがち》神社では、十一月二十九日に「神待ち」祭事が行われる。

　高台にある神社境内周辺の雑木を伐り、枯れ木を集めて祭に備える。二十九日の夜、村人がお宮に三々五々集って参拝。そして集めた木々を境内で燃やして「あなたの社はここですよ」と祭神を迎える「神待ち」が夜を通して行われる。

　物心ついたときから村の習わしとして身近にあった。祭事を追うと、旧暦十月は全国の八百万の神々が出雲に集まる月といわれ、地方では「神無月」しかし出雲は「神有月」といわれる。神々は、出雲で「神迎祭《かみむかえさい》」に始まり「神在祭《かみありさい》」を経て「神等去出祭《からさでさい》」を終えて地方に帰る。この神の帰郷は、村人総出で迎える伝統行事として引き継がれ、欠年無く続いている。近郊の神社でも祭事は続く。

　幼い頃、神社の森は深かった。神待ち行事の一カ月程前から森の中で仲間と木切れを拾い集めることに専念した。学校から帰宅後の楽しみでもあった。

　しかし、ある時「神待ち」の火で社の拝殿を焼いてしまった。後、森の大木を伐って社を建て替えた。幼い頃の思い出として蘇る。今、神社境内に数本の大木が残り、周りに梅の木が植えられ、森は無い。

　神待ちは村の小行事の一つ。村人の持ち回りで「炊き込み飯」を作り、参拝者に蜜柑と共に配る。

　皆で夜空を見上げて酒を酌み交わす。厳かな聖なる神事として体現してきた。

　ところが、現在のネット社会で「神待ち」を検索すると、驚く記述だった。神待ちは「かみまち」と読み「救いの手を差し伸べてくれる人を待つ」とあり「特に家出した女性が自分を泊めてくれる男性を探す」として「神待ち掲示板」があるそうだ。

　いくら万能の神だとはいえ、とんでもない時代だ。こんな「神」利用はないだろう、罰当たりな行為だ。

　心だに誠の道にかなひなば
　　祈らずとても神やまもらむ

この歌、学問の神様といわれる菅原道真が神と人の道を詠んだもののようだ。

（２０１９・11）

あるグループのミーティングで、終了時に参加者全員で唱和する言葉が身にしみた。不思議と気持ちが和らいだ。言葉が届く、という感じの「平安の祈り」だった。

神さま　私にお与えください　自分に変えられないものを受けいれる落ち着きを　変えられるものは変えていく勇気を　そして　二つのものを見分ける賢さを

皆で言葉を言い終えると、会議は解散になる。

ところが、この言葉には続きがあった。

今日一日を生き　この一瞬を享受し　苦しみを平和に至る道と受け入れますように　この罪深い世界を　私ではなく　神さまの御業として　あるがままに受け止めますように　神さまの意志にゆだねれば　すべてをあるべき姿にしてくれると信じられますように　私はこの世を生きて幸せでしょう　神さまと共にあることに　このうえない幸せを感じることができますように

永遠に　アーメン

「平安の祈り」は、アメリカの神学者ラインホルド・ニーバー（一八九二〜一九七一）の言葉だ。彼は政治や社会問題について意見を発し、多くのリベラルに影響を与え「現実主義的」なアメリカの対外政策を後押ししたという。また、渡辺和子さん（一九二七〜二〇一六）は、三十六歳で岡山県のノートルダム清心女子大学の学長に就任後、若く未経験の事柄や学長の重責で、苦労も多かった。挨拶をしてくれない、解ってくれないなど「くれない族」となり、思い悩んでいた時、ニーバーの詩「置かれた場所で咲きなさい」に救われたという。

置かれた場所で咲きなさい。仕方がないと諦めるのではなく、人生の最善を尽くし、花のように咲くことです。咲くことは、幸せに生きることです。

あなたが幸せになれば、他の人も幸せになります。あなたの笑顔が広がっていきます。

あなたが幸せで、それをあなたが笑顔で示せば　他の人たちもそれがわかり、幸せになります。神はあなたを特別なところに植えたのです。

もし、あなたが他の人たちと分かち合うことを知れば、あなたの人柄は輝きます。

「輝く」ことを「咲く」というのです。神がわたしを置いた場所でわたしが花開くとき、わたしの人生は人生の庭で美しい花になるのです。

置かれた場所で咲きなさい。

人は苦しむから生きてゆく言葉を探すのだろう。

（２０１９・11）

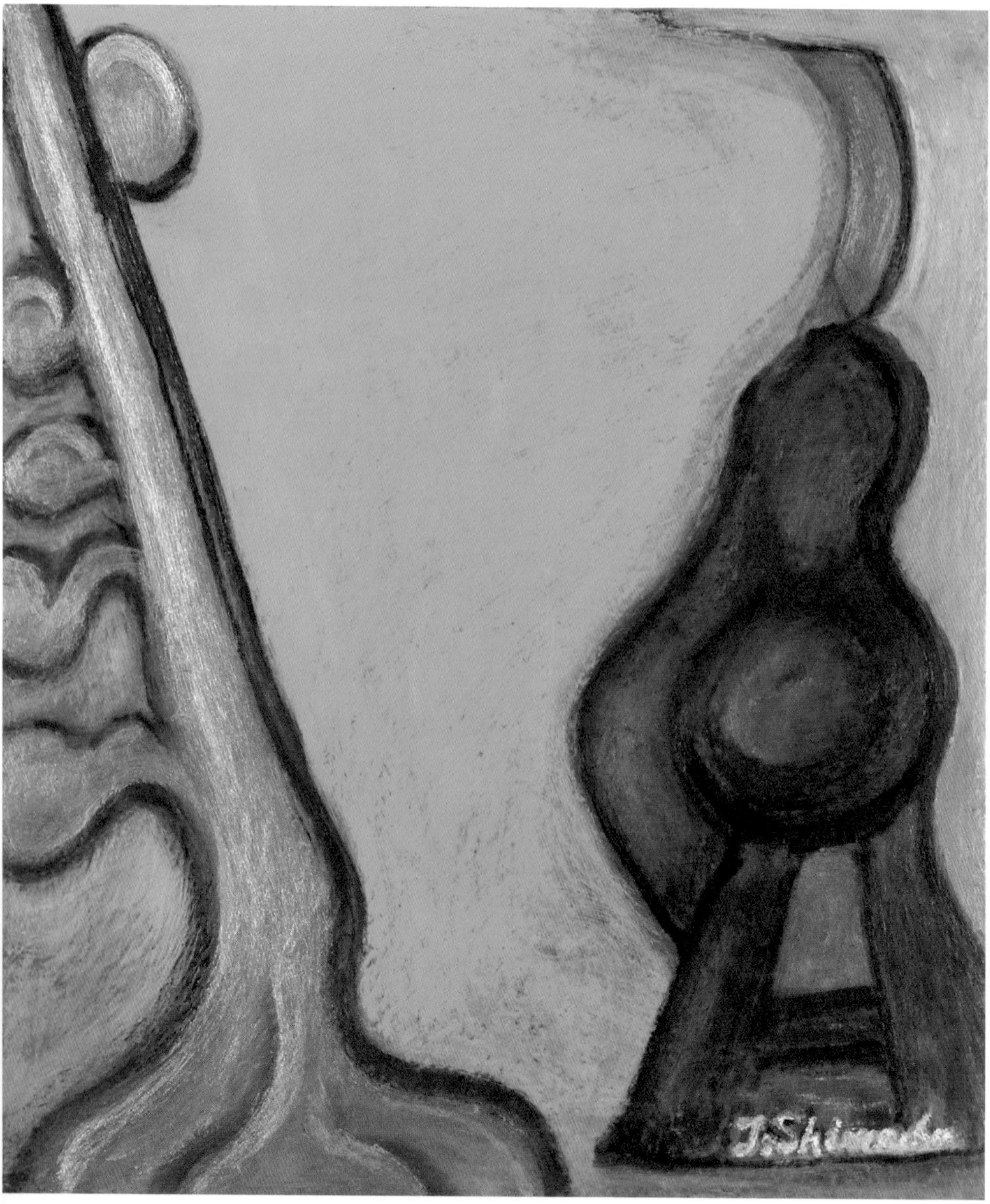

夏の大樟　油彩10号　2002年／自宅蔵

「描きたいものだけを描く」のは何と楽しいことでしょう。私は自分の精神を解き放ち、その朝、自分が好きだと思った色で好きな形を作ることにしました。誰にも気兼ねなどいらず、誰かに説明する必要もない。私は自分と向き合うことで、自分の心を遊ばせる喜びを手に入れました。(連作の一部)

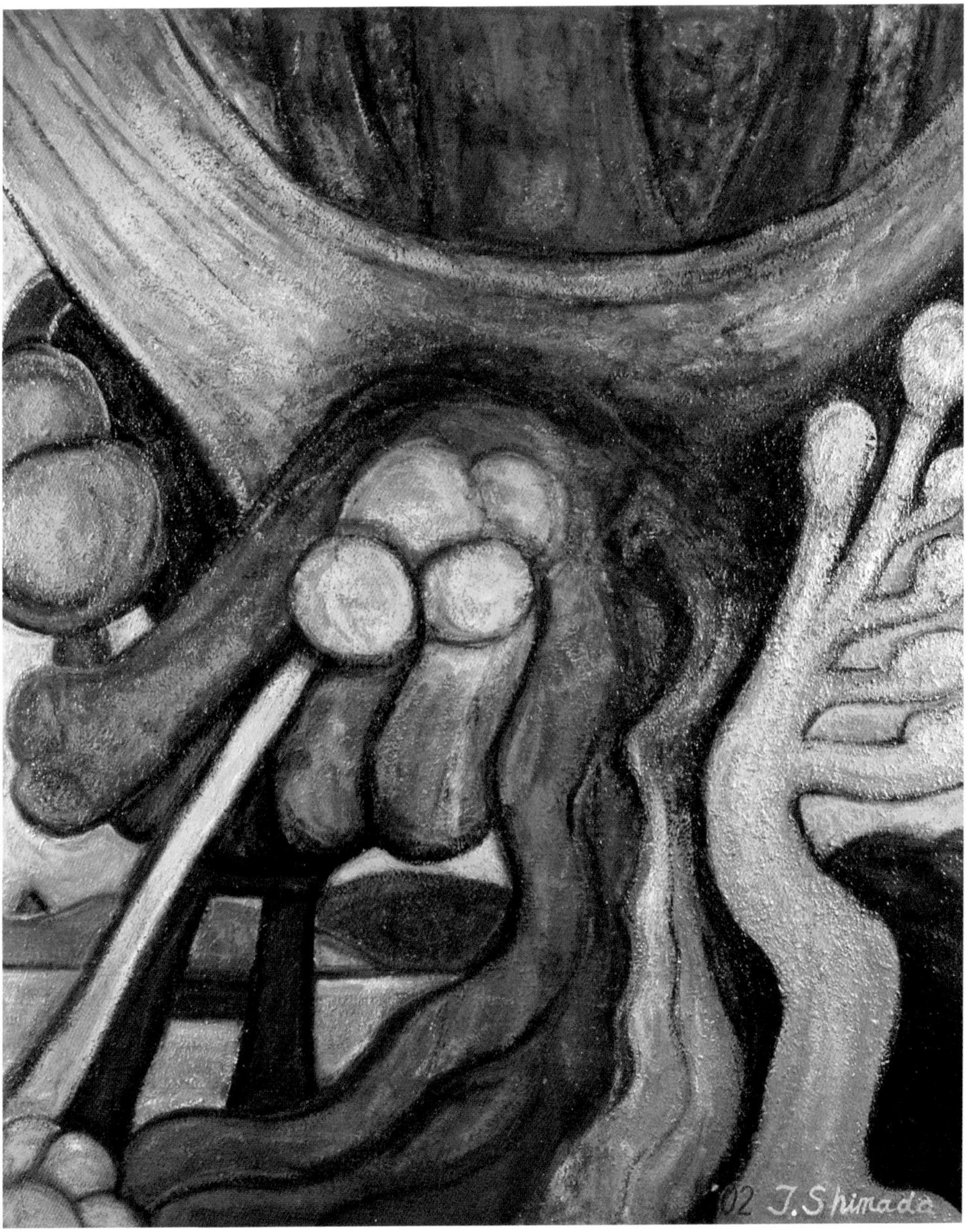

大樟三代 A　油彩100号　2002年／築上町蔵

樹齢1900年といわれる大樟を三代の家族に見立てて描きました。一代目のおじいちゃんは、向こう側に赤い冠（銅版の蓋）をかぶっている一番古い幹。二代目は手前に大きく弓なりに反った主幹です。この幹が空高く伸びているのです。三代目はこの絵の右側。金色に光った木が、おじいちゃんの希望を体現した孫の若樟です。

47 ワイン職人は「和果師」と呼ぶ

二〇一九年、秋。NPO仲間と五ケ瀬ワイナリー（宮崎県五ヶ瀬町）を訪ねた。そこで宮野恵支配人（六三）からいろんなワインの話を聞くことができた。楽しい懇談の中、ところで、お酒は「杜氏《とうじ》」職人によって造られるが、ワインの職人は何ですか、と尋ねると「醸造責任者ですかねぇ」という。ワインに職人名は無いようだ。実質、明治時代からワイン造りが始まり、百年を超えるが「ワイン職人」の名が無いというのも寂しい。

ワイン醸造の仕事は、ワイン用品種ぶどうを自然発酵させて、醸造の知識と技術を兼ね備えた職人というよりスタッフ全体で造るそう。しかし、酒も醸造工程を担う「杜氏」は「職人集団」の解釈だ。だとするなら、ワイン職人の呼び名もあっていいだろう。それでワインの醸造家の資格を調べてみると、酵素化学などを学び、現場で修業して葡萄酒技術研究会のエノログ（醸造技術者）取得がベストだそうだ、が、通称の呼称はない。

明治、大正、昭和、平成時代までに「ワイン職人」の「呼称」が無いのであれば、作ればいい。で、独自ワイナリーでの「呼称」作りは駄目ですかと問うと、五ケ瀬ワイナリーの宮野支配人は「作っても悪くはありません。いいですね、考えましょう」となった。侃々諤々、議論百出で、どうにか一案がまとまった。「和の国」日本であり、元号「令和」スタートの意味も込め、ある大手メーカの商標登録済みの「和いん」の呼び名もあるようなので、まず「和」とし、ぶどうは「果物」だから「果」を採り、実をワインに導く「師匠」の「師」がいいだろうと、「和果師《わくし》」の案になった。

世の中、「酒は男」に比べ「ワインは女性」の飲み物にふさわしいようだ。現在、女性ソムリエも増えてきた。女性をキーに広がるワインの世界ならば「和果師」は日本人の感性にふさわしい「呼称」だろう。

今、世界各地のワインが続々と日本上陸を始めている。また国内各地のワイナリーも、惹きつける〝魅惑の味〟創出に余念がないようだ。だとするなら、日本ワインとしての原点に立ち戻り、日本独自の味づくり職人名をワインの歴史に刻んでもいいだろう。

五ケ瀬ワイナリーは、令和二年（二〇二〇）初春からのワイン職人「和果師」採用の検討に入った。地方の小さなワイナリーに「和果師」誕生かも知れない。

ワインは、その地の土と風と人とがふれあう風土の味に、たおやかな里の香りが醸し出されて逸品となる。

（2019・12）

48　先のおばさんの句がある

書店で時折、俳句関連の雑誌などをめくる。

総合俳句誌『俳壇』二〇一九年十二月号の特集に「私の好きな女性俳人ベスト3～俳人・評論家55人アンケート」があった。

あれっ、〝先《さき》のおばさん〟の句があるじゃん、とページを追った。

福岡県行橋市中川出身の竹下しづの女（一八八七～一九五一）の句が六人から選ばれていた。近年、しづの女の評価も高まり、郷土人としては誇りである。

選ばれた句をみる。

宇多喜代子は、「苺ジャム男子はこれを食ふべからず」。
小島健は、「緑陰や矢を獲ては鳴る白き的」。
坂本宮尾は、「金色の尾を見られつゝ穴惑ふ」。
寺井谷子は、「たゞならぬ世に待たれ居て卒業す」。
西村和子は、「欲りて世になきもの欲れと青葉木菟《あおばずく》」。
坊城俊樹は、「汗臭き鈍《のろ》の男の群に伍す」。

明治生まれのしづの女は、稗田《ひえだ》尋常小、高等小、福岡女子師範卒業後、稗田小訓導、小倉師範助教授などの教鞭を執った。俳句を始めるにあたって高濱虚子主宰「ホトトギス」刊行誌を一年余かけて読破後、投句を始めたといわれる。大正九年六月の『ホトトギス』に「いつも此溝破れ鍋沈み田螺《たにし》かな　福岡・静廼女」が初登場。

そして二カ月後には、女性俳人として初めて「ホトトギス巻頭」を飾った。彼女の「漢文を平気で書く癖」のものなどが代表句となった。

短夜や乳ぜり泣く児を須可捨焉乎《すてっちまをか》　しづの女

しづの女が生まれた中川は「竹下」姓が多く「東」「西」「上」などがあり、しづの女は「先の竹下」で「先のおばさん」と村人から呼ばれていた。

郷土に三つの碑が建った。

昭和五十三年（一九七八）、竹下家墓所に「緑陰や」三文字を刻む「印碑」と、翌年、顕彰句碑が建った。

緑陰や矢を獲ては鳴る白き的　しづの女

平成三年（一九九一）、郷土の子らにと中京中学校庭に逞しく生きる子らを願って碑が建った。

ちひさなる花雄々しけれ矢筈草　しづの女

先のおばさんは、彗星のように現れ、どっかと郷土に腰を下ろし、子育てをしながら「汗臭き鈍の男の群に伍す」肝っ玉母さん風の泰然自若の生活に併せて、高等学校俳句連盟の機関紙『成層圏』で中村草田男とともに若い俳人を育てた。

（２０１９・12）

春の大樟　油彩10号　2002年／自宅蔵

50ページの「冬の大樟」から１年。「大樟の四季」の四部作が完成しました。一度描いていた『四季の大樟』は、「春」と「冬」を残すのみとなっていたのです（50・51ページ）。当時、連作を入れるため特注した額にもう一度10号の絵を４枚入れ、『平成の四季の大樟』（75・110・114・115 ページ）が完成しました。（連作の一部）

秋の大樟　油彩10号　2002年／自宅蔵
妻を亡くした私の生活は若い孫娘によって支えられるようになり、悲しみも癒されてきました。私は大樟の一部に着目するようになりました。自分と向き合い、今の私が一番大切に感じているものだけを取り出し、描きたいように描くことが無上の喜びとなりました。銅版をかぶった「おじいちゃん」に「孫の樟」が寄り添っています。（連作の一部）

49 十歳の頃を思いだす

考えてみれば、人生はあっという間かもしれない。干支を六回りして、一年が過ぎた。現代風にいえば、あと二年で後期高齢者。昔であれば姥捨て山に連れていかれるか、置かれているだろう。平成三十年（二〇一八）の人口統計は、前期高齢者（六五〜七四歳）は一七六四万人で後期高齢者（七五歳以上）は一七七〇万人、逆転したそうだ。若い人が少なくなるのは確実に少子国へ向かう一方、人生一〇〇年という高齢国への道を歩み始める。

歳をとると昔のことがフトした折に蘇る。特に小学生の時、十歳の頃のいくつかのアレコレを思いだす。懐かしい。通った稗田小学校は明治五年（一八七二）創立の京築最古の小学校だった。高台にある木造校舎は、多くの樹木に囲まれていい教育環境だった。

高学年の頃、校舎の北側に木造の講堂が建てられていた。学校の帰り、作業現場に友達とよく立ち寄った。木材を鋸《のこ》で切り、鉋《かんな》で削り、鑿《のみ》で刻む。さらに金槌《かなづち》で釘を打つなど大工さんの動きを見るのが楽しかった。

ある日、大工さんが手を休め、話し相手になってくれた。「名前は何じゃ」に「こうはた」と答えると「珍しいのぉ、大きぃなったら有名になるかも知れんぞぉ」と笑った。そんなチョットしたことが蘇る。

また学校で仲間数人と悪さをした時、渡り廊下に全員並ばされて男先生からビンタをはりまわされた。とても痛かった。その時、悪さも認識できた。体罰という言葉さえなかった。ワルサをすればタタカレルのは当たり前の時代だった。あの渡り廊下が蘇る。

ある時は死ぬかと思った。仲間と川土手に「住家《スミカ》」を造ろうと、堤に穴を掘り、奥に一人座われる空間を作った。そこに入っていると、仲間が穴の入り口で火を焚き、煙を穴に送り込んだからたまらない、飛び出てきた。とんだ遊びだった。苦しかった記憶が蘇る。また神社の森では、大きな木の枝の上に枯れ木を集め、やはりスミカを造るなど自由発想の遊びが楽しめた。それが隠れた秘密の場所だったからスリルもあって面白かった。

今、あれもダメ、これも駄目、許しません、認めません、いけませんと、何か子がやろうとすれば否定的な空気が漂っている。やらせればいいのにと思う。

やはり人間、原点に還って見ることだ。まず「親」という字は「木」の上に「立」って「見」ると書く。木の真下や遠くでは、子は見えない。元来、親は子が見える位置で見守る字になっているのに。

（2019・12）

50——中村哲さん、銃撃されて逝く

令和元年（二〇一九）十二月四日、アフガニスタン東部のジャララバードで福岡市のＮＧＯペシャワール会現地代表の中村哲医師（一九四六〜二〇一九）が武装集団に銃撃されて逝った。中村さんは農業用水のかんがい作業現場に向かう途中だった。悲劇は一瞬だった。

　中村さんは福岡市で生まれ九州大学医学部を卒業後、医師となった。昭和五十九年（一九八四）にアフガニスタン、パキスタンに医院や診療所を開設して医療活動を始めた。貧しい人々の命を救った。彼はクリスチャンではあるが、現地の信仰などに敬意を表しながら活動を続けた。平成十二年（二〇〇〇）以降、アフガンでの戦闘や記録的な大干ばつなどで餓死者百万人を超えるといわれる中、難民のために千六百余の井戸を現地の人々とともに掘った。さらに砂漠と化した土地に水を運ぶ水路を造り始めた。人間、まず生きること、「百の診療所よりも一本の用水路」を合言葉に大地に水を引き込んだ。

　水路造りは、中古トラックとオンボロ重機を自ら運転、多くの現地人と協働する素人集団の作業だった。水路工法は、郷里の筑後川に使われている竹や金網の枠に砕石を詰めた「蛇籠《じゃかご》」を採用して護岸に使った。一人の医師によって日本伝統の農業土木技術が中近東の大地で蘇った。総延長二五キロを超える用水路が完成、十万人を超える農民が暮らせる基盤が出来上がった。彼は『医者井戸を掘る／アフガン旱魃との闘い』や『医者よ、信念はいらないまず命を救え！』など多くの著作を遺し、マグサイサイ賞やイーハトーブ賞、平成天皇の記念式典招待、アフガニスタン国家勲章など各界から顕彰された。しかし、彼は「形だけの言葉はせからしい。現場を見れば分かりますよ」と現場主義を貫いた。

　中村さんは『糞尿譚』（第六回芥川賞）や『麦と兵隊』などの作家・火野葦平（一九〇七〜六〇）の甥。豪気で楽天主義風の葦平は「えらそうなところは全然なかった」という。伯父の自死を「敗戦を境に、多くの日本人は器用に転身した。でも、葦平は一〇年以上悩み続け（略）この世で何を信じればいいのか、そんな耐えがたさが『漠然とした不安』という遺書」になったと彼は推し量る。そして、今「帰国するたび、違う惑星に来たような気がする。日本人はみんなで動いて、その動きに乗れない人間をはじく」と感じていた。

　静かな闘士の中村哲さんの軌跡は、砂漠の大地を緑の地に変えてきた奇跡の歩みでもあった。

（２０１９・12）

樹液の流れ　油彩30号　2004年／自宅蔵

大樟を支えるのは、絶え間なく幹の内側を流れる樹液でしょう。さらさらと音もなく流れ続ける、生命力にあふれた水をイメージしました。

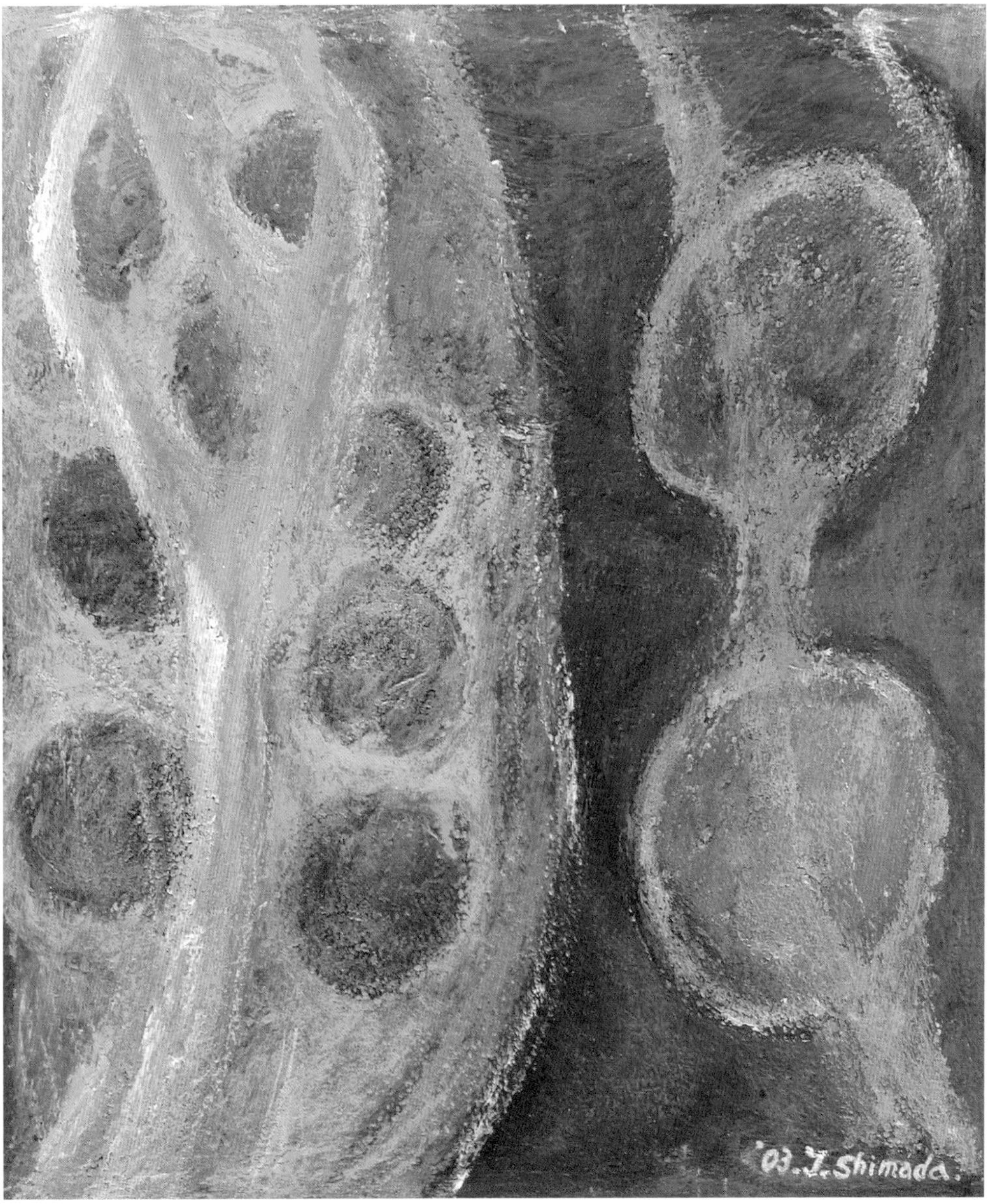

おじいちゃんと孫　油彩20号　2003年／自宅蔵

「これも大樟ですか」と聞かれたら、「何に見えますか」と問い返す。これほど楽しいことはありません。「絵はみんなが、自由に感じればいいんだよ」と言いながら説明するうちに、気がつくこともあります。ここには、孫娘に支えられ大樟と戯れている私がいます。

令和元年（二〇一九）の年末を迎え、かなり冷え込んできた。やはり、寒さは身にこたえる。

韓国は儒教の国といわれ、親を尊ぶなど道理のわかった国だと伝わる。日本人が忘れた心が、まだ韓国には残っているという懐かしい気持ちで「韓ドラ」を観て、勧善懲悪のハラハラ、ドキドキ展開に時を忘れ、純愛に心奪われた。しかし、韓国のスジの通らぬ日本バッシングでは「韓ドラ」が白けてくる。

平成十五年（二〇〇三）、ペ・ヨンジュン主演の初恋をテーマにした「冬のソナタ」が日本で放映されて「冬ソナ現象」が巻き起こり「韓流ドラマ」が認知され「韓国」が一気に近く親しい国になった。翌年には、イ・ヨンエ主演の「宮廷女官チャングムの誓い」もブームに火を点けた。初め、韓国ドラマに興味はなかったし、観ようとも思わなかった。ところが、ある日、偶々《たまたま》「チャングム」を何気なく観た。すると惹き込まれた。面白かった。

出演者の演技もさることながら、ドラマ全体を包むテーマ曲のメロディーが郷愁を帯びた哀切なもので、静かに心に沁みた。人が懸命に生きる姿に音楽が重なった。

オナラ　オナラ　アジュ　オナ　カナラ　カナラ

アジュ　カナ

51 ――― チャングムのメロディー

来てください。来てください。と言えば来て下さるのでしょうか。

ナナニ　タリョド　モッノナニ　アリニ　アリニ　アニノネ

行ってください。行ってください。と言えば行ってしまうのでしょうか。

ヘイヤ　ディイヤ　ヘイヤ　ナラニノ　オジド　モタナ　タリョカマ

愛しい人よ、来ることが出来ぬのならば、私を連れてってください。

このメロディーは、我が家の暮らしでも思い出の曲となっている。双子の孫娘が三歳から幼稚園に通った。両親が共稼ぎで昼間家に居ないので、通園バスの下車は我が家だった。夕方まで元気に遊び、うす暗くなると、近くの団地までクルマで送った。車内でよくチャングムのメロディーを口ずさんだ。二人は黙って聴いていた。家に着くと、時折、車中で眠っていることもあった。そういえば、このメロディーは子守歌のようでもある。

最近、車内で口ずさむと「それ、覚えているよ」と孫娘二人。今、小学校二年生になる。

（2019・12）

52　令和元年の漢字は「令」

日本漢字能力検定協会は、年末恒例の「今年の漢字」を京都・清水寺の森清範《せいはん》貫主の揮毫により発表。令和元年（二〇一九）の漢字は「令」だった。四月一日に新元号「令和」が発表されて五月一日から「令和時代」がスタート。新元号は日本最古の歌集『万葉集』からの出典で、これまでの元号とは違う「純粋」な日本文化が生んだ「ことば」だとの意義付け。「令」の意味は「純粋」とされ、それが言葉を合わせる「和」と結ばれた。

私的には「令和」の「令」は「〇《ぜろ》」であり「和」も「〇」で、まさに繰り返されてきた時代も、もう一度、原点「〇」に立ち戻っての出発になる、との解釈をした。

「今年の漢字」は、平成七年（一九九五）の阪神・淡路大震災、地下鉄サリン事件などの天災や事件などで国民が震えた世相を反映した「震」から始まっている。

「令」を追うと、今年は消費税の「法令改正」があり、不祥事で「法令順守」が叫ばれ、災害では「避難命令」が出された。考えれば「令」は生活の中で頻繁に使われているようだ。辞書をめくると「令」という字は、屋根の下で坐ってお告げを聞く姿だそうで、いいつけ、きまり、命じる、おきて、りっぱな、よい意味などとある。令嬢、令室、命令、辞令、訓令、律令、令状、戒厳令、司令塔、箝口《かんこう》令、政省令、社交辞令、至上命令、朝令暮改、三令五申など、改めて「令」を目にする機会は多い。それに「巧言《こうげん》令色、鮮《すくな》し仁」や「礼は宜しきに随ふべし、令は俗に従うべし」などのことわざもある。また令の添う字を見ると、美しい心「怜」や美しい人「伶」、すずやかな音「鈴」のほかに「冷」「玲」などがあり、零《ぜろ》も澪《みお》も齢《れい》もある。究極は令が変化した「命」だろう。現在、令や命の字の持つ神聖さが忘れられているようだ。人は「子を授かる」というように「命」は授かりもので「生かされている」ことを忘れているようだ。

令和元年に「令」が選ばれたのは、幼児虐待やストーカー殺人など、索漠とした時代、改めて、人間としての矜持を自覚させる選択だったのであろう。いや、もしかすると天下る神の「お告げ」かも知れない。

「初春の令月にして気淑《よ》く風和《やわ》ぎ梅は鏡前の粉を披《ひら》き蘭は珮後《はいご》の香を薫《くゆら》す」（『万葉集』の序文）

「令」の字が「命」につながる言葉だと知った。

聖徳太子の「和を以て貴しとなす」日本伝統の心が重なる「令和」だと気づいた。

命を尊ぶ時代に運ばれてゆくことを願う。

（2019・12）

夕焼け　油彩８号　2004年／自宅蔵

ある朝、マジックで形を取りたくなりました。きれいな夕焼けの中で見た大樟が脳裏に焼きついていました。消えないうちにさっさと色を塗り仕上げました。

空洞　油彩30号　2005年（遺作）／自宅蔵
最後の作品です。絵筆を握り、ひたすら丸く動かしました。大樟の空洞に棲んでいた梟を思い、母の懐に抱かれてその声を聴いた子どものころを思い出しながら、描きました。空洞からは明かりが漏れています。　［遺作］

53 安倍晋三内閣総理大臣の俳句

令和元年（二〇一九）十一月二十日、安倍晋三首相は、首相通算在職日数が二八八七日となり憲政史上最長となった。ところが、記録達成から間もなく異変が起きた。昭和二十七年（一九五二）の吉田茂首相から始まった内閣総理大臣主催の「桜を見る会」が問題になった。会の招待者は「各界で功績、功労のあった方々を招いて日頃の労苦を慰労する」もので、四千余人程度だったのが、年々増え、今年は一万八千二百余人になっていた。それで「選挙後援会の人々や誰も彼も、変な人まで招いて税金を使うのはどうか」となった。議論百出。しかし説明責任を果さぬまま、のらりくらりの状態で終らせようとしている。周りも忖度《そんたく》し過ぎて腰が引け、腑抜けになっている。何で「悪いことは悪い」といい「ダメなものはダメ」とピシャリと言わないのだろう。

おかしな世になった。情けない状況だ。

今誰もが「物言えば唇寒し秋の風」に吹かれて「寒風に立ち向かう」人はいないようだ。地に足が着いているのか、と訊きたくなる。俳人の金子兜太が「アベ政治を許さない」と叱責したが、そのような人物も出てこない。

ところで「横好き」なのかどうか「桜の花」を詠んだ安倍首相の俳句があるようで追ってみた。すると他にいくつかの句も拾えた。

給料の上がりし春は八重桜
賃上げの花が舞い散る春の風
風雪に耐えて五年の八重桜
葉桜の賑わいありて盃重ね
平成を名残惜しむか八重桜
新しき御代寿ぎて八重桜
柿食えば景気良くなり奈良の町
柿食えば令和輝く奈良のまち
暴力団に謝礼ケチって火炎瓶
古城にてもてなし染みる春の夜
逆風に神戸の空はさつき晴れ
花道を歩む二人や秋の空
まだまだと胸突き八丁冬の朝
鏡餅食べ終わる間に月が明け

安倍総裁が鹿児島の桜島をバックに幕末の志士・平野国臣《くにおみ》の歌「我が胸の燃ゆる思ひにくらぶれば煙はうすし桜島山」を披瀝。薩摩人を侮辱する無教養を開陳した。何もわかってないシンゾウを抱く日本は大丈夫か。もうそろそろ「さくら散る」通知を届けてもいい頃だ。

（2019・12）

54 ———— 「畳語」は表現が豊かになる

日々の生活の中で「おいおい、どうした」など、同じ言葉（字）を普通に意識せずに使っている。しかし物事を仔細に伝えるには欠かせない表現になる。ドキドキしたり、バリバリ働くなどの擬声語やジロジロ見られ、フラフラ歩く擬態語など「繰り返し言葉」を発するのは当たり前の日常だ。

同じ単語の繰り返しを「畳語《じょうご》」という。

畳語は「複合語」とも「合成語」ともいわれ、物が複数であり、動作の反復、継続をいい、意味を強調することを表す日本語独特の言葉のようだ。そして山々（名詞）、泣く泣く（動詞）、青々（形容詞）、またまた（副詞）、一々（数詞）などが元となる品詞である。

その前に同じ字が二つ重なる「理義字《りぎじ》」には、林《リン》、弱《ジャク》、羽《ウ》、競《キョウ》、朋《ホウ》、圭《ケイ》、炎《エン》、孖《シ》、双《ソウ》、奻《ダン》、昌《ショウ》、多《タ》、竹《タケ》、非《ヒ》、門《モン》、哥《カ》、玨《ケン》、棘《キョク》、棗《ソウ》、竝《ヘイ》、絲《シ》、艸《ソウ》、出《シュツ》などがあり、三つ重なる「品字様《ひんじよう》」には、森《モリ》、品《ヒン》、晶《ショウ》、轟《ゴウ》、姦《カン》、毳《セイ》、蟲《チュウ》、畾《ライ》、犇《ホン》、惢《ズイ》、磊《ライ》、聶《ショウ》、贔《ヒ》、劦《キョウ》、淼《ビョウ》、厽《ルイ》、叕《ジャク》、嚞《テツ》、垚《ギョウ》、歮《ジュウ》、焱《エン》、猋《ヒョウ》などがある。字の妙を味わえる。

繰り返しの言葉を拾う。

赤々《あかあか》、粗々《あらあら》、家々、愈々《いよいよ》、薄々《うすうす》、云々《うんぬん》、延々《えんえん》、怖々《おずおず》、折々、数々《かずかず》、兼々《かねがね》、煌々《きらきら》、種々《くさぐさ》、国々、喧々《けんけん》、玄々《げんげん》、轟々《ごうごう》、昏々《こんこん》、再々、燦々《さんさん》、然々《しかじか》、深々《しんしん》、寸々《ずたずた》、清々《せいせい》、切々、早々、続々《ぞくぞく》、度々《たびたび》、諾々《だくだく》、遅々《ちち》、近々、茶々《ちゃちゃ》、辻々《つじつじ》、艶々《つやつや》、転々《てんてん》、時々、得々《とくとく》、謎々、並々《なみなみ》、日々《にちにち》、温々《ぬくぬく》、滑々《ぬめぬめ》、粘々《ねばねば》、年々、後々《のちのち》、漠々《ばくばく》、半々《はんはん》、片々《ひらひら》、深々、節々《ふしぶし》、平々《へいへい》、別々、茫々《ぼうぼう》、仄々《ほのぼの》、益々、街々《まちまち》、道々、皆々《みなみな》、蒸々《むしむし》、宗々《むねむね》、冥々《めいめい》、面々《めんめん》、元々、諸々《もろもろ》、易々《やすやす》、安々《やすやす》、悠々、努々《ゆめゆめ》、洋々《ようよう》、翌々、楽々、爛々《らんらん》、了々《りょうりょう》、凛々《りんりん》、累々《るいるい》、縷々、烈々、恋々《れんれん》、朗々《ろうろう》、碌々《ろくろく》、若々、戦々《わなわな》、我々などがある。

同じ字を使う四文字熟語を探す。

三々五々、虚々実々、子々孫々、正々堂々、是々非々、津々浦々、戦々恐々、年々歳々、平々凡々、時々刻々、唯々諾々、侃々諤々、喧々囂々、種々楽々、奇々怪々、空々寂々、浩々湯々、明々白々、磊々落々、平々担々、生々是々、念々刻々、洒々落々、個々別々、日々夜々、陰々滅々、奇々妙々、孤々単々、五々八々、事々物々、在々処々、朝々暮々、来々世々、悠々閑々、易々諸々、空々漠々、明々赫々、恍々惚々、戦々慄々、滞々泥々、喋々喃々など、まだまだ色々様々ある。

日常会話で「畳語」を取り除くと話が困難、使用すれば表現が豊かになるようだ。

（2019・12）

大樟三代 B　油彩60号　2003年／築上町蔵

大樟と向き合い開放感を味わう時、私は自分の心に忠実になり、自分に寄り添い、自分と対話しています。「本庄の大樟」はいつしか「私の大樟」となりました。明治の大火事に遭遇しながらも生き延びてきた大樟に、大正・昭和・平成と時代を見つめてきた自分の姿を重ねています。私を通して自由に形を変えることで、大樟が昇華され、私の魂と一体化してきました。

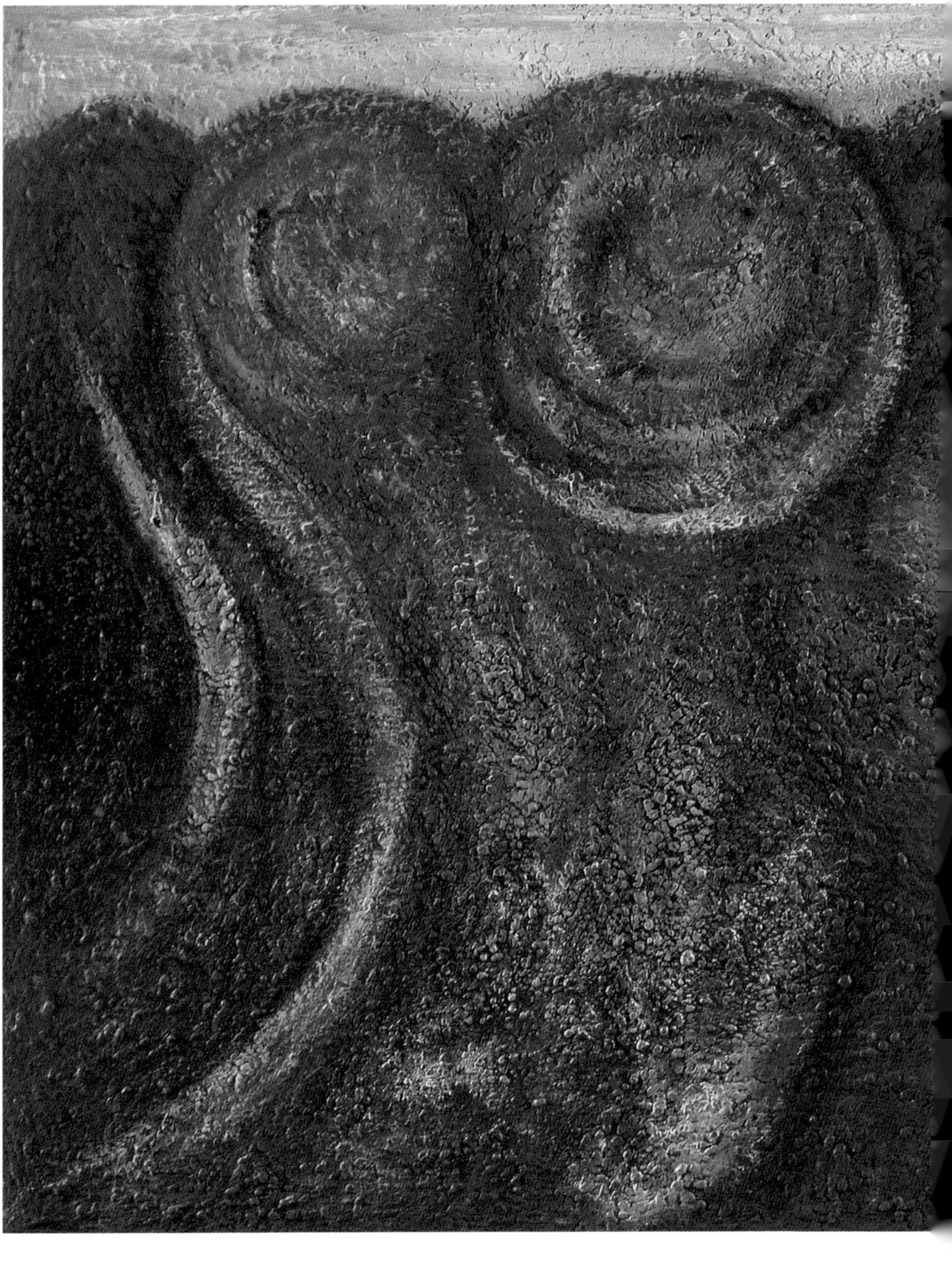

127　大樟の里［画：嶋田　隆］

新聞には、俳句、短歌、川柳、詩などの読者投稿欄がある。多くの人が投稿している。毎日の新聞の斜め読みで、おや、と目が留まる。まさに瞬間、読んで興味を持つことがある。詩の投稿欄に船橋留美子「退行的進化」とあった。言葉を追う。全く未知の女性だ。

ペンギンは昔飛べたのに　水中で泳ぐことを選んだ
空がふあんだったからだ　食いしん坊で海が好きだ
深海生物のヌタウナギは　省エネの為に目を失った
光がきらいだったからだ　鏡で自分を見るのが嫌だ
地中生だったヘビの先祖　土中を進む為手足を失う
手足が邪魔だったからだ　無精で手足を動かさない
古代の鳥類は歯があった　飛ぶ為軽くと歯を失った
歯を面倒と感じたからだ　噛むより飲むを選択した
定年後夫の行動力は皆無　唯ひたすら妻の後追生活
退化は進化の一環である

この詩、紡がれた言葉が愉しい。なるほどと思い、終章の「オチ」に納得した。

定年の足もとよぎる赤い蟹　穴井　太
停年も間近になって秋の風　源氏鶏太
洗ひ髪梳《す》きつつ定年の話など　菖蒲あや
停年の後夜かけて読む三国志　安東次男

55　定年考察もいろいろある

菊根分停年近き手が乾き　草間時彦

自ら定年を見る詩人の言葉は、少し違う気がする。
石垣りん（一九二〇～二〇〇四）は、日本興業銀行の事務員として働き、戦前、戦中、戦後、家族を支え定年退職するまで勤めた。

銀行員詩人は多くの作品を残した。そんな彼女の「定年」という詩を掬った。

ある日／会社がいった。／「あしたからこなくていいよ」／／人間は黙っていた。／人間には人間の言葉しかなかったから。／／会社の耳には／会社のことばしか通じなかったから。／／人間はつぶやいた。／／「そんなことって！　もう四十年も働いてきたんですよ」／／人間の耳は／会社のことばをよく聞き分けてきたから。／会社が次にいうことばを知っていたから。／／「あきらめるしかないな」／人間はボソボソつぶやいた。／／たしかに／はいった時から／相手は会社、だった。／人間なんていやしなかった。

人は自分の立ち位置からの視点でモノを視て、モノを言う。暮らしからの言葉は勁《つよ》い。

主婦の座に定年欲しき十二月　塙きく

（2019・12）

昔から「盗人猛々しい」というが「盗人にも三分の理」の故事もある。盗っ人を追う。

盗人に取り残されし窓の月　良寛

美男拳銃強盗一人ひそみゐる

群馬縣そのあたりあかるし　塚本邦雄

泥棒や強盗に日の永くなり　鈴木六林男

強盗殺人といえば極悪非道で許せないが「人を殺さず、傷つけず」をモットーに犯行を重ねていた強盗には、何か、拍子抜けする。山梨県の甲府刑務所で私生児として生まれた妻木松吉（一九〇一～八九）は、大正末から昭和四年（一九二九）にかけて東京で五十九件の「説教強盗」を続けて捕まった。珍しい呼び名の強盗だが、彼は真夜中に家に侵入し、寝ている主人の枕元にナイフを持って坐り、起きるのをじっと待って「寝ているところ申し訳ないが、少々、お金を恵んで貰えないだろうか」と言う。主人は驚いてお金を渡すが、すぐに立ち去らず「あなたの家は強盗に入られやすい。戸締りは厳重にして泥棒除けの犬を飼いなさい。私が去ったらすぐ警察に届けなさい。しかし電話線は切っています」と言い、防犯対策について説教をして静かに消え去ったそうだ。

奇特なドロボウだった。

56 昭和初めの説教強盗

彼は監獄で生まれ、父とは死別。母の再婚先で育つが、小学校を卒業すると奉公に出た。奉公先で金をごまかして逮捕、八カ月刑務所。出所後、左官になり、二十五歳で結婚する。関東大震災の復興景気が終わると貧困。生活のため、ひっそりと家に侵入して泥棒を続けた。

彼は、いつも仕事（強盗）に出かける時、妻に「徹夜の仕事で遅くなる。近頃は物騒で泥棒が多いから気を付けるように」と言って出かけた。怪盗ルパンも負ける。被害者に長々と説教する変な癖のある強盗は評判になり、拍手を送る者まで出てくる始末で、世間を大いに賑わせた。模倣犯も続出したようだ。また忍び込んだ家で「真人間の生活をしないといけない」と茶をご馳走になり、主人から諭されることもあったという。刑事に逮捕された後は、調べには素直に応じた。しかし裁判で無期懲役になった。控訴せずに刑が確定。秋田刑務所で模範囚として過ごした。新憲法公布で恩赦を受けて仮釈放された。後、全国の警察署、宗教団体などから「防犯講演」を依頼され、各地を行脚した。またＴＶ出演、雑誌対談などに出て「犯行状況」を語った。そして実録犯罪史「昭和の説教強盗」のドラマにもなった。

（２０１９・12）

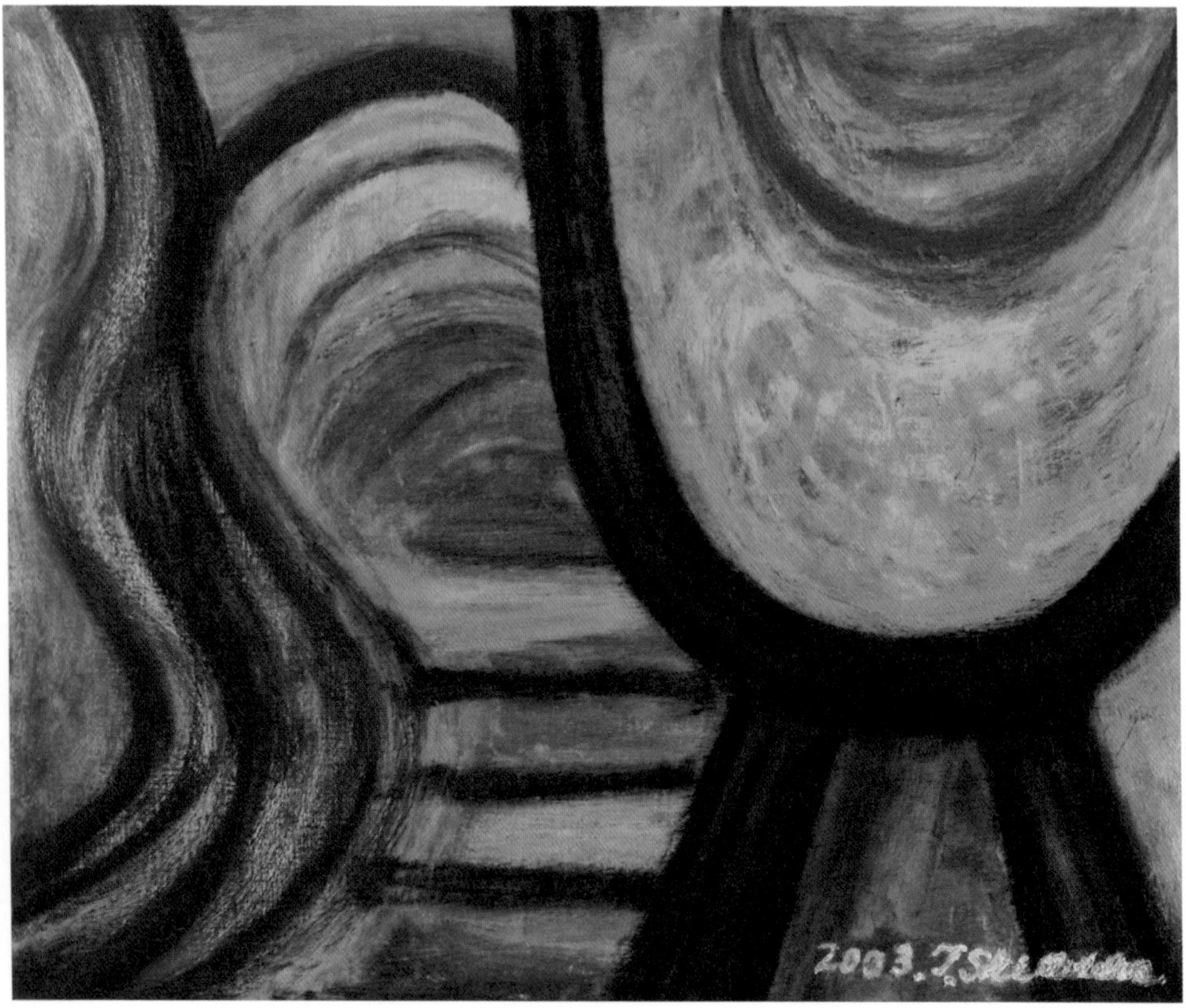

孫と祖父　油彩20号　2003年／自宅蔵
献身的におじいちゃんの世話をする孫娘。世代を超えた心の交流。よく見ると、老樟と若樟は赤い絆でむすばれています。私と大樟も、いつのまにか自由に交流できるようになってきました。

緑の大樟　油彩20号　2004年／自宅蔵
丸い銀色の玉は、大樟の中にある空洞かはたまた大樟を見つめる月か。大樟を柔らかな曲線で描き、私の魂と融合させました。

57　くだものを詠む

くだものの味は不思議。八果実の旬と主な生産地を追ってみる。桃は五〜九月で山梨、福島、長野。梨は七〜十二月で千葉、茨城、鳥取。柿は十、十一月で和歌山、奈良、福岡。葡萄は八〜十月で山梨、長野、山形。林檎は十〜十二月で青森、長野、岩手。苺は四、五月で栃木、福岡、熊本。枇杷は六月で長崎、鹿児島、香川。蜜柑は十一〜一月で和歌山、愛媛、静岡のようだ。

果物も詠まれてさらに味を増す。

老夫と吾とが人を待つひまも
　二つの桃をてらすともしび　津田治子

桃くふや羽黒の山を前にして　正岡子規

白桃に入れし刃先の種を割る　橋本多佳子

黒雲のしたに梨の花咲きてをり
　いまだにつづく昭和の如く　小池　光

梨むくや徒然草もあと少し　原　月舟

梨棚にはるかに高き鰯雲　高濱年尾

時雨《しぐれ》雲はるれば見えぬ楢山《ならやま》に
　まじりて赤き柿の木畑　島木赤彦

柿むく手母のごとくに柿をむく　西東三鬼

吊るし柿日は一輪のままに落ち　桂　信子

沈黙のわれに見よとぞ百房の
　黒き葡萄に雨ふりそそぐ　斎藤茂吉

葡萄食ふ一語一語の如くにて　中村草田男

マスカット母との刻のゆるり過ぎ　野澤節子

君かへす朝の敷石さくさくと
　雪よ林檎の香のごとくふれ　北原白秋

林檎むく五重の塔に刃を向けて　野見山朱鳥

樹のリンゴ地上の妻の籠に満つ　津田清子

この様に人の心も熟れたいと
　晴れた日の朝の苺に云いました　光本恵子

つぶしたる苺流るる乳の中　高濱虚子

忍びきてつむは誰が子ぞ紅苺　杉田久女

苦しみて生きつつをれば枇杷の花
　終りて冬の後半となる　佐藤佐太郎

船室の明るさに枇杷の種のこす　横山白虹

枇杷の種弾みて富士の山開き　飯田龍太

箱詰めの社会の底で潰された
　蜜柑のごとき若者がいる　萩原慎一郎

上々のみかん一山五文かな　小林一茶

三人の子の好き嫌いなきみかん　稲畑汀子

果物は水菓子、木菓子とも。やはり歌や句はいい。

（2019・12）

58 さかなを詠む

日本人はさかなをよく食べる。八魚の世界の漁獲ランキングを見る。鯛は、中国、日本、トルコ。鯖は、日本、インドネシア、中国。鮪《まぐろ》は、インドネシア、日本、台湾。鰯《いわし》は、ペルー、チリ、モロッコ。蛸は、中国、モロッコ、メキシコ。鯉《こい》は、中国、インドネシア、ベトナム。鮒《ふな》は、中国、ロシア、ウズベキスタン。鰻《うなぎ》は、中国、日本、韓国。鮮魚店に並ぶ魚は美しい。魚も詠まれる。

三尺の鯛生きてあり夏氷　正岡子規
即身仏みてきて鯛の目玉食う　前田保子
うらなごむ入江の磯を打ち出でゝ
　おやにまつると鯛も釣りけむ　長塚　節
一房の藤下げてもつ鯖のごとし　山口青邨
燈台の光りの外の鯖火かな　鈴木真砂女
旅なんて死んでからでも行けるなり
　鯖街道に赤い月出る　吉川宏志
かつぎたる大いなるもの鮪竿　高野素十
霜終へし鮪ころがり凍三和土《たたき》　菖蒲あや
目の前を時計回りにめぐりいる
　もと回遊魚のまぐろのにぎり　杉崎恒夫
乳房掠める北から流れてきた鰯　金子兜太
西日して薄紫の千鰯　杉田久女

大めしを食うて眠りし報いにや
　いわしの身とぞなりにけるかな　良寛
蛸壺やはかなき夢を夏の月　松尾芭蕉
蛸が嘆くよ肢に指輪を嵌めつらね　三橋鷹女
にっぽんの壺に嵌りし蛸といふ
　蛸はかなしゑモーリタニアの蛸　中島行矢
日くるれば日ぐれ神守る緋鯉かな　原　石鼎
神仏まづ暮れ給ふなり冬の鯉　中山純子
鯉こくにあらひにあきて焼かせたる
　鯉の味噌焼うまかりにけり　若山牧水
掌に重く有明色の春の鮒　加藤楸邨
寒鮒を堕して鳶の笛虚空　竹下しづの女
和紙の上跳ねる蘭鋳あかあかと
　鮒ゆ進化の果てを腫らして　大野道夫
それらしき匂してをり鰻の日　桂　信子
落花の句つくりて鰻待ちにけり　日野草城
あたたかき鰻を食ひてかえりくる
　道玄坂に月おし照れり　斎藤茂吉

魚は、エラ（鰓）で呼吸、ヒレ（鰭）で移動、体表はウロコ（鱗）に覆われる変温動物。種類も三万近い魚。

（２０１９・12）

鎮守の森　水彩８号　1957年／自宅蔵
左ページ「鎮守の森」の原画となった水彩画です。この絵を見た日本画の小野茂明画伯（日展会員）は、構図をほめてくださいました。「とうしゃく」と「お茶の木」の位置がよい、あぜ道の曲がり具合がグランドピアノの背のように湾曲しているのがよい、森の木々がバイオリンやチェロのような楽器を連想させる形でよい、と評し、この絵を日本画で描き、県展に出品してはと勧めてくださいました。この森は別名「さかいもり」といい、築城町内に現存しています。

鎮守の森　日本画50号　1966年／築上町蔵

鎮守の森の入り口には貴船神社の鳥居が見えます。空は青や白にしてみたのですが、今一つ心が決まりません。ようやく、この森を引き立たせるためには深い青(群青)が効果的だと思い至りました。小野画伯に褒められたあぜ道や木々の形を念頭に置き、森全体から祭囃子の音楽が聞こえてくるような絵にしたいと考えながら描いていきました。県展に初出品したにもかかわらず、入選した上に「佳作」賞をもらったので、画伯はたいそう喜んでくださいました。

59　漢字同じで違う読み

日本語のことば遊びというより、ことば探しが面白い。日本語には「同じ字」で違う「読み」のことばがある。「分別」は「ふんべつ」と「ぶんべつ」がある。

　ふんべつは、心（自分）が外界（他者）を思い遣る。ぶんべつは「ゴミ分別」のように数多くのモノを分けて別々にするなど、「ふ」と「ぶ」で意味が違う。

　菖蒲（あやめ・しょうぶ）、市場（いちば・しじょう）、銀杏（いちょう・ぎんなん）、上手（うわて・じょうず・かみて）、下手（しもて・へた・したて）、根本（こんぽん・ねもと）、人事（じんじ・ひとごと）、心中（しんちゅう・しんじゅう）、人気（にんき・ひとけ）、木目（もくめ・きめ）、日向（ひなた・ひゅうが）、目下（もっか・めした）、色紙（しきし・いろがみ）、冷水（れいすい・ひやみず）、風車（ふうしゃ・かざぐるま）、水車（すいしゃ・みずぐるま）、化学（かがく・ばけがく）、生物（せいぶつ・なまもの）、一目（ひとめ・いちもく）、清水（しみず・きよみず・せいすい）、山陰（やまかげ・さんいん）、行方（ゆくえ・なめかた）、一番（いちばん・ひとつがい）、昨日（きのう・さくじつ）、今日（きょう・こんにち）、明日（あす・あした・みょうにち）、左右（さゆう・ひだりみぎ）、上下（じょうげ・うえした）、最中（もなか・さなか・さいちゅう）、見物（けんぶつ・みもの）、変化（へんか・へんげ）、氷柱（ひょうちゅう・つらら）、谷間（たにま・たにあい）、気質（きしつ・かたぎ）、金色（きんいろ・こんじき）、一寸（いっすん・ちょっと）、足跡（あしあと・そくせき）、一時（ひととき・いちじ）、気質（きしつ・かたぎ）、生花（せいか・いけばな）、白髪（しらが・はくはつ）、大勢（おおぜい・たいせい）、玩具（おもちゃ・がんぐ）、紅葉（もみじ・こうよう）、梅雨（つゆ・ばいう）、水面（みなも・すいめん）、船底（ふなぞこ・せんてい）、墓石（はかいし・ぼせき）、疾風（しっぷう・はやて）、故郷（こきょう・ふるさと）、牧場（ぼくじょう・まきば）、花弁（かべん・はなびら）、後々（あとあと・のちのち）、細々（こまごま・ほそぼそ）、入水（にゅうすい・じゅすい）、末期（まつご・まっき）、大人気（だいにんき・おとなげ）、大文字（だいもんじ・おおもじ）、明後日（あさって・みょうごにち）、一昨年（いっさくねん・おととし）、十六夜（いざよい・じゅうろくや）、十八番（おはこ・じゅうはちばん）、意気地（いくじ・いきじ）、下野（しもつけ・げや）、火傷（やけど・かしょう）など、まだある。

　日本語は生活に彩りを添える。ことばが転がっている、人はそれを拾うだけである。

（2019・12）

60 漢字違って同じ読み

漢字を同じ音で読む、いわゆる同音異字がたくさんある。音を素早く理解できるのは、幼い頃からの訓練によるようだ。義務教育で教わる漢字は、小学一年（八〇）、二年（一六〇）、三年（二〇〇）、四年（二〇二）、五年（一九三）、六年（一九一）で合計一〇二六字。中学生は一一三〇字となっているようだ。練習帳に何度も書いた記憶が蘇る。字の同じ読みを追う。

個人・古人・故人（こじん）、事典・時点・次点・自転・辞典・字典（じてん）、保険・保健（ほけん）、天気・転記・転機（てんき）、私事・指示・師事・支持・死児（しじ）、意義・異議（いぎ）、速効・側溝・速攻・即効（そっこう）、引退・隠退（いんたい）、確立・確率（かくりつ）、県議・建議・嫌疑（けんぎ）、線香・選考・先行・専攻・閃光・千校・染工・潜行・戦功（せんこう）、彗星・水星・水性（すいせい）、高率・公立・効率（こうりつ）、旧姓・急性・急逝・救世・九星（きゅうせい）、市長・支庁・市町・視聴・士長（しちょう）、正確・性格・精確（せいかく）、三時・賛辞・三次・参事・惨事・三児・山路・産児（さんじ）、寺格・自覚・字画・痔核・耳殻・地角（じかく）、首席・主席・酒席（しゅせき）、遺骸・以外・意外・猪飼（いがい）、会報・解放・開放（かいほう）、強硬・恐慌・教皇・強行・恭行・凶行・強攻（きょうこう）、奇手・騎手・機種・貴種（きしゅ）、化学・科学・下顎・華岳（かがく）、脂肪・志望・死亡・子房（しぼう）、頭部・東部・東武（とうぶ）、声部・西部・西武（せいぶ）、隈・熊・球磨・久間（くま）、交渉・厚相・鉱床・考証・高尚・工廠・工商・公娼・公証・興商・口承・公傷・哄笑・高昇・工匠・校章・好尚・功将・口証・口誦・行賞・公称（こうしょう）、都議・伽・砥（とぎ）、航空・口腔・高空（こうくう）、体制・態勢・大成・大勢・耐性・胎生・大政・退勢・泰西・大声（たいせい）、放送・法相・法曹・包装・疱瘡（ほうそう）、中小・抽象・中傷（ちゅうしょう）、大正・対象・大賞・大将・対照・隊商・大勝・大笑（たいしょう）、用意・容易・妖異（ようい）、蒐集・収集・修習・収拾（しゅうしゅう）、改心・回診（かいしん）、想像・創造・宗像（そうぞう）、帰還・器官・機関・既刊・気管・期間・基幹・季刊・旗艦・奇観・帰館（きかん）、女子・助詞・序詞・女史・女士（じょし）などなど、まだほかにある。

音は同じでも形が違い、意味も異なる。日本語の奥深さに苦しむか楽しむかだろう。

（２０１９・12）

香春岳　油彩６号　1978年／自宅蔵

香春は、「かわら」と読みます。香春岳は、福岡県田川市にあり、古くから石灰岩の採掘で知られています。「炭坑節」として有名な山で、地元のシンボルとして大切にされてきました。この絵が描かれた当時はまだ、このように頂がありましたが、現在はこの山の半分ほどの高さまで採掘が進んでいます。

香春三岳　油彩８号　1980年／自宅蔵
「炭坑節」という九州の民謡がありますが、「月が出た 出た 月が出た（ヨイヨイ） 三池炭坑の 上に出た……」と唄われたのは、この山の上にかかった月だったのではないでしょうか。２番の歌詞には、「一山 二山 三山越え……」とあります。かつては、この絵のように三つの山が高くそびえていました。

61　餅つきをすべきでない日

　年末になると正月の鏡餅や雑煮餅を搗《つ》く。最近は、家族や親せき隣近所、皆が集って杵《きね》を振り上げ、臼での餅つきも少なくなった。餅はスーパーに行けば「安くていくらでもある」といい、年納めの家族団欒の伝統風景も消えかかっている。一抹の寂しさがある。餅米を研ぎ、蒸して臼に入れ、杵で捏《こ》ね、搗き、相取りで仕上げ、平台の粉に塗して揉むお餅。大人も子どもも一緒の賑やかな時間があった。たかが餅つき、されど餅つきだ。

　年末恒例の餅つきが、いつでもいいのか、と言えばそうでもない。昔から「九日餅はよくない」と言われてきた。迷信でもないようだが、餅つきをする日を追うと、二十六日はロクデモナイから悪い、二十九日は「苦餅」や「二重苦」になるからダメという。しかし、一方では「二九」は「フク」と読めるから「福餅」として好むといい、また「九（苦）をつき倒す」という考えもあると言う。しかし、やはり「苦」には勝てないようだ。さらに三十一日も良くないという。これは神をお迎えするのに「一夜飾り」では失礼という。それよりも葬式が「一夜」で準備できるのを嫌って、縁起が悪いとの発想のようだ。こうして二十六日、二十九日、三十一日は、餅つきをすべきでない日となっているようだ。それで家庭のほとんどが、新しい年へ向かって末広がりの「八」がつく「二十八日」の餅つきが無難なようだ。

　　月代《つきしろ》や晦日《みそか》に近き餅の音　　松尾芭蕉

　　餅搗が隣りへ来たといふ子かな　　小林一茶

　　年のうちに餅はつきけり一年を
　　　　こぞとや食はむ今年とや食はむ　　二条良基

　　独家に独り餅つく母はゐて
　　　　わっしょいわっしょいこの世が白し　　川野里子

　我が国は、稲作信仰といわれ、米を「稲魂」「穀霊」と呼び、神聖な食べ物として新年の「歳神様」を迎えるのに餅を飾って待つ風習が続く。これは平安時代に始まったとされる。

　その昔、農民の「お年玉（魂）」は、お金ではなく丸いお餅を配ったという。そして神からの生命力（魂）をいただく料理が「雑煮」だった。まさに一年を通して「力を持ち」続けるためには、「モチ米」からの「お餅」が初めにありきで「タマわりモノ」なのだろう。

　我が家の餅つきは、昭和、平成と続いた「二十八餅」を令和元年も励行。お正月の間、歳神様は丸餅に隠れて過ごし、人間に生きる力を注ぎ込んでいるのだとか。

（２０１９・12）

62 定年から干支一回り

時の経つのは早い。平成十九年（二〇〇七）三月、市役所を「定年退職」して干支が一回りした。まさに光陰矢の如し。この十二年間、孫の突然の大病もあったが、無事快復しつつあり、概ね、穏やかな生活だった。孫五人の小・中・高校に通う姿を傍で見てきた。

皆、同じ一日、一日の積み重ねだが、あっという間の月日、改めて「定年」を考えた。

働く者の「定年」の始まりは、明治二十年（一八八七）に「海軍の火薬製造所が五十五歳の定年を設けた」のが始まりのようだ。明治時代、平均寿命が四十歳半ばというから「ヨボヨボのじいさん」まで働かせていたことになる。特に「定年制」はなかったが「定年制度」の普及は、大正三年（一九一四）の第一次世界大戦の勃発で日本は「大正バブル」を迎え、需要拡大路線にのった。しかし、景気は続かず、戦争終結後、関東大震災や世界大恐慌に遭遇して大不況に陥った。

バブルで雇い過ぎた労働者を減らすため、従来の「五十五歳定年」実施の企業が増えた。この制度は第二次大戦後も高度経済成長期まで引き継がれた。

戦士のように働き続けて「定年」を迎え、家庭に戻る。そして二度目の人生を学ぶ。

年明けの定年といふ大海原　高澤良一

定年や大きく割れて鏡餅　池田秀水

定年の人に会ひたる冬至かな　高橋順子

定年というとまり木もある冬かもめ　金子　徹

定年の間近となればおのずから
　遠慮しているひとときのあり　大島史洋

空白の多き手帳にゆっくりと
　予定書き込む定年真近　菅沼貞夫

定年を迎えし夫とはや十年
　小春日和の日だまりに添う　永沼智恵子

新しい革靴買う必要もなし
　定年の秋の深まり　野々山睦

定年の引き上げは、平均寿命の伸びと少子高齢化によって平成十年（一九九八）から「六十歳定年」がスタート。十八年に「六十五歳定年」が開始、そして二十五年には「希望者全員六十五歳まで雇用」が義務付けられた。将来、少子、高齢化の世で働く者が居なくなるとアメリカのように「定年制度」禁止になるかも知れない。お互いが「働く」のは「はたがらく」になる世づくりのためだろう。「生涯現役」の社会は、もう、そこまで来ている。

（２０１９・12）

'82. T. Shimada.

香春岳　油彩30号　1982年／個人蔵

秋の香春岳の風景です。どこまでも澄み渡った空にはぽっかりと雲が浮かび、たわわに実った稲穂が地面を覆っています。全日本美術協会の会員になり、その後、フォーカス作家に選抜されてからは、毎年２回、春の本展と秋のフォーカス作家展に作品を送り続けました。春の展覧会は「大樟」を、秋はそれ以外の作品を描こうと決めてからは、新しいテーマを探すのが楽しみになりました。この頃は車にスケッチブックや絵の具を積み、暇を見つけてはドライブをしていました。

一年の計は元旦にあり、という。毎日の生活を「日日是好日」の理想に近づけるため、先人の遺した言葉を刻もうとネットの海を泳いでみた。
いくつかの言葉を掬って心の棚に置いた。

ひらめきも執念から生まれる。　安藤百福

人として正しい生き方を貫くことだ。　稲盛和夫

運に恵まれるには、努力が必要である。　江戸英雄

○を一にする人と、一を一〇〇にする人は別物なんだ。
大曽根幸三

ラクに生きてる人って、感謝が多い。
イヤなことにも感謝する。　斎藤一人

事業展開には数字に表れない時代の感性が必要。
佐治信忠

裏づけのない事業は必ず失敗する。　渋沢栄一

挑戦しないということが、
もっと大きなリスクになるかも知れない。　孫　正義

死んだあとのことは引き受けてやるから、
死ぬ気でやれ。　土光敏光

今こうして生きていられる。
これを感謝せずにはいられない。　中村天風

決断の条件は、小心、大胆、細心。　平岩外四《がいし》

63 ――――――先人の遺した言葉に学びたい

小規模な企業が生き残るには、局地戦に勝て。
永谷嘉男

自分自身が何をしたいのかを、
忘れてはいけません。　イチロー

みんながダメだと言うから成功する。　藤田　田

真似をして楽をしたものは、
その後に苦しむことになる。　本田宗一郎

こけたら、立ちなはれ。　松下幸之助

トップに迷いがあってはならない。　丸田芳郎

仕事を人生最大の遊びにできるかどうかだ。
三木谷浩史

私どもが気を付けるべきは、
クリーンと順法の精神です。　宗雪《むねゆき》雅幸

トップはカンを養え。　茂木啓三郎

ずっと失敗してきた。今までのどのビジネスでも
一勝九敗くらい。　柳井　正

それぞれ歩んできた道から生まれ出た言葉に納得する。
難しい言葉はいらない、さりげない一言に真実がこもる。
人の想いは言葉を掬うことで、立ち止まった折に救われる気がする。

（2020・1）

64 ―― いろいろアレコレ女の一言

「女」三文字で「姦《かしま》しい」。女三人のお喋りは賑やかだ。そして発する言葉は鋭い。そんな鋭さを鍛え、賢い女になれば、並みの男は歯が立たなくなるだろう。

女の一言を追う。

昨日の私に負けたくない。　荒川静香

自分から逃げれば逃げるほど、生きがいも遠ざかる。　淡谷のり子

現実より記憶の中の女のほうが美しい。　落合恵子

自分の最後だけは、きちんとシンプルに始末することが最終目標。　樹木希林

まず、くよくよしないこと。人と自分を比べないこと。　黒柳徹子

あたしは誤解で離婚するほど甘くは生きてこなかった。　五月みどり

女は己をよろこぶ者のためにかほづくりする。　清少納言

あなたは苦しんだ分だけ、愛の深い人に育っているのです。　瀬戸内寂聴

環境より学ぶ意志があればいい。　津田梅子

信頼できる人は、軽々しく他人の情報を売らない人です。　南場《なんば》智子

人生のリセットは何度でもできる。　林真理子

恋とは尊くあさましく無残なもの也。　樋口一葉

元始、女性は実に太陽であった。真心の人であった。　平塚雷鳥

何も捨てられない女には、幸せはこない。　藤原紀香

皆心を一にして奉るべし。これ最期の詞なり。　北条政子

きょうの我にあすは勝つ。　美空ひばり

意志あるところに道はある。　宮里　藍

人によってお辞儀の角度を変えてはいけない。　山崎豊子

人と比べたらあかん、比べていいのは過去の自分と未来の自分。　山本　彩

臆病で自信がないから頑張れる。　米倉涼子

雑用という用はありません。用を雑にした時に雑用が生まれます。　渡辺和子

昔も今も女性の言葉にはスマートな人間臭がある。

女は「子宮でものを考える」というように「本能」で言う女性と「理性」でもの言う男性。

ともに人間の真を語ればそれでいい。

（2020・1）

英彦山遠望　油彩30号　1980年／築上町・片山医院蔵

築城《ついき》駅から寒田《さわだ》へと続く20キロほどの狭い谷が、大樟のある城井《きい》谷です。四季折々の風情が楽しめるこの谷間には、英彦山《ひこさん》という山が真正面にそびえています。九州の修験道として有名な山で、城井谷からは峠を越えて行くこともできます。その下には、私が「本庄富士」と名づけた低い山が画面の右側から張り出しています。城井川が、谷間の田畑を潤しながら蛇行して流れています。私は当時勤務していた城井中学校の屋上に上がってこの絵を描きました。

英彦山遠望　油彩8号　2002年／自宅蔵
最近になってもう一度、英彦山が描きたくなりましたが、学校の屋上にのぼるには、やや年を取りました。「紫紺に匂う英彦《えいけん》の……」。かつて旧制豊津中学校で歌った校歌の一節が浮かんできました。

65 明治の紫式部・税所敦子

ドラマを持つ女性は、やはり凄い。京都で武士の娘として生まれ、歌の才に長けた税所敦子《さいしょあつこ》（一八二五～一九〇〇）の生涯を追う。彼女は父の寵愛を受け、幼い頃から僧や歌人の歌会に連れていかれた。

六歳の時「そなたも歌を」と勧められ詠んだ。

我が家の軒にかけたるくもの巣の
　糸まで見ゆる秋の夜の月

父は僧の師に敦子の指導を願った。師は彼女の才を伸ばすため、大田垣蓮月（一七九一～一八七五）などの歌人を紹介。和歌や学問を学んで薩摩藩士の税所篤之を識り、結ばれる。男尊女卑の中、夫の暴力や遊郭への出入りなど「私が至らないから」と耐え忍んだ。夫の素行もおさまり、娘の出産の喜びを詠んだ。

月のぼり吾子のねすがたあどけなく
　まめなりかしと祈るちちはは

夫は四十四歳で逝った。彼女は生涯独身を誓い、黒髪を切って、歌を添え、柩《ひつぎ》に納めた。

黒髪にうき身をかふるものならば
　後の尾までもおくれざらまし

彼女は「姑に仕えて子らを育てる」と、夫の郷里の薩摩へ行く決心をしたが「よそ者を受け入れない土地だ」と親戚や友から反対された。

子を思う道なかりせば死出の山
　ゆくもかえるもまどはざらまし

薩摩の税所家は大家族で、姑は「鬼婆」と渾名された。暮らしの辛さを詠んだ。

朝夕のつらきつとめはみ仏の
　人になれよの恵みなりけり

彼女は人知れず涙を拭い、仏の心にすがった。ある日、姑が「あんた歌ができるそうじゃな〈鬼ばばなりと人はいうらん〉に上をつけてみぃ」と敦子に言った。

仏にもまさる心を知らずして
　鬼婆なりと人はいふらむ

姑は、この歌を聞き、心折れ、涙した。その後、何事も敦子でなければならなくなった。

彼女は薩摩の島津斉彬に才徳を認められた後、縁あって宮中へ出仕。歌を好んだ明治天皇と昭憲皇太后から寵愛された。明治の紫式部とも呼ばれ、最後のご奉公は歌会始の一首。

大御代のめぐみの露にそみしより
　まつはかはらぬ色となりけむ

（2020・1）

66 昭和と平成の清少納言

人はいろんな見方をするものだ。随筆家の森田たま（一八九四～一九七〇）を「昭和の清少納言」といい、漫画家のさくらももこ（一九六五～二〇一八）を「平成の清少納言」というらしい。ともに女流文筆家として活躍、確固たる地位を築いた女性だ。二人を追う前に、平安時代の女流作家として名を残す清少納言（九六六～一〇二五）を見る。彼女は一条天皇の中宮定子に仕えて寵愛を受けた。長い宮廷生活で公家や貴族の姿をそばで見ながら美意識を養い、長保三年（一〇〇一）までに時代を代表する『枕草子』を完成させた。『枕草子』は、洗練された文で事物への的確な鋭い指摘がなされ、読みやすい平仮名の和文で綴られている。多彩な文で宮廷社会の様子に惹き込んでいく。色褪せない文学だ。

　森田たまは、北海道札幌市で生まれ、庁立札幌高等女学校を中退して上京。大正二年（一九一三）に北海道出身女流作家第一号として出発。彼女の随想は「札幌という町が美しいのは、あの鐘の音が美しいからです」など生まれ育った街に対する誇りや慈しみからの文が人々を魅了した。まさに「私たちの魂が、あの音色の中にあるのです」となる。彼女の随筆家の地位を不動のものにしたのは、昭和十一年（一九三六）の『もめん随筆』がベストセラーになり「昭和の清少納言」と呼ばれ始めてからだ。風物を詩情豊かに描く作品もあれば、自画像を刻む小説『石狩少女』もある。

　さくらももこは、静岡県清水市出身。短大卒業後「ぎょうせい」に就職するが、勤務中の居眠りなどで、上司から「会社を取るか、漫画を取るかどちらか選べ」と言われ「漫画家」を取って入社二カ月で退職。その年の夏、漫画雑誌に「ちびまる子ちゃん」の連載が始まった。

　「ちびまる子ちゃん」は、小学生のほのぼの日常漫画ではない見方をされて評判をとった。平成二年（一九九〇）に「ちびまる」がＴＶアニメ化され、彼女自身の作詞「おどるポンポコリン」も大ヒット。さくらは国民的人気作家となった。エッセイも独特な視点と切り口、語り口で『もものかんづめ』などはミリオンセラーとなり「平成の清少納言」と呼ばれた。

　日本三大随筆は、清少納言『枕草子』、吉田兼好『徒然草』、鴨長明『方丈記』という。また「随筆」と名のつく文献は、室町時代の公卿学者・一条兼良『東斎随筆』が最古のようだ。思いのまま、筆の赴くままに随意に語り、綴る文が人を励ますならば最高だ。

（２０２０・１）

城井ノ古城裏門　油彩８号　1978年／自宅蔵
城井《きい》の古城は険しい岸壁の上に立つ山城でした。現在は裏門の跡が残っています。城跡までは鎖を伝って這うように登っていきます。鬱蒼とした木々に囲まれた夏でもひんやりとした道です。

城井殿様の墓　油彩４号　1979年／自宅蔵

城井《きい》の殿様というのは、江戸時代に築城町周辺を統治していた宇都宮鎮房公。戦国時代が終わる天承16年（1588）、豊臣秀吉に滅ばされてしまいました。その菩提を弔っているのは、「本庄の大樟」から程近い天徳寺という禅寺です。お家断絶になってしまった宇都宮一族のそれぞれの墓石には、長い年月の間に「討たれた時の刀傷」のようなひびが入ったと伝えられています。

福岡県行橋市は平安時代の『和名類聚抄《わみょうるいじゅうしょう》』に「美夜古」と記された地。風光明媚な地には今川、祓川《はらい》、長峡《ながお》川があり、里山といっていい馬ケ岳、幸山《みゆきやま》がある。三川二山を追う。京都平野の中央部を流れる「今川（三二・六三キロ）」は、英彦山に源を発するおだやかな流れである。正保四年（一六四七）の「豊前国絵図」では蛇行曲折した流れだが、五十年後の元禄の絵図は流路が変わっている。これは貞享年間の田中条右衛門筋奉行の折に流路変更の大土木工事が行われたためだという。人の手で生活にあう流れに変えたようだ。

平野の東に、英彦山山系の伊良原・蛇淵の滝を源とする「祓川（三二・五二キロ）」がある。名の由来は、その昔、宇佐神宮に向かう勅使が〝みそぎ祓い〟をしたことによる。十二月の第一卯の日には、草場の豊日別神社で、冬の黎明、褌一つの男が新米を研ぎ、それを炊いて、神社に奉納する無病息災を願う「卯祭り」が行われる。そして新しい年を迎える。

平野の西に、仏山と馬ケ岳を源とする井尻川と、龍ケ鼻を源とする初代川《はつしろ》、矢山川の三支流を持つ「長峡川（一七・三一キロ）」がある。三世紀頃、朝廷の直轄領地として〝長峡県〟が置かれていた言い伝えからの名という。

67　郷土三川二山の歴史

近世、河口流域では農産物を運ぶ多くの船の出入りで賑わった。京都平野唯一の〝貿易川〟といっていい。

平野の南に、馬の形をした「馬ケ岳（二一六メートル）」がある。歴史を秘めた山。大谷の城址跡登山道入り口から灌木林の中になだらかな細道が山頂に続く。三十分余り歩くと、急に深い緑が眼下に広がる。ここは天慶《てんぎょう》五年（九四二）から慶長二十年（一六一五）まで続いた豊前の名城として秘話、伝説が残る。古文書に「勢よすればいよいよ高く成り、攻めるに難き名城なり」とある。源経基、新田義氏、黒田長政など多くの武将が登場する。

平野の北に、「百八十米余、全山針葉樹林にして山頂露岩あり」と古書に記された「幸山」がある。祭が行われていた祭祀遺跡の山でもある。山を中心に周辺の地名が古書に多く登場する。椿市《つばきいち》の地名は『日本書紀』に「海《つ》石榴市《ばいち》とあるによれるなるべし」とあり『和名類聚抄』には「高来郷あり」と記され『豊前大鑑』には「豊前長峡県に向せられ行宮を興し給ふ。長尾の正頭八幡神社付近がその行宮地と思惟せられる」とある。

わが郷土は「京都《きょうと》」ではなく「京都《みやこ》」と呼ばれる。誇っていい地ではある。

（２０２０・１）

68 恨と罪、そして恥の文化

国のカタチの中、それぞれ思いがあり文化がある。韓国と西欧、日本の文化を追う。その国の自然と歴史を踏まえ、人をどう見て、人からどう見られるかだろう。

韓国は「恨《ハン》の文化」という。悲哀、痛恨、怨念などの概念を指し、朝鮮半島の思想や生活の根幹を為すという。これは代々の王権や両班《ヤンバン》による「階層型秩序で下位に置かれた者の不満の累積とその解消」であり、簡単にいえば「自分がうまくいかないことを他人のせいにする」ことに繋がるそうだ。やはり「事実を省みる」のが先だろう。恨の句と歌を見る。

半島の恨たんぽぽの絮《わた》吹けり　前原正嗣

なぜ問う問うより言葉もてずして
「恨」はゆるすと思うほかなく　李正子

アメリカの女性文化人類学者のルース・ベネディクト（一八〇四～八五）は日本文化の研究書として『菊と刀』を著した。この中で西洋人の行動様式を「罪の文化」とした。欧米はキリスト教文明で、行動には宗教の戒律があり、心には、常に「神が存在、神から見られている」との認識で「神との約束」を、もし違えることになれば、罪に繋がるという。

一方、日本人は自己表現が消極的で謙虚さが自虐的に見え、マイナスイメージの評価である。そして行動は、多神教により神や仏の意識はない。とにかく世間（人）がどう見るか、どう思うか、を基準にする。極論すれば、正しいかどうかは問題ではなく、人様に笑われたくない、恥をかきたくない、恥をかかせられない、と「清貧」や「潔さ」を含む「恥の文化」との考察である。だから「迷惑」も、欧米の「お互いさま」の寛容と日本の「かけてはならない」執着は、結果的に「何もしないほうがいい」になり、逃げる口実をつくる。

それで、内面重視の「罪の文化」と体面重視の「恥の文化」を確認。罪と恥の句と歌を探す。

花の雨ことしも罪を作りけり　小林一茶

この二人の男女《おとこおみな》のなからひは
果《はて》となりけり罪ふかきまで　斎藤茂吉

旅の恥かき捨て申す阿波をどり　柴原保佳

恥多きあるがままなるわれの身に
添はむとぞいふいとしまざれや　吉野秀雄

生活の中では、恨も、罪も、恥もマイナスの立ち位置。しかし、よく考えてみればマイナスからの出発のほうが「苦難」を知るだけに、生きやすくなるかも知れない。

（2020・1）

小倉城　油彩30号　1982年／個人蔵

「城」というのが、フォーカス作家選抜展で出されたテーマでした。小笠原藩にゆかりのある我が家にとって、小倉城は大切な城です。南蛮白亜造りと謳われたこの城の美しさを損なわないよう、構図には気を遣いました。妻洋子が引いてくれたキャンバスの碁盤の目に従い、ひとますずつ丁寧に下絵を書き写しました。小倉城の持つイメージを損ねないよう、全体の色調にもこだわりました。

小倉城　油彩50号　1984年／自宅蔵

全日本美術協会のフォーカス作家選抜展では、毎年共通テーマを出していました。今回のテーマは「今と昔」。２年前初めて描いた小倉城（右ページ）が好評だったので、もう一度城を描きたくなりました。今と昔の対比は松で表現することにしました。城の左側には老いて朽ち果てた松と、若い松が並んでいます。

69　名湯に浸って句歌を知る

日本人は温泉が好きだ。室町時代の僧・万里集九《ばんりしゅうく》が「三名泉」を有馬（兵庫）、草津（群馬）、下呂（岐阜）といい、江戸時代の儒学者・林羅山がそれを追認した。また清少納言は『枕草子』に榊原（三重）、有馬、玉造（島根）を「三大名泉」と記した。さらに『風土記』などには有馬、道後（愛媛）、白浜（和歌山）が「三古湯」として登場。他には別府（大分）、熱海（静岡）、白浜を「三大温泉」と呼ぶなど温泉大国ニッポンの姿がある。句歌を知る。

有馬山薬師の鐘の声きけは
　諸病無病ときくそたうとき　飯尾宗祇

上野の草津に来り誰も聞く
　湯揉みの唄を聞けばかなしも　若山牧水

紅葉冷えして下呂の温泉は熱からず　高濱年尾

世の人の恋の病の薬とや
　七栗の湯のわきかえるらん　堀河後度《ごど》

湊入りの玉つくり江にこぐ舟の
　音こそたてね君を恋ふれど　小野小町

道後なる湯の大神の御社の
　もとにぬる夜となりにけるかな　与謝野晶子

波寄する白良の浜の烏貝
　拾ひやすくも思ほゆるかな　西行法師

温泉けむりに別府は磯の余寒かな　飯田蛇笏

うしと見る世にただひとつ楽しきは
　熱海のさとの湯あみなりけり　成島柳北

日本の温泉地は、北海道二四四、長野二一五、新潟一四五、福島一三六、青森一二九、秋田一一九、静岡一一二、群馬・鹿児島一〇〇など全国に二九八三カ所（二〇一八年）ある。現在、古湯を含め評判の温泉地は、熱海、別府、草津、函館湯の川（北海道）、那須・鬼怒川《きぬ》（栃木）、白浜、伊東（静岡）、秋保《あきう》（宮城）、下呂など。

函館の青柳町こそかなしけれ
　友の恋歌矢ぐるまの花　石川啄木

鬼怒川をあさ越えくれば桑の葉に
　降りおける霜の露にしたゞる　長塚　節

ほととぎす伊豆の伊東のいでゆこれ　高濱虚子

浩ぬしおのがかばねと同じ名の
　秋保の村の光たれかし　土井晩翠

万葉時代（六二九～七五九）に、天皇から庶民まで様々な階層の人がいで湯に浸って詠んだ歌が『万葉集』には遺っている。

人は太古から湯けむりに慣れ親しんできたようだ。

（2020・1）

70 浮世絵師らの姿詠む

令和二年（二〇二〇）はオリンピック年。外国に向かっての日本文化紹介が賑やか。となれば「浮世絵イヤー」のタイトルが躍るのも無理はない。浮世絵は江戸時代に確立した日本独自の絵画。作品は絵師、彫師、摺師の分業体制で完成する。最盛期の絵師を追う。

鈴木春信（一七二五〜七〇）は、京都と江戸で学び、美人画を描き木版多色刷り錦絵誕生に役割を果たす。紅摺《べにずり》絵《え》の「見立絵」などが評判で、浮世絵の黄金期。

春信がゑがく山吹わが庭に　山口青邨

ぎりぎりに光落せる会場に
　ボストン帰りの春信を観る　重藤洋子

喜多川歌麿（一七五三〜一八〇六）は、北川から喜多川へ。繊細で優雅な描線で描く美人画の大家。「寛政三美人」などの作品で官能的な美を描いている。

歌麿の美人は紙魚に犯されし　太田一石

歌麿の遊女の襟の小桜が
　わが傘にとまり来にけり　岡本かの子

葛飾北斎（一七六〇〜一八四九）は、武蔵国葛飾郡生まれ。森羅万象の『北斎漫画』を描き「富嶽三十六景」など風景画に新生面を開いた。肉筆浮世絵にも傑出した作品が多く見られる。

北斎の富士より高く卯浪立つ　加藤洋子

北斎の残しゆきたり鳳凰図
　独り占めつつ暫を過ぐ　今泉由利

安藤広重（一七九七〜一八五八）は、江戸生まれで歌川広重ともいう。役者絵から美人画、風景画と移り、花鳥図も描く。風景画家としての地位は「東海道五十三次」発表で確立した。

夕空の紫紅は広重鴨ら舞う　伊丹三樹彦

広重のふるき版画のてざはりも
　わすれがたかり君とみればか　芥川龍之介

東洲斎写楽（生没年不詳）は、寛政六年（一七九四）五月に「大判黒雲母摺大首絵二十八枚」を発表、翌年一月までの約十カ月間に役者絵、相撲絵など一四五点余の作品を遺す。謎の浮世絵師と知られる。

田楽や壁にめくれて写楽顔　鷹羽狩行

羽子板に写楽空には奴ゐて
　見得きりて睦月の華麗なるかな　今野寿美

長崎から西洋に向けて陶磁器などが輸出された。そのモノを包んだクシャクシャの浮世絵紙が西洋人に衝撃を与えた。後、西洋文化との交流が深まった。

（2020・1）

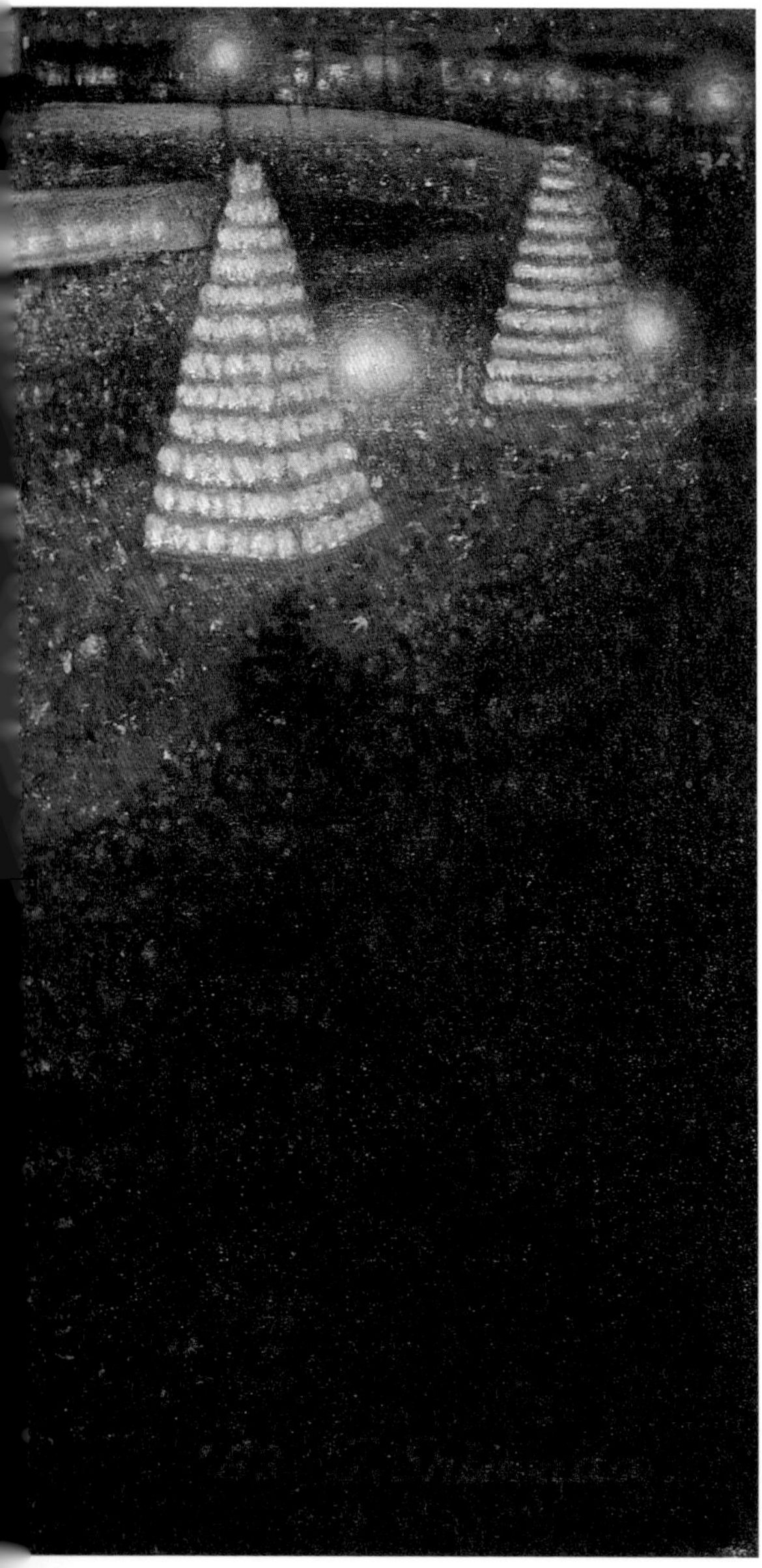

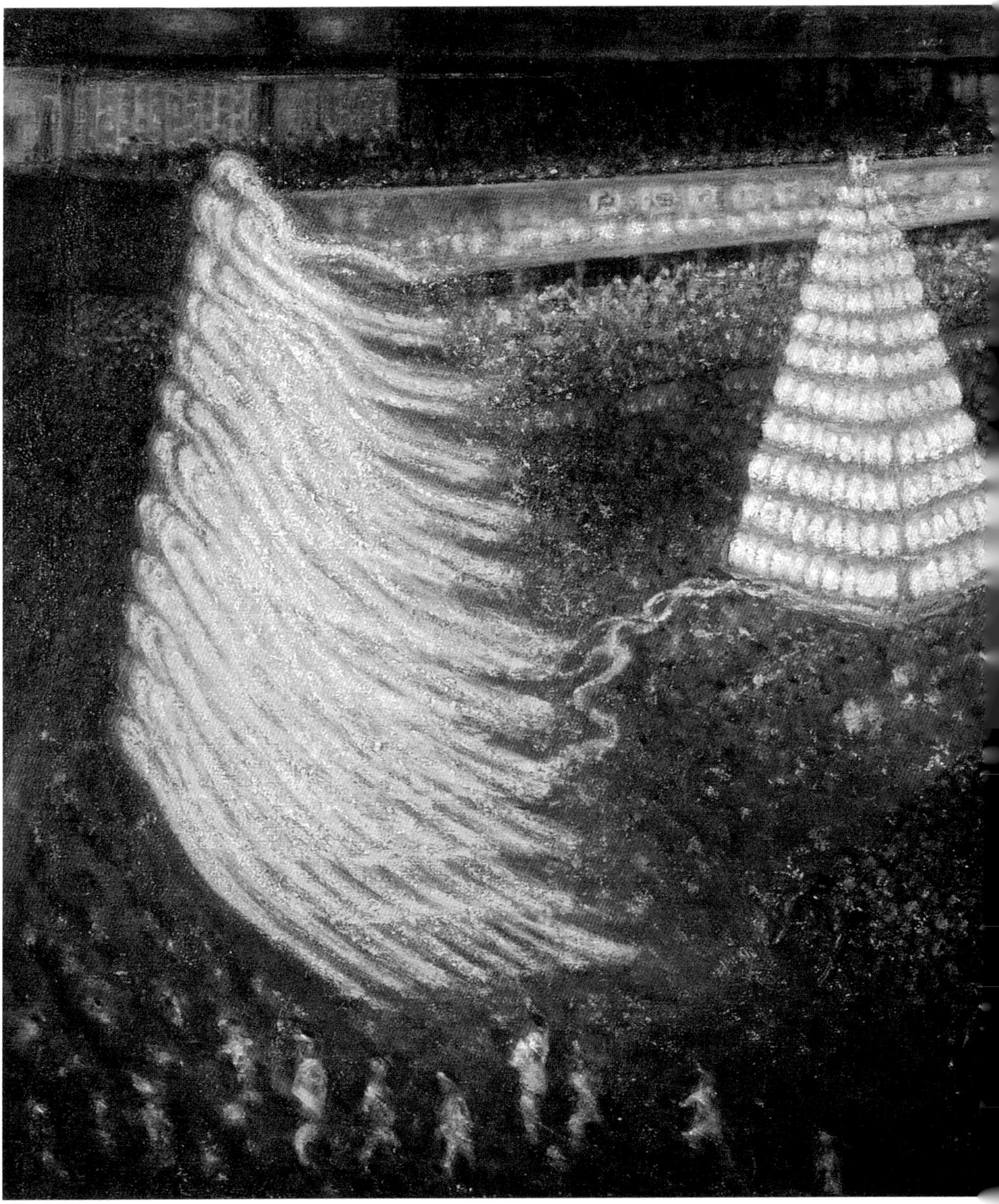

戸畑祇園：回る火の山　油彩50号　1983年／自宅蔵
この年、全日本美術協会のフォーカス作家選抜展で出されたのは「にぎやか」というテーマでした。当時、北九州市戸畑区に住んでいた実弟に何かいい画題はないかと相談したら、戸畑の提灯山笠を観てはどうか、と誘ってくれました。弟と二人、勇壮な山笠が動くさまを感動を持って眺めたのはいい思い出になりました。

71 ―― 韓国歌人の『まだまだです』

韓国ソウル生まれのカン・ハンナ（一九八一～）さんの歌集『まだまだです』を追う。彼女は韓国でニュースキャスターなどを経て二〇一一年に来日。横浜国立大学大学院在学中で「ＮＨＫ短歌」に出演するなど活躍し、日本に来てひたすら頑張り『ああ疲れた』バスタブの中で呟いた独り言まで日本語になり」の日々、運命に導かれるように歌を作り「心に響く力を持っている」と励まされ「私らしく」日本と韓国をつなぐ歌を詠み始めた。

韓国語明るい新宿に振り向かず
　ニッポンジンのフリして歩く
ソウルの母に電話ではしゃぐデパ地下の
　つぶあんおはぎの魅力について
空にいる古い木にいる川にいる
　ニッポンの神アンニョンハセヨ
浅草の「おこし」と同じ味がする
　「カンジョン」というソウルのお菓子
ソウルより一時間早く日が落ちる
　時差のない街まぶしい夕焼け
カンさんは在日ですか？違います、
　ニューカマー、いえ異邦人です
チマチョゴリ、朝鮮学校、バッチギも
　ニッポンに来て目にした歴史
静やかな日本庭園の庭に立ち
　名を残してる朝鮮灯籠
ひらがなの看板増えた江南に
　行列つくる長崎ちゃんぽん
ソウルだと只のおかずが渋谷では
　千円を超すナムル盛り合わせ
「各国」と「韓国」の音がどうしても
　聞き分けられぬ調子の悪い日
ハングルを混ぜた短歌に文学は
　平和であってほしいと願う

彼女は「日本に来て八年。日本語で第一歌集を出せるのは奇跡」だといい『日本語が上手ですね』と言われると『まだまだです』が口癖になり」の中で「最初は何で自分を低めるのか」と思った。

ところが「まだまだです」が「使い続けてゆくうちにこの言葉が持つ深い意味を感じ、初心に戻れ、心の奥から謙遜の気持ちが湧く、素敵な日本語」だと解った。

そして「私の物語を入れ込んだ歌集」のタイトルを『まだまだです』としたようだ。

（２０２０・１）

72 歴史のしずく伽羅美醤

令和二年（二〇二〇）二月二十二日に北九州市の「小倉城」の「しろテラス」で純粋な日本葡萄のガラミ（学名エビヅル、通称ヤマブドウ）で造ったワイン「伽羅美醤《がらみしゅ》」の発表をすることになった。

ガラミワインは、寛永五年（一六二八）に「豊前国仲津郡大村」で醸造、と細川家の文書「永青文庫」に記されている。この記録が我が国最初のワイン醸造とされる。それで小倉藩を統治していた細川家が慶長七年（一六〇二）に小倉城を築城したことから、ワインの再興は一六〇二本として「伽羅美醤」を完成させた。

これは一般社団法人豊前国小笠原協会（福岡県みやこ町）と五ケ瀬ワイナリー（宮崎県五ケ瀬町）協働による「純日本和いん」復活といえるだろう。で、ワインに添える「歴史のしずく伽羅美醤」の紹介文を読んでみる。

＊　＊

歴史のしずく伽羅美醤

約四〇〇年を経て再興できた「伽羅美醤」は、細川家の文書「永青文庫」の寛永五年（一六二八）に「……仲津郡ニ而ぶどう酒被成御作業候……がらミ薪のちん……」とあり、豊前国仲津郡大村（現福岡県みやこ町犀川大村）で「……ふたう酒二樽被仕上候……」の記述が起点だった。それに拠り、みやこ町の野山を探し、野生のガラミ（学名エビヅル、通称ヤマブドウ）を見つけて再興した。

ワインの名称は、細川忠利によって醸造されたことから母のガラシャ夫人の「伽羅」を採り、平安時代の『和名類聚抄』に記す郷土の京都《みやこ》（美夜古）と呼ぶ地の「美」を合せて「伽羅美」とし「醤《しゅ》」は「薬酒だったのでは……」との見解で「伽羅美醤」とした。

ガラミは、緑豊かな日本の国土で育まれた純粋な「日本ぶどう」であり、その風土が生む「和いん」の誕生になった。

歴史のしずくとして大事にしたいワインである。

＊　＊

伽羅美醤はアントシアニンやポリフェノールが潤沢で美容にも良いとされ、これまでのワインと違った、濃くて、深い野生の味だという。また「醤」は「薬種」の意味を持たせて命名したようだ。日本の神には「酒」、キリストには「ワイン」を捧げる風習がある。

伽羅美醤は、長い時を経て再興なった。悠久の歴史に隠れていた〝しずく〟と言っていいだろう。

（2020・1）

短歌——嶋田洋子

『歌集　みぞそば』（早蕨文庫、二〇〇八年）より抄録

「田舎には田舎の暮らし方がある」

都会に嫁いだ娘が帰省し、あれこれと話をすると決まって最後はこの言葉になった。家庭菜園を耕し、梅干しや白菜を漬け、味噌を仕込み、自然と共に生きた母は、周囲との調和を重んじ、節度をわきまえた生活を好んだ。大正から昭和にかけての女子教育と社会環境が母の生き方を形成した。

母が歌を詠むのは自分のためであり、生活の記録でもあった。短歌という詩形に折々の感動を留める過程そのものを楽しんでいたので、後年、娘たちが遺歌集にまとめるとは思ってもいなかっただろう。

もし母が現代に生きていたら、そして個性を尊び、自己実現を目指す教育を受けていたら、ブログで短歌やエッセイを発信し、母の世界は大きく広がっていたにちがいないなどと想像することがある。

結婚によって田舎暮らしをするようになった母は、目立つことを嫌い「置かれたところで咲く」ための努力を惜しまない人だった。自らを飛行機雲に喩えて最後の歌を詠んだ母は、今世紀の初め、八十歳の生涯を閉じた。

（千寿子記）

野苺

届かねばあきらめて去る藪の道野苺の歌口ずさみつつ

畑仕事終えて押しゆく荷車に蕗の香りのそこはかとして

解《と》き布の色やわらかし再びの生命与えて小窓につるす

下漬《したづ》けも程よき上り濃みどりの高菜を香りと共に漬け込む

白和えは義歯もつ夫《つま》の好みにて歯切れやさしく田芹《たぜり》を和《あ》える

老化度を測らんとする娘の問いに夫はゆっくり言葉を探す

苗代《なえしろ》の季《とき》をたがえずふくろうの声ほうほうと夜の更けを啼く

73 ——「しあわせ運べるように」の歌

平成七年（一九九五）一月十七日、五時四十六分、阪神・淡路大震災で六四三四人の命が消えた。

令和二年（二〇二〇）は二十五年になる。各地で追悼の火が灯され、合掌して佇む人々の姿が見られた。この「1・17」は地震破壊の凄まじい日として記憶されている。また「9・11」（二〇〇一年九月十一日のアメリカ同時多発テロ）は人間の精神破壊の悍《おぞ》ましい日として位置づけられ、さらに「3・11」（二〇一一年三月十一日の東日本大震災）も、再び自然破壊の底知れぬ巨大な恐怖の日として語り継がれる日となった。

さりげない日々が破壊されても人々は生きていくしかない。すると、そこでは誰かが、何か夢のある動きを始める。人の言葉や動きは伝播して、必ず破壊を乗り越える。

神戸市の小学校の音楽教師・臼井真さん（一九六〇〜）は、自宅全壊の被害を受け、親戚宅から避難所になった学校に通い、破壊し尽された街の姿を前にして、復興を心から願う言葉を紡ぎ、メロディーを添えた「しあわせ運べるように」の歌を作詞・作曲した。

神戸で子どもたちが唄い始めた。学校の音楽会や卒業式、震災慰霊式、各種イベントなどでも歌われた。歌は、災害の続く列島各地に風に乗って伝わっていく、歌い継がれていく。ともに苦しみを乗り越えていく歌として人の心に深く刻まれていく。

地震にも／負けない／強い心をもって／亡くなった方々のぶんも／毎日を／大切に／生きてゆこう／傷ついた神戸を／元の姿にもどそう／支え合う心と／明日への／希望を胸に／響きわたれ／ぼくたちの歌／生まれ変わる／神戸のまちに／届けたい／私たちの歌／しあわせ／運べるように／／地震にも／負けない／強い絆をつくり／亡くなった方々のぶんも／毎日を／大切に／生きてゆこう／傷ついた神戸を／元の姿にもどそう／やさしい春の光のような／未来を夢み／響きわたれ／ぼくたちの歌／生まれ変わる／神戸のまちに／届けたい／私たちの歌／しあわせ／運べるように／届けたい／私たちの歌／しあわせ／運べるように

（「しあわせ運べるように」）

災害の地で唄われる歌は、人々の心に刻まれ、不思議な力を与え続けているようだ。今、子どもらの澄んだ歌声が響き渡ると「復興の歌」はもちろんだが、生きていく人に大きな夢を与える「心の歌」としてとどく。

歌の音色が人間の力強い優しさを伝える。

（2020・1）

NPO仲間から「生き方は、朱子学か、陽明学か」と問われ、二つの学問を精査。紀元前の中国で興った孔子を始祖とする儒学が朱子学と陽明学に派生したようだ。

朱子学は、宋の朱熹《しゅき》（一一三〇～一二〇〇）の教えで、自然や万物に上下関係があるように人間関係も差別があってしかるべきと解釈。根本理念は、人間の心を性と情とに分けて「性即理」とした。また人の「知（知識・学問）」と「行（行動・実践）」は、知が先にあり、後に行動があるとして「知」と「行」は別物の「先知後行」の考えを示した。そして礼をわきまえ敬《つつしみ》を持って主君に従うことを説き、日本では江戸幕府が朱子学を採用して保守体制を作り上げた。日本には正治元年（一一九九）に真言宗の僧・俊芿《しゅんじょう》が中国から持ち帰ったとされるが、諸説あり。江戸時代に林羅山（一五八三～一六五七）によって再興されて「上下定分の理」など武家政治の基本理念として幕府の正学とされた。

幕府にとっては「上の命令は絶対、下の者は従うのがあたりまえ」とする好都合の世になった。

陽明学は、明の王陽明（一四七二～一五二九）が始めた学門で「万物一体の仁」として万物は根本が同じ、自他一体とみなす思想。基本理念は、人間の心と性を峻別せずに、心そのものが理に合致する「心即理」とした。また知ることと行うことは同じ心の良知（人間に備わる先天的な善悪是非の判断能力）に発する作用で分離できない「知行合一《ちこうごういつ》」とする。そして「知って行わざるは未だこれ知らざるなり」と。朱子学とは違う学びは、江戸時代、元々、朱子学者だった中江藤樹（一六〇八～四八）とその弟子・熊沢蕃山（一六一九～九一）によって広められた。藤樹が学の中心に置いたのが「孝」といわれ、親孝行はもちろん全ての人に与えるのが孝の本質と説いた。こうした陽明学に幕府も恐れて「寛政異学の禁」などの弾圧を行ったとされる。

江戸から幕末にかけて「禁学」されていた学問は、大塩平八郎や松下村塾の吉田松陰、明治維新に活躍した西郷隆盛などに大きな影響を与えたようだ。

こうして見てくると時代のカタチによって人の考え方も変わる。世の中のカタチも変わる。しかし、私たちは人間本来の姿を見つめて生きることが大事だろう。

だとすれば、人として何をすればいいのか。何が正しいのか。何が良いか、悪いか、学ばずともわかるだろう、心に忠実に生きていけばいい。

（2020・1）

74 朱子学か、陽明学か

伊豆

幾たびも荷を確かめて久々に夫と遠出の旅支度する

まなかいに相模の海の煙りたる静けき宿に旅をあずくる

簀《す》に張りて並べし魚《うお》の輝ける下田に海女《あま》の干物購《あがな》う

爪木崎《つめきざき》に立てば黒潮目の下に水平線は遙《はる》か弧を描《か》く

頂《いただき》の雪殊更に輝きて車窓に遠く富士移りゆく

心待ちし富士は車窓に忽然《こつぜん》と裾野を遠く引きて気高し

日を経れば体調徐々に戻り来て七十路《ななそじ》の身に旅長かりし

精霊バッタ

ふりこぼす塩に揉み込む赤紫蘇を搾り搾りて濃き色出す

自《おのずか》ら湿りし土の匂いもつ石室《いしむろ》の戸も開けて清むる

盆ざるに隙間作りて乾《かわ》く梅塩が土用の陽にきらめけり

大川《おおかわ》のせせらぎの音近く聴き客の帰りし午後をまどろむ

畑も庭も草に奪われ住む人のなき家に来て蜻蛉とび交う

紫蘇の葉を吾がものとして跳び交える精霊バッタみな小さかり

透かし見る胡麻の葉裏に保護色の新幹線のような青虫

75 エリカとえりかの行方

女優の生涯といえば華やかなドラマを想像する。しかし「生涯」が語られるまでには、山あり、川あり、谷ありで幾多の苦難も乗り越えなければならない。生涯といえば、世間から注目されているだけに私生活を含めての人生「ドラマ」が語られる。これから先の時代はともかくとして、これまで、一度のつまずきも世間が許すまで長い時間がかかり、やがて忘却の彼方となり、世の中から消されてしまう。悲劇の「ドラマ」しか生まれない。

令和に入って二人の若い女優が〝薬物〟と〝不倫〟でつまずいた。令和元年（二〇一九）十一月、警視庁は麻薬取締法違反の容疑で沢尻エリカ（一九八六～）を逮捕した。翌年一月、唐田《からた》えりか（一九九七～）と俳優の東出昌大（一九八八～）の不倫報道が週刊誌で報じられた。

これで二人はともにアウト。今後、エリカとえりかの行方に耳目が集まる。若い沢尻と唐田が「日本の女優」に位置付けられるまでの短い時を追ってみる。

沢尻エリカは、東京生まれで本名は澤尻エリカ。日本人の父とアルジェリア系フランス人の母のもとで裕福に育った。小学生で芸能界デビューした。しかし中学時代に父を亡くし、次兄も交通事故で亡くす悲運に見舞われたが、モデルやＣＭ、歌手活動などは続けた。そして映画『パッチギ！』の演技が高く評価され、第二十九回日本アカデミー賞新人俳優賞を受賞。その後、ＴＶドラマなどに出演した。エリカは中国語圏で「繪里香」だったのを「英龍華」と変えるなど、国外にも事務所を持って世界への飛躍を図っていたようだ。

唐田えりかは、千葉県君津市出身で二人の姉の影響でファッション雑誌に興味を示してモデルに憧れた。高校時代にアルバイトをしていた牧場でスカウトされ、学校に通いながらボイストレーニングや演技レッスンを続けた。後、韓国のアイドルグループのミュージックビデオに出演して芸能生活を開始。雑誌やＴＶなどで「透明感がすごい」と評価。新人が集まるオーディションを勝ち抜いてＣＭのイメージキャラクターに抜擢されるなど、清純派女優として期待され、ＴＶやモデルなどで本格的にデビューした女優だった。

二人の女優は、意識して法に逆らい、掟に逆らった。ならば罰を受けるしかない。それも長い人生の中で長い時をかけて贖罪するしかない。そして「つまずき」は「無かった」ことには決してならない。命尽きるまで「罪」は永遠に消えない。まさに人生は清濁のドラマ。

（２０２０・２）

76 三字ことばの楽しみ方

ことば遊びに上から読んでも下から読んでも同じ「回《かい》文《ぶん》」がある。例えば、新聞紙、この子どこの子、竹やぶ焼けた、世の中ね顔かお金かなのよ、寝ると太るね、ママが私にしたわがまま、イカ食べたかい、確かに貸した、関係ない喧嘩、私負けましたわ、世の中バカなのよ、野茂のものは野茂のもの、鯛焼き焼いた、任天堂がうどん店に、イカのダンスは済んだのかい、猿でもいいモデルさ、ハゲ会うアゲハ、子馬と舞う子、すでにトマト煮です、寺でラテ、コナン変な子、留守に何する、内科では薬のリスクはでかいな、素でキス出来んほど本気で好きです、など独特な思考文を楽しむ。よく考えるものだ。そこで三字の〝回字〟とでも呼ぶ言葉を捜した。

トマト、スイス、アジア、ボルボ、ゴルゴ、ルール、シルシ（印）、ミナミ（南）、キセキ（奇跡）、シキシ（色紙）、コウコ（公庫）、ダイダ（代打）、イタイ（遺体）、カブカ（株価）、カイカ（開花）、キンキ（近畿）、ジンジ（人事）、ブンブ（文武）、シンシ（紳士）、フウフ（夫婦）、サカサ（逆さ）、イワイ（祝）、シカシ（けれども）、マンマ（飯）、オカオ（お顔）、オシオ（お塩）、イシイ（石井）、タカタ（高田）、タニタ（谷田）、イヌイ（乾）、イナイ（居ない）、ヤオヤ（八百屋）、タバタ（田畑）、イルイ（衣類）、ミカミ（三上）、ナバナ（菜花）、イガイ（意外）、イタイ（痛い）、ウタウ（歌う）、ブンブ（文武）、リンリ（倫理）、山本山、味噌味、水道水、風台風などある。

NPO仲間から「スズメをあまり見なくなった」の拙文を読んだ感想が届いた。そこに「スズメがスメズの世の中に」とあった。なるほど、一字違って大きな違いになるようだ。それで「スズメスメズ」の発想から、三字で変化する言葉を楽しむことにした。

蛙《かわず》は僅《わず》か。太鼓《たいこ》と小鯛《こたい》。飛行は公費。粗放《そほう》な舗装。過保護で保護か。居留守と留守居。艶美《えんび》は鼻炎。酒屋と傘屋。麒麟《きりん》に悋気《りんき》。理屈を作り。天地を治天《ちてん》。数寄屋《すきや》は安き。田舎は腕《かいな》。ドイツに集い。依怙地《いこじ》に恋路《こいじ》。力士《りきし》は仕切り。無頼《ぶらい》のライブ。天気と機転。破魔矢《はまや》はヤマハ。敷地の知識。案山子《かかし》の可視化《かしか》。大和《やまと》は富山。乙女《おとめ》は遠目。辛気《しんき》は禁止。試《ためし》は下目《しため》。世間《せけん》は消せん。試合《しあい》を愛し。鳶《とんび》とビトン、などある。

身近なダブリ言葉は、パパ、ママ、父、母、じじ、ばば、ミミ、モモ、シシ、ササなどがある。とにかく、日本人の知恵で巡ることば遊びは「はかなの世しばしよしばし世の中は」の文芸界にも食い入る。

（2020・2）

枝を打つ音

時折は互いの姿確かめて枝打つ鉈の音ひびかする

埋め石の傍《はた》に打ち込む赤き杭草ひと株を添えて固むる

仕事着にあまた付きたるヤブジラミ山より秋を運びて下《くだ》る

おのずから頭下がりて山ももの梢《こずえ》にかかる短陽《みじかび》を追う

揉《も》みほぐす柿はぽってり赤味さし陽を集めたる色合いを出す

山畑の仕事終わりてもぎたての熟柿《ずくし》をすする夕映えの中

新入りの孫の胴着のごわごわを延ばして吊るす重き干し竿

もぐらおどし

心当てに畑を巡りてあら草の繁みに春の七草揃ゆ

もぐらおどし遠まきにして朝毎にもぐらの掻き出す土鮮《あたら》しき

水底に影を落せる緋の稚魚の一つ動きて群れのくずるる

明暗のコントラストの眼に痛し逆光線の雪解けの庭

突風が梢を白くひるがえしもぐらおどしをなぐりて過ぐる

荒息を抜きし蒸し米ころあいを手に測りつつはなて*揉み込む

手のひらに麹の温み伝い来て発酵確かに進み居《お》るらし

*はなて＝こうじ

77 ――『復讐するは我にあり』を想う

令和二年（二〇二〇）のNHK大河ドラマ「麒麟がくる」が好スタートを切ったようだ。脚本は今村昌平の脚本助手を務め、映画『復讐するは我にあり』などを手掛けたという、今〝レジェンド脚本家〟と呼ばれる広島県呉市出身の池端俊策（一九四六〜）だ。

昭和五十三年（一九七八）に『復讐するは我にあり』の今村昌平監督以下、主演の緒形拳はじめ殿山《とのやま》泰司、フランキー堺、垂水《たるみ》悟郎など大ロケ軍団が福岡県行橋市にやって来た。

映画の「クランクインは行橋」と当地では前代未聞の大掛かりな撮影が始まった。私は市広報担当の〝現地案内人〟としてエキストラ集めや撮影現場など、スタッフ指示による交渉役で、二週間あまりロケ隊に関わった。その折、池端さんは監督のそばにいたのであろうが、紹介はされなかった。

八木山峠――昭和三十九年一月四日――

降りしきる雪。パトカーの先導で疾走してくる乗用車の後部席で刑事調査官に左右された強殺犯榎津《えのきづ》巌《いわお》（三七）はヘッドライトに舞う雪を当途《あてど》ない思いでみつめていた。――鼻歌のようなもの。両脇の刑事、怪訝そうに榎津を見る。

榎津「（ニッと笑み）刑事さん、年齢《とし》あいくつかね」

吉野調査官「……五十五だ」

榎津「死刑だろ俺は」

吉野「……」

榎津「あと三年で、首ば絞められてブラ下げられるとして四十か。どうジタバタしたっち、あんたと同じ年齢まで俺は生きられんちゅう寸法か」

これは『復讐するは我にあり』のシナリオ導入部だ。八木山峠ではなくみやこ町の七曲り峠での撮影だった。監督の指示、俳優の動き、スタッフの行動それに皆のプライベートな時間など、一つ一つがとても新鮮で勉強になった。貴重な体験ができたことに感謝している。

映画『復讐するは我にあり』は一九八〇年の「第三回日本アカデミー賞最優秀作品賞」に輝いた。

人間の業を考察するいい作品だった。あれから三十余年の時を経て『復讐……』の関係者が、ふらりと目の前に現れた。時が、すごい脚本家を創り上げていたようだ。

さて、明智光秀という謎の人物を追う「麒麟がくる」というドラマだが、どんな「麒麟」なのか、時代を映すといわれる大河ドラマは見逃せないようだ。

（2020・2）

78 ―― 対称文字名は強運か、悪縁か

令和二年（二〇二〇）二月四日は「立春」だった。

立春は左右対称の文字で縁起がいいとされる。だから左右対称の「立春大吉」と書いた字を家の鴨居などに貼って魔除けに使うそうだ。

また、この字は表からも裏からも同じに見える特異な文字。そんな理由で名前に左右対称の字を使うのは、裏表のない純粋な人物として尊ばれるという。

漢字で上下、左右対称の文字を探してみると、意外にある。意識しないで使っている。

まず、上下同じを見る。

口、中、日、目、田、回、亘、申、旧、工、王、匡、昌、井、呻、串、互、巨、臣、拒、呂、十、車、班、粥、畦、唱、州、区、囲、米、叶、亜、亞、啞、非、匪、冲、母、卍など、まだありそうだ。

次に、左右同じ（上下除く）を見る。

美、東、金、春、林、主、両、並、京、亭、全、内、堂、童、共、円、再、冒、富、冥、出、川、甘、半、南、古、只、吊、吉、単、問、商、喜、固、困、土、垂、堂、塁、墨、壺、大、天、夫、央、宙、宣、実、容、寅、尚、山、市、帝、帯、平、幸、幽、文、斑、早、普、替、晶、木、未、本、東、杏、某、栗、父、爾、爽、高、甲、畳、穴、空、立、章、競、甘、皇、真、米、罪、羊、羽、肉、舟、西、言、讐、肉、英、茶、草、苗、罪、豆、豊、赤、辛、酉、里、革、青、面、音、門、問、間、閑、黒、器、黄、音、薬、赫、雨、肖、画、奥、轟、幸、量、栞、菖、基、杳、舎など、ほかにも多数あるようだ。

左右対称の字のみで文を綴ってみよう。

美しい日本の春、東に川、南に山、西に林が立つ。土の草に羊が並ぶと帯。里に米、栗、豆など豊かな実り、天空には冥土へ真の音あり。赤、青、黄の画を童が競う。全て金が円に替って富む。茶は壺か器で甘く辛く薬になる、などと左右対称字で綴れるものだ。

シンメトリー（左右対称）文字を使った名前は強運に恵まれる、一方、悪縁に会うともいい、両極端の見解だ。著名人には小林一茶、森田草平、高木東六、金大中などがおり、今の芸能界では吉田羊、黒木華、森山未來、田中美里、田中圭、三谷幸喜、森三中、小林幸子、山本未来、本田翼、山本昌、岡本圭人、土田早苗、大森南朋、大林高士、森田実、栗田貫一などを探せる、が、最近〝理想の夫婦〟と好感度だった東出昌大&杏のシンメトリー夫妻は不倫騒動で破局に向かっている。

（２０２０・２）

峡《かい》に啼く鳥

稲藁の垂れしをとらえ起き上がるグリンピースに余寒のつづく

春風に吹き上げられて青空にビニール袋一点となる

掘り当てし蛙を急ぎ土に埋め余寒の山に檜苗植ゆ

大楠の空洞に住むふくろうの声夜もすがら峡田《かいだ》をわたる

天井の古巣に育つつばくろの雛は姿を見せぬまま啼《な》く

植え満つる田に降り立ちし白鷺は悠然として人を怖れず

就中《なかんずく》よき苗を選《よ》り四方位《しほうい》の角を固めて植林終わる

澄みしトレモロ

虫籠に羽化せし蟬とぬけ殼を残して吾の童は去りぬ

麦の田に日がな遊びし白鷺《しらさぎ》の一羽が発ちて群れの翔び立つ

きのう見て今朝またも見し片足を引きずる鷺のまだ幼かり

小豆採《と》る指先に触れて軟らかき尺とり虫はすでに枯れ色

老眼鏡に譜面追いつつ弾きつづく大正琴の澄みしトレモロ

琴の手を休め目をやる窓の外風のたちきて梢の光る

色も香も今新しき柚子の皮煮詰めて甘きジャムの透《す》けゆく

79 カタカナで綴った詩をみる

カタカナでヒロシマ、ナガサキ、オキナワそしてフクシマと呼べば、何か、違う。カタカナによる想いは、普通と違った視点を生むのだろうか。カタカナで綴った宮沢賢治（一八九六〜一九三三）、原民喜（一九〇五〜五一）、谷川俊太郎（一九三一〜）の詩をみる。

▼雨ニモマケズ／風ニモマケズ／雪ニモ夏ノアツサニモマケヌ／丈夫ナカラダヲモチ／慾ハナク／決シテ瞋《イカ》ラズ／イツモシヅカニワラッテヰル／一日ニ玄米四合ト／味噌ト少シノ野菜ヲタベ／アラユルコトヲ／ジブンヲカンジョウニ入レズニ／ヨクミキキシワカリ／ソシテワスレズ／野原ノ松ノ林ノ蔭ノ／小サナ萱ブキノ小屋ニヰテ／東ニ病気ノコドモアレバ／行ッテ看病シテヤリ／西ニツカレタ母アレバ／行ッテソノ稲ノ束ヲ負ヒ／南ニ死ニサウナ人アレバ／行ッテコハガラナクテモイヽトイヒ／北ニケンクヮヤソショウガアレバ／ツマラナイカラヤメロトイヒ／ヒデリノトキハナミダヲナガシ／サムサノナツハオロオロアルキ／ミンナニデクノボートヨバレ／ホメラレモセズ／クニモサレズ／サウイフモノニ／ワタシハナリタイ

（「雨ニモマケズ」宮沢賢治）

▼コレガ人間ナノデス／原子爆弾ニ依ル変化ヲゴラン下サイ／肉体ガ恐ロシク膨張シ／男モ女モスベテ一ツノ型ニカヘル／オオ　ソノ真黒焦ゲノ滅茶苦茶ノ／爛レタ顔ノムクンダ唇カラ洩レテ来ル声ハ／「助ケテ下サイ」／ト　カ細イ　静カナ言葉／コレガ　コレガ人間ナノデス／人間ノ顔ナノデス

（「コレガ人間ナノデス」原民喜）

▼キョウハキノウノミライダヨ／アシタハキョウミルユメナンダ／ダレカガアオゾラヤクソクシテル／ミドリノノハラモヤクソクシテル／コレカラウマレルウタニアワセテ／／ミライノコドモハ／オトウサンヲシカッテル／ミライノコドモハ／オカアサンヲアヤシテル／マチヲコエテ／ハタケヲコエテ／オカヲコエテ／ミズウミヲコエテ／チヘイセンノムコウカラ／ミライノコドモハスキップシテキタ／／ナニガスキ？／ナニガキライ？／ドコカラキタノ？／ナニヲキイテモ／ミライノコドモハシズカニワラウダケ／／コカゲニスワッテミエナイモノヲミツメテイル／ブランコニノッテキコエナイオトヲキイテイル／ミライノコドモノアタマノウエヲ／サヨナラトコンニチハガ／チョウチョミタイニヒラヒラトンデル

（「ミライノコドモ」谷川俊太郎）

（2020・2）

80　ひらがな楽しむあいうえお

学校で「あ」から「ん」までを習った後「あいうえおのうた」の朗読もいい。山口県周南市出身の童謡詩人のまど・みちお（一九〇九〜二〇一四）の作品だ。

彼は二十五歳の時に詩人の北原白秋によって認められ作詩を始めた。大らかでユーモラスな作品が多い。

「あいうえおのうた」

あかいえ　あおいえ　あいうえお／かきのき　かくから　かきくけこ／ささのは　ささやく　さしすせそ／たたみを　たたいて　たちつてと／ないもの　なになの　なにぬねの／はるのひ　はなふる　はひふへほ／まめのみ　まめもめ　まみむめも／やみよの　やまゆり　やいゆえよ／らんらん　らくちん　らりるれろ／わいわい　わまわし　わいうえを

まどの師である北原白秋（一八八五〜一九四二）は、福岡県柳川市の出身。彼は、大正十一年（一九二二）に「かな学習歌」として「四・四・四・五の定型詩」である「五十音」を書いた。

子どもらは「あめんぼ」だとか「あいうえお」の歌として親しみ、学んだ。

「五十音」

水馬《あめんぼ》赤いな　アイウエオ／浮藻《うきも》に子蝦《こえび》もおよいでる／柿の木　栗の木　カキクケコ／啄木鳥《きつつき》こつこつ　枯れけやき／大角豆《ささげ》に醋をかけ　サシスセソ／その魚浅瀬で刺しました／立ちましょ　喇叭《らっぱ》で　タチツテト／トテトテタッタと飛び立った／蛞蝓《なめくじ》のろのろ　ナニヌネノ／納戸《なんど》にぬめって　なにねばる／鳩ぽっぽ　ほろほろ　ハヒフヘホ／日向《ひなた》のお部屋にゃ笛を吹く／蝸牛《まいまい》螺子巻《ねじまき》　マミムメモ／梅の実落ちても見もしまい／焼栗　ゆで栗　ヤイユエヨ／山田に灯のつく宵の家／雷鳥は寒かろ　ラリルレロ／蓮華《れんげ》が咲いたら　瑠璃《るり》の鳥／わい　わい　わっしょい　ワヰウヱヲ／植木屋　井戸換え　お祭りだ

白秋は早大時代に、自らの号を射水として、若山牧水、中村蘇水と共に、「早稲田の三水」と呼ばれ、後、三木露風と「白露時代」を築いた。まどは、生涯詩作を続け「存在の詩人」といわれた。

また「あいうえおかるた」があり「あめのひあそぶあまがえる、いちごがいっぱいいただきます、うさぎがうみべでうたうたう」など子供らの声が響くよう。さらに「あいうえお」俳句もあれば短歌もあるようだ。あいうえおの世界は広い。

（2020・2）

柱時計

大鎌を肩に山路を下り来ぬぬすびとはぎの勲章つけて

短冊の大根軒に輝きて陽射し明るく小寒《しょうかん》に入《い》る

出来るだけ東に台を動かして千切り大根夕陽に預《あず》く

倒木の枝を払えば隠れいし堺界標の赤きがのぞく

買い物袋両手にさげて小走れば終バス暫《しば》し待ちいてくるる

賀状書く夫の予定を狂わせて喪中の葉書この年多し

少しずつ間合いを置きて家中の時計がひびく夜中の三時

樟若葉

串刺しの三角餅の紅白は文殊菩薩の授く知恵餅

知恵餅を片手に老いの帰り来ぬつき合い長き文殊の祭り

影落とす緋の稚魚いくつ並びいて動くともなし長き春の日

旬日《しゅんじつ》をあずけおきたるいんげんの緑がのぞく朝の畑に

茹で汁の未《いま》だも薄き蕗の香のそこはかとなく厨《くりや》に満つる

白菜の包みを割りし黄の蕾《つぼみ》伸びとどまれり今朝の淡雪

大空をかかえて広き大樟は若葉光らせ齢《よわい》重ぬる

81 風土が生んだ「リラ冷え」

桜の花が咲く中、一時的な冷え込みを「花冷え」という。美しい言葉だ。北の大地が生んだ言葉に「リラ冷え」がある。リラ（lilas）はフランス語で、ライラックのことだ。札幌市の木はライラック。五月下旬の花咲く頃の寒の戻りを「リラ冷え」と土地の人は呼ぶ。

「リラ冷え」の言葉が生まれたのは、北海道滝川市出身の俳人・榛谷《はんがい》美枝子（一九一六～二〇一三）さんの初句集『雪礫』（一九六八年刊）に収まる句からといわれる。今「リラ冷え」は春の季語になっている。

彼女のリラを詠んだ句を掬って見る。

リラ冷えやすぐに甘えてこの仔犬
リラ咲くと聞き札幌へ途中下車
リラ冷えや美術講演パリのこと
リラ冷えや十字架の墓ひとところ
リラ冷えや落付かぬ日は廊下拭く
師の庭のリラは今年も花芽なく
白きリラに音なく降れる雨かなし
花冷えにつづくリラ冷えただ悲し

「リラ冷え」の言葉が知れ渡ったのは、北海道上砂川町出身の小説家・渡辺淳一（一九三三～二〇一四）の小説『リラ冷えの街』（一九七一年刊）発表以降である。

この作品は、北海道大学で植物生態学者として活躍していた辻井達一理学博士（一九三一～二〇一三）が「リラ冷え」の言葉を榛谷さんの句で紹介した『ライラック』刊行後、渡辺がそれを読み「……『リラ冷え』というのは、日本語の正規の言葉としてはないはずである。たまたま辻井さんの本の中に、榛谷美枝子さんの句が紹介されていて……」と随想「リラ冷えのころ」に記している。渡辺は、読後、すぐに辻井さんをモデルに小説を書いたようだ。ライラックの花は、道行く人の足を止めるほど薫り立つ。その花を詠んだ美しい洒落た言葉は静かに浸透していった。彼女の第二句集『冷夏』（一九七七年刊）にもリラを詠む句がある。

札幌のリラ咲き満てり師を寿ぎて
リラ冷えやマンネリの家事叱咤して
隠れ飲む眠剤苦しリラ芽吹く
窓開けてリラ匂ふなり「母国」読む
喪の如き黒衣を常にリラの雨
リラ冷えや輝くものは身に付けず

風土が生んだ言葉は、生活にスルリと溶け、生き始め、土地の魅力を引き出してゆく。

（2020・2）

82　『パラサイト　半地下の家族』

アメリカ映画の祭典といわれるアカデミー賞。その第九十二回（二〇一九）の受賞作は、韓国のポン・ジュノ（一九六九〜）監督『パラサイト　半地下の家族』が外国語映画で史上初の作品賞（監督・脚本・国際長編映画賞も同時）を受賞した。カンヌ国際映画祭〈最高賞〉パルム・ドール賞に続く快挙に世界の映画界が沸いた。

ポン監督の日本との関わりを追う。

まず映画のストーリーは、韓国の半地下の住宅に住む貧乏家族とIT企業社長が暮らす高台の大富豪邸の裕福家族を交錯させ、ホラー、サスペンスありの「誰かが、誰かにパラサイトする」ユニークなドラマのようだ。ポン監督は格差社会を追求、世の貧富の差を描き続けてきた。彼の人間の本質を抉《えぐ》る姿勢が評価されたのであろう。早く鑑賞したい。

ポン監督は「今村昌平監督には影響を受けたと思う。人間の隠された本能を描く作風が好きで、彼の作品では映画『復讐するは我にあり』が特に気に入っている」と日本映画の影響を語る。今村監督が好き、で、映画『復讐するは我にあり』に興味があると聞けば、昭和五十三年（一九七八）に福岡県行橋市で「クランクイン」した『復讐するは我にあり』のロケ隊案内人として関わった往時がスーッと甦ってくる。人の記憶とは不思議なものだ。言葉一つで記憶のスクリーンに想いが再現される。

ここで今村昌平監督（一九二六〜二〇〇六）を追ってみる。彼は東京で生まれ、早稲田大学卒業後、難関を突破して松竹大船撮影所に入社。小津安二郎、川島雄三、浦山桐郎などとコンビを組んだ。昭和三十二年（一九五七）に「盗まれた欲望」で監督デビュー。彼の脚本執筆は徹底した調査を行い、撮影はオールロケが原則。作風は自然主義リアリズムで〃鬼のイマヘイ〃といわれて妥協のない粘りの演出をした。自ら「重喜劇」という。作品は『にあんちゃん』、『豚と軍艦』、『にっぽん昆虫記』、『赤い殺意』、『神々の深き欲望』、『復讐するは我にあり』（日本アカデミー賞）、『ええじゃないか』、『楢山節考』（パルム・ドール）、『黒い雨』、『うなぎ』（パルム・ドール）など多数で、最後は『赤い橋の下のぬるい水』だった。

今村は「日本映画学校」を創設し、若い映画人を育てた。今、日本はもちろん世界において想い繋がる人が確実に力をつけて認められはじめた。このポン・ジュノ監督しかり、大河ドラマ『麒麟がくる』の脚本家・池端俊策（一九四六〜）も〃今村弟子〃の一人のようだ。

（2020・2）

■随筆①

「八〇三二」

嶋田洋子

　私には、親から貰った三十二本の歯が、欠けることなく今も健在である。私の大きな喜びであり、密かな自慢でもある。勿論、その大半は歯科医の手を煩わせた処置歯である。

　私が十歳の時、左下の奥歯が疼いた。その痛みに頬ぺたを抱えて泣いた。祖母は梅干の皮を貼り、母は「正露丸」を埋めてくれた。その後数回、母の手を握りしめ、機械の音に怯え乍らの治療を受けた。子供心に、二度と歯科医の門は潜るまいと思った。金冠で覆われた奥歯を手鏡で見た時、急に大人になったような面映い気持ちだった。

　五人の子を産み育てた母は、子供に歯をとられたと言い乍ら歯科医に通い、見える限りは金ピカの歯であった。昭和の初め頃、大人も子供も歯磨きは塩でやった。父が揃えてくれた歯刷子と、ライオンの絵を印刷した袋の歯磨粉は珍しかった。歯刷子を湿らせ、粉をつけて磨くと、胸元に白い粉が散った。ピリッとして、スーッとした味わい、舌の先が痛かった。母は、骨や歯を丈夫にする為にと、よく小魚の料理を作ってくれた。中でも小鰯と昆布の生姜煮は軟かく、骨ごとパクパク食べた。煮出しのいりこも、必ず食べさせられた。

　虫歯は放っておくと深く侵蝕し、痛み出す。その苦痛は堪え難い。そうなると、治療には長い時間と費用がかかる。私は、歯に少しでも異状を感じたら、時間を工面して歯科医へ駆け込んだ。早ければ二、三回の治療で終わった。然しどんなに歯磨きを心がけても、

左から、嶋田洋子・隆、初孫の典子、藤原千佳子・和彦、嶋田徳三
一九八一年二月

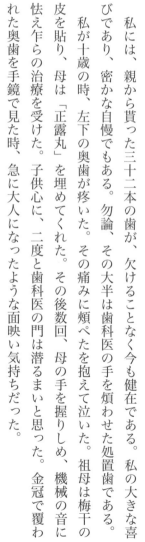

左から、野元千寿子・桂、嶋田洋子・隆　一九八七年八月

左から、藤原和彦・陽子、嶋田隆、藤原典子、嶋田洋子、藤原和憲　一九九八年一月

食事に気をつけても、やはり虫歯は出来た。

その都度、早め早めを実行した。長い年月には処置歯が疼き出し、かぶせた冠をもぎ取って治療し直すこともあった。体力の衰えを感じ始めた時、慌てて歯ぐきのマッサージを始めた。歯磨きの後、数回ずつ左右の歯ぐきを指で擦る。キュッキュッと擦ると、歯ぐきが締った感じになる。疲れて歯の根に軽い鈍痛のあった時も、歯が浮いた感じになった時も、このマッサージで治って来た。今は何のトラブルも感じない。お蔭で一本の歯も失うことなく、七十歳を幾つか越した。

一方、私の夫は三年前から、遂に入れ歯の助けを借りている。もう硬い物は食べられないと悲観したり、歯磨きには倍の時間がかかるとこぼしたりして、せっせと入れ歯を磨く。食事は入れ歯の夫に合わせる。軟らかい物で、食べやすいように切って。魚は骨の無い処を、と気をつける。入れ歯では小骨が探せないらしい。何でもバリバリ嚙める私と、入れ歯の助けを借りる夫とでは、食事にかかる時間も違う。並べた料理を次々に平らげていく私の方を見て、夫は、「うーん」と唸る。入れ歯は不便なばかりか働きも劣るようだ。

近ごろ、「八〇二〇」という言葉を耳にする。『八〇歳で自分の歯二〇本を残そう』という運動である。いま夫は七十六歳。幸いまだ二十四本の自歯が残っている。何としてもその歯を持ち続けて、「八〇二〇」を達成してもらいたい。歯は最初の消化器であり、丈夫な歯は健康長寿にも繫がる。何よりも食事が楽しくおいしい。私は三十二本の歯を労り乍ら、一本も欠かすことなく維持していく覚悟である。「八〇三二」を目指して。

（『群羊』第5号、一九九三年）

83 ——— 一から万の数字の諺つづる

人も言葉も一期一会の一生だろう、そこで一から万までの数字の諺で文を綴ってみる。

▼一日の計は朝にあり、一か八かの人生で一事が万事というが、一挙手一投足環視の中、一を訊いて十を知ることも難しいが、聞くは一時の恥聞かぬは一生の恥を心がけよう。▼天は二物を与えずといい、二足の草鞋を履くこともできないが、二の句が継げないで困らないよう武士に二言はない生き方をしよう。▼駆けつけ三杯といい、石の上にも三年という。三人寄れば文殊の知恵だが女三人寄れば姦しい。三尺下がって師の影を踏まず三顧の礼を尽くして仏の顔も三度の掟を守ろう。▼四角四面だと四面楚歌になり四苦八苦するから四海兄弟《けいてい》の心を持ち、四十にして惑わず。▼五里霧中で生きて五十にして天命を知るが、何事も五十歩百歩を悟るだろう。▼六日の菖蒲、十日の菊にならぬよう六十の手習いを励もう。▼男は敷居を跨げば七人の敵ありという。親の七光りがあり、色の白いのは七難隠すというが、人の噂も七十五日、七度尋ねて人を疑え、無くて七癖あって四十八癖という。伊勢へ七度熊野へ三度のお参りで七転八倒しても七転び八起きの頑張りを示そう。▼口八丁手八丁で嘘八百を並べても当たるも八卦当たらぬも八卦と思えば良し、八方美人にならぬよう腹八分目に医者いらずの精神を持とう。▼九死に一生を得たのだから九牛の一毛にならぬよう。▼十で神童十五で才子二十すぎれば只の人といわれるが、十把一絡《から》げにされたくはないものだ。▼酒は百薬の長。百害あって一利なしといい、百聞は一見に如《し》かずという、そして雀百まで踊り忘れずで、お前百までわしゃ九十九まで元気でいよう。▼値千金の夢を見て、千載一遇のチャンスとかで悪事千里を走るように海千山千の動きも千里の堤も蟻の穴からの戒めを思い、千里の道も一歩から、で、鶴は千年亀は万年の悠久の時の心を持ち続けたい。▼人間万事塞翁が馬だから風は万病のもとに気を付けて万事休すとならぬような日々を送りたい。

吉凶を占う数字がある。奇数は「陽」で偶数は「陰」。二桁で「五大吉数」とは、十五（成功運）、二十四（金運）、三十一（幸運）、三十二（出会運）、五十二（先見運）だそうだ。一方、縁起が良くない「忌み数」は、十九（重苦）、四十二（死）、四十九（死苦）のようだ。ところで日本で「九」の数字はイメージ悪い。しかし中国では強運パワーで好まれる。九月九日は「重陽の節句」である。

馬の尾も暮行九月九日かな　松窓乙二

（2020・2）

84　求菩提山で詠んだ桜狩の歌

福岡県豊前市に修験の山・求菩提《くぼて》山（七八二メートル）がある。県立の求菩提資料館には、山伏の生活を偲ぶ品をはじめ山岳信仰を辿る遺品が展示されている。

黒田孝高《よしたか》（官兵衛・如水・円清／一五四六〜一六〇四）は、豊臣秀吉の九州平定後、豊前六郡・十二万石を与えられ、天正十五年（一五八七）七月三日に入封。豊前の地では情報網に長けた山伏の力を頼みに求菩提山に出入り、友好を深めた。戦乱の世で活躍した孝高は、隠居後、法名「如水円清」を名乗り、家臣らと共に求菩提山で桜狩を楽しみ、歌を詠んだ。如水にとって、求菩提の座主らとの桜を愛でる一時が、安らぎの時だったのではと推察される。山深い里の静かな鑑賞空間の館を久しぶりに訪ねた。そこで以前から気になっていた「桜狩の歌」の短冊をあらためて観させていただいた。

山ふかく分入花のかつ散りて
　春の名残もけふのゆふ暮　円清

年にまれの君かきませハ山の鳥も
　おとろく音おや花になくらん　之次

ひさくら残なく散ぬる此は誰にても
　おもひさくらによせさらめやは　焉也

散ぬともよしやうらみし桜花
　またいくはるの色香なるらん　太郎助

たつね来ししるしも見せぬ山桜
　散は心もともにこそちれ　九味

春雨にちりしく花の庭の面に
　くれないくゝるやり水のすえ　空與

吹のこすこゝろもしらてうらみつる
　風のなさけの花をミるかな　古庵

聞きしよりまされる花のちるかけに
　盛をおもうけふのひさくら　善次郎

そゝきつる雨のなこりの露までも
　くれないにほふ花のかけかな　正重

梢よりちりてさくらの下草に
　花のさかりをみせてけるかな　友可

若木より植をくからに山ふかく
　君にとはるる花のもとかな　豪貴（座主）

大自然に抱かれ暮らした如水の辞世は「思ひおく言の葉なくてつひにゆくみちはまよわじなるにまかせて」とあり、徳川の福岡五十二万石を封ぜられた子・長政の辞世は「此のほどは浮世の旅に迷い来て今こそかへれあんらくの空」とある。武将の心を歌が伝える。

（2020・2）

明星

暁の星の如くに大根の白き芽生えのきらめく朝《あした》

切られたる苗のめぐりの土深くえぐれば幼虫丸くひそめり

梅檀《せんだん》の若葉に染まりひとしきり声澄む鳥の姿は見せず

まっすぐに延ぶが南瓜《かぼちゃ》の性《さが》なるも越境蔓は向き変えておく

一房にミニのトマトの十八個童は絵日記赤く埋《うず》むる

炎天の庭に宝を引きてゆく蟻よ汝等《なんじら》暑くはなきや

成人の孫を見るまで今暫《しば》し三里の灸を七火ずつ据《す》ゆ

老いの暮らし

年賀はがきの数を減らして購《あがな》える夫《つま》のめぐりの次第に寂し

夕《ゆう》つ陽が屋根にかかれば鈎編みの毛糸の手元忽ち暗し

具合よき入れ歯となりて食欲の増したる夫が夕餉《ゆうげ》促す

語ること大方なくて事足りる老いの暮らしにテレビが喋る

招かれて五十年目の同窓会夫のネクタイ少し派手なり

耳遠くなりたる夫と嚙み合わぬ会話しだいに声高くなる

健康園と名付け親しむ菜園を長寿園とす傘寿の夫は

地域づくりは人づくりというが、地域に遺る史実を踏まえて「かつてあったもの」の再興は大事なことだろう。忘れられ、消え、無くなった地域の遺産を、現在、そこに住む人の手で復活させるのは難しいことではないと思う。昔、人が居て、そこに暮らしてモノを作った。

だから、現代人に想いがあって、やる気さえあれば、何事も復活できるだろう。

悠久の時を経たとしても、自然の風は、昔吹いた風とそんなに変わらないだろう。

寛永五年（一六二八）の細川家『永青文庫』の「日録」に「……仲津郡ニ而ぶどう酒被成御作候……がらミ薪ノちんとして……ふたう酒二樽被仕上候……」とある。

これは豊前国仲津郡大村（現福岡県みやこ町大村）でガラミ（学名エビヅル、通称ヤマブドウ）によるワイン醸造の記述だ。これに基づいて一般社団法人豊前国小笠原協会（川上義光代表理事）は約四〇〇年ぶりのガラミワイン「伽羅美瀏《がらみしゅ》」を再興した。

令和二年（二〇二〇）二月二十二日、北九州市の小倉城「しろテラス」でワインの発表会が行われた。その式典に細川家十九代細川護光さん（一九七二〜）から「細川家と豊前とのつながり」のメッセージが届いた。

85 ―― 細川護光さんのメッセージ

細川家と豊前とのつながり

細川護光

この度のガラミワインお披露目会、まことにおめでとうございます。

多くの方々の情熱とご尽力により、ようやくここまでたどり着かれたであろうこと、想像に難くありません。細川家と豊前とのつながりを、このように意外な形で掘り起こし、地域おこしに役立てていただき、感激しております。

今後もガラミワインを通じてますますご縁が広がっていくよう祈念しつつ、小笠原協会、関係者の皆さま、このプロジェクトに関わった全ての方々に感謝、御礼申し上げます。

小倉藩時代の慶長七年（一六〇二）に小倉城が築城されたという。細川忠興とガラシャ夫人の子・忠利が藩内のガラミで醸造した「ふたう酒」が再興され、披露された。細川家からメッセージが届き、紹介された。

これは「かつてあったもの」が蘇った瞬間だった。歴史の時が戻り、人が目覚めることにもなった。眠り続ける〝遺産〟ではなかったのだ。歴史は繰り返すというが、かつてあったものは必ず人によって蘇る。

（2020・2）

86　湯川れい子さんのメッセージ

令和二年（二〇二〇）二月二十二日、北九州市の小倉城「しろテラス」でガラミ（学名エビヅル、通称ヤマブドウ）醸造による「伽羅美灊」完成の発表会があった。

この会に細川家の細川護光さん（一九七二〜）と音楽評論家の湯川れい子さん（一九三六〜）から心温まるメッセージが届いた。細川佳代子さんら音楽仲間とガラミワインを待っているとの熱い想いが参加者に伝わった。純粋な日本葡萄でのワイン誕生にふさわしいお祝いの言葉をみる。

スワン２２２２の意味　　湯川れい子

実は私は細川佳代子さんを細川ガラシャの生まれ変わりではないか、と勝手に思い込んでいます。佳代子さんもご自身のことを「私は赤ちゃんの時から生まれながらのボランティア人間だったの」と仰っているように（略）活動を続けてこられて、まさに「利他に生きる人」「博愛の精神」を常に感じさせて下さる方でした。そんな佳代子さんと「スワン・シスターズ」として歌ってきて今年で十七年。（略）このメンバーは佳代子さんと鳩山幸さん、ジャーナリストの下村満子さんと私の四人です。（略）結果論ですが、途中で幸さんも総理夫人になられて、四人中二人がファーストレディーになってしまった。（略）なぜこのグループに「スワン・シスターズ」という名を付けたかというと、一見皆さんとても優雅で美しい方たちばかりです。まるで白鳥のようなおもむきなのですが、どっこい、皆さん気は強い、気性も荒い。声は悪い。そして白鳥は優雅に見えても、水中ではいつも足を忙しく動かして水を掻いているという、まさにそんな人たちばかりなのです。それで今回、細川ガラシャさんにゆかりを持つ葡萄で作ったワインを二月二十二日に二二二二本発売するとうかがって「それじゃスワンの日じゃないの」（略）スワンの姿は、数字の2にそっくりなので、その数字が四つ並んだ「２２２２」は、まさに私たちのスワン・シスターズのシンボル。（略）ワインの発売を心から楽しみに（略）身体にも心にも優しくて美味しそうな妙薬のワインを一日も早く分けて下さいね。

九州の片田舎（福岡県みやこ町）で歴史や文化の掘り起こしをすすめる一般社団法人豊前国小笠原協会（川上義光代表理事）の小さな発表会へのメッセージに全員が聴き入った。歴史に埋もれていたものが、いかに大事なものだったかを湯川さんの祝辞で思った。

（２０２０・２）

石を噛む音

体調を気遣い合いて朝あさの草刈りようやく半ば終えたり

鎌の手を休めめぐらす視野の果て英彦山は雲にかすめり

振り下す鎌の切っ先石に触れ赤き花火の残像となる

石を噛む切っ先瞬時発つ花火我に若さの未だ残れり

草刈りを三日つづけし休息日新聞広げしままに眠りぬ

杉壁を剪《か》りつつ形造りたる大《おお》きうねりは二こぶらくだ

せせらぎの音のみ高し大川の見ゆる限りをこめし朝霧

黄すじあげ羽

輪に蒔きし大根種は輪の通り芽生えぬ畑に星降るごとし

からみたるかずら外して我が丈を越せる檜の秀先《ほさき》を正す

運動会の準備なりたる校庭の白きテントにしぶく秋雨

黄すじあげ羽は百日草を好むらし昨日止まりて今日も来ている

高き枝にいがはぜらせし大栗の実の艶めくを危うげに抱く

音立てて落つる栗の実草分けて拾わんとせり露深き朝

大根の根元の張りを手に測り最後の間引きようやく終わる

87 日本「三大」アレコレを詠む

日本三景は松島（宮城）、天橋立（京都）、宮島（広島）をいい、浮世絵師・喜多川歌麿の描く難波屋《なにわや》おきた・富本豊雛《とよひな》・高島屋おひさを「寛政三美人」という。また兼六園（金沢）、後楽園（岡山）、偕楽《かいらく》園（水戸）は日本三名園。いろんな日本「三大」アレコレが楽しめる。日本各地の名勝もランク付けされている。それぞれの句歌を探す。

【三名山】富士山（静岡ほか）、白山（石川ほか）、立山（富山）。

田子の浦ゆうち出でてみれば真白にそ
　富士の高嶺に雪は降りける　山部赤人

白山の初空にしてまさをなり　飴山　實

立山を見つつ酌まむと思へども
　酒なしただに夕雲を見る　吉井　勇

【三大河川】石狩川（北海道）、信濃川（新潟ほか）、利根川（群馬ほか）。

野の末にほのかに霧ぞたなびける
　石狩川の流れなるらむ　若山牧水

山焼や夜はうつくしきしなの川　小林一茶

わが心なごましめつつ利根川の
　川口かけて白浪ぞたつ　斎藤茂吉

【三大松原】三保の松原（静岡）、虹の松原（佐賀）、気比《けひ》の松原（福井）。

千鳥なく三保の松原風白し　正岡子規

虹の松原色なき風のめぐりをり　島野美穂子

爽かや気比の松原人に逢はず　森田　峠

【三大瀑布】華厳《けごん》の滝（栃木）、那智の滝（和歌山）、布引《ぬのひき》の滝（兵庫）。

冬涸るる華厳の滝の滝壺に
　百千の氷柱《つらら》天垂らしたり　伊藤左千夫

神にませばまこと美はし那智の滝　高濱虚子

布引の滝のしらいとなつくれは
　絶えすそ人の山ちたつぬる　藤原定家

ところで、いくらいい名所でも人の評価によって「がっかり」になる場所もある。

【がっかり三名所】オランダ坂（長崎）、はりまや橋（高知）、札幌時計台（北海道）。

オランダ坂石の継ぎ目の木の実かな　宮津昭彦

大年やはりまや橋の辻に佇つ　鈴木真砂女

地吹雪がかくす札幌時計台　野満佐流

日本の巡りくる春夏秋冬の暮しの中で感覚を研ぎ澄まして自分「三大」を見つけよう。

（2020・2）

88　どんな門になるか楽しみだ

知人のＩ氏から家の玄関先の空き地に門を設置する様子のメールが届いた。通信欄には、おっさん風に「貰《もら》い門《もん》」とあり、だんなさん風に「戴《いただ》き門」ともあった。なるほど、年季の入った棟門《むねもん》のように見える。入手経路を聞くと、なかなかの門のようだ。やはり、あるところにはあるたいした門、と納得した。

大分県中津市で、能舞台を造っていた医院の庭の解体でスクラップ寸前の「どうぞ、お持ち帰りください」の門だという。さらに詳しく訊けば、能舞台は新しい主として狂言方和泉流の能楽師・野村萬斎さん宅へ赴いたようで、Ｉ氏宅への移設される門は、能舞台のある庭にあり、お茶室へ向かう通用門だったという、が、さすが、門外漢にも判る立派な門だ。

ところで、門は一般的に塀や垣に開けられ、家屋や敷地に設置、柱の数や間口によって分けられている。

四脚門や八脚門などがある。特徴のある門は、楼《ろう》門、二重門、櫓《やぐら》門、棟門、冠木《かぶき》門、高麗門、唐門、上土《あげつち》門、長屋門、埋《うずみ》門などがある。

また用途による門は、校門、禁門、勅使門、凱旋門、城門、大手門、山門、南大門、仁王門、神門などがある。

そして門といえば、浅草寺の山門「雷門」を誰もが想像するだろう。浅草のランドマークというより、東京いや日本を代表する風景といっていい。門に下がる大提灯に書かれた「雷門」は、真逆の位置に書かれた「風雷神門」が正式名称だそうだ。門に向かって右側に「風神」、左側に「雷神」が配されている。「雷門」の呼称は、江戸時代の川柳「風の神雷門に居候」からといわれ、また「雷門」と揮毫した提灯の奉納は寛政七年（一七九五）。

とにかく、雷門の前では「どんな門だ」と威風堂々の姿に圧倒され、沈黙するしかない。

ことわざに「門前の小僧習わぬ経を読む」がある。

門を詠む句歌を探してみる。

門を出ればわれも行人秋のくれ　与謝蕪村

梅のさく門は茶屋なりよきやすみ　正岡子規

波かよう門をもちたる岩ありぬ
式根無人の嶋なりしかば　与謝野晶子

門前の冬菜の霜にゐる鳥に
とどかむ朝の日はあはれなり　太田水穂

Ｉ氏邸の門は、手間暇かけての素人の手作業のようで「仕上がりは」未定だという。人が「木」の「門」に「気」を入れる。さて「どんな門」になるか楽しみだ。

（２０２０・２）

柿落ち葉

大樟の庭に古代をよび戻す杣始祭を秋陽《あきび》が包む

祭座の神饌なれば銘柄の新米殊更白く搗き上ぐ

拝殿の背の戸開きて神官のあぐる祝詞を北風さらう

高枝にひとつ残るが危うげに熟柿となりて夕陽を返す

これまでの画歴並べて老い夫《つま》は稀なる客に独り意気込む

かろうじて二人の客を乗せているバスに貴重な客となる夫《つま》

この家に一人もたまには気楽なり旅に出し夫《つま》帰るあてあり

石積み温《ぬく》し

白菜の芯を包みて霜よけにすがれし外葉を添えてくくりぬ
寒風と淡き陽差しに預けたる千切り大根すきとおりきつ
採りたての丸大根は包丁を当てしのみにて自ら裂ける
冬越しの檜の苗の色深み遠山肌に点なして見ゆ
薄皮を破りて芽立つ大蒜《にんにく》のみどりに春を重ねて刻む
標識《しるし》のみ立つ道端のバス停の石積み温し背を寄せて待つ
上着一枚脱ぎて畑に草を引く冬根は固く土をつかめり

89　ベースボールを野球と訳す

日本人はうまい言葉を生み出すものだと感心する。とにかく言葉誕生には、行きつ、戻りつ、イロイロある。ベースボールを野球と訳すまでの経過を追ってみる。最初に「野球」という言葉を使ったのは、確かに俳人で歌人の正岡子規（一八六七～一九〇二）のようだ。しかし、ベースボールの訳語ではなく、彼の幼名「升《のぼる》」に因んで「野球《のぼーる》」の雅号を持ったことだ。

彼の命名俗説が広まったのは、日本に野球が導入された頃、友の河東碧梧桐《かわひがしへきごとう》（一八七三～一九三七）が、子規の〝野球狂〟を「変態現象」と言うほど、彼はベースボールに執着、熱心でポジションも捕手。明治二十二年（一八八九）の喀血まで活躍した選手だった。

子規は新聞の随筆に「ベースボール未だ曾て訳語あらず、今こゝに掲げたる訳語は吾の創意に係る」と記し、バッターを打者、ランナーを走者、フォアボールを四球、ストレートを直球、フライボールを飛球とするなどの翻訳案を提示したほどである。

まだベースボールを「底球」と呼ぶ時代だった。

子規は、熱い想いの句歌を残す。

まり投げて見たき広場や春の草
九つの人九つの場をしめて
ベースボールの始まらんとす

ベースボールの日本導入は、明治四年、お雇い外国人として来日した米国のホーレス・ウィルソン（一八四三～一九二七）が東京開成学校の生徒らに教えたことに始まる。明治二十六年、第一高等中学校（現東大などの前身）の選手として活躍していた鹿児島市出身の中馬庚《ちゅうまかなえ》（一八七〇～一九三二）は、卒業記念に「ベースボール部史」の執筆を依頼され「Ball in The field」を基に「野球」と命名した。そして「テニスは庭でするから庭球、ベースボールは野原でするから野球」の説明に皆は納得した。中馬は、昭和四十五年（一九七〇）に野球殿堂入り、レリーフに刻まれた顕彰文がある。

明治二十七年ベースボールを「野球」と最初に訳した人で、また同三十年には野球研究書「野球」を著作。これは単行本で刊行された日本最初の専門書で、日本野球界の歴史的文献と言われている。一高時代は名二塁手。大学に進むやコーチ・監督として後輩を指導。明治草創時代の学生野球の育ての親といわれた。

一つの言葉が生まれ、定着するまでにはいろんなドラマが楽しめる。それもまた良し。

（2020・3）

90　耳の日、鼻の日、目の日

定年退職後は毎日が日曜日。時の過ぎ去るのは早く、あっと十年が過ぎた。年間の「休日」は一〇五と「国民の祝日」の十六で一二一日。

そこで体の部位の「記念日」を見てみる。

三月三日は、上巳《じょうし》、桃の節句、ひな祭りの日などと「耳の日」である。耳の日は、昭和三十一年（一九五六）に日本耳鼻咽喉科学会が「三三《みみ》」の語呂合わせと三重苦のヘレンケラーにサリバン女史が指導を始めた「日」であり、電話発明者で、ろう教育者であったグラハム・ベルの「生誕日」などに因んで制定。また「オーディオブックの日」「金魚の日」などの日。なぜか六月六日が「補聴器の日」となっているのも不思議。

菊の前小耳によそのよき話　富安風生

耳を切りしヴァン・ゴッホを思ひ孤独を思ひ
　戦争と個人をおもひて眠らず　宮　柊二

八月七日は、月遅れ七夕、花の日、バナナの日、オクラの日などに「鼻の日」だ。鼻の日は、昭和三十一年に日本耳鼻咽喉科学会が「八七《はな》」の語呂合わせで制定したようだ。この日は「花火の日」「パートナーの日」「ハテナの日」「自分史の日」などと言われ「トランジスター（昭和三十年、ソニーからラジオ発売）の日」ともいう。昔から日本人は鼻が低いといわれてきたが、近年は食生活が良くなったのか、鼻も高くなった。

美しく小鼻に汗をとゞめたる　高濱年尾

生きるとは手をのばすこと幼子の
　指がプーさんの鼻をつかめり　俵　万智

十月十日は、空を見る日、銭湯の日、島の日、アイメイト・デーに「目の日」という。目の日は、昭和六年（一九三一）に中央盲人福祉協会が「視力保存日」制定後、戦後、厚生省が「目の愛護デー」と改称。一〇が眉と目の形だそうだ。かって「体育の日」関係か「トレーナーの日」であり「釣りの日」「トマトの日」「toto の日」「萌えの日」のほか、「まぐろの日」だったり「世界メンタルヘルス・デー」の国際デーの一つでもある。

黒き瞳と深き眼窩に銀狐　竹下しづの女

海底に眼のなき魚の棲むといふ
　眼の無き魚の恋しかりけり　若山牧水

耳、鼻、目に八月八日の「髭の日」を加えて「四大顔面記念日」だそうだ。

しかし六月四日（むし歯予防）など「歯の日」はあるが、何故か「口の日」がない。

（２０２０・３）

春の風

糸先を平につぶし針の目に老眼鏡の焦点合わす

千人針思い出させる結び目の赤く並べり白地の刺し子

捨てきれず植えし青菜の残り苗茎のびやかに黄の花咲かす

北天に眼《まなこ》こらせば闇に浮く百武彗星《ひゃくたけすいせい》おぼろに青し

細き蔓からみ合わせて立ち上がるグリンピースを揺する春風

芋種は深目に土は厚く掛《か》く四月なかばを遅霜の置く

いちだんと掛声たかく庭に練る子どもみこしに菜の花こぼる

縁《えん》に繕《つくろ》う

冬鳥の姿見ぬまま南天の赤き実光り新芽萌え出づ

良き構図できしとはしゃぐ老い夫《いも》に熱きコーヒー多目に注ぐ

思い切り枝を張りたる柿若葉小暗《こぐら》き処どくだみ白し

池の面を吹きくる風を呼び入れて若葉の縁に衣《ころも》繕う

芋づるの深さは指にまかせつつ雨の晴間を急ぎ植え付く

低き木に止まる烏《からす》に無視されて山の斜《なだ》りの草刈りつづく

何事か告げん思いか畑草を引ける片方《かたえ》に鳥近づきぬ

91 ─── 三途の川は幅四〇〇キロ

お寺の住職さんの説教が面白い。九十歳を超える姑が水泳教室に通い始めて「かなり泳げるようになった」と喜び「三途《さんず》の川は泳いで渡るから銭はいらない」と嫁に伝えたという。嫁は、姑の指導コーチに「ターンだけは教えないで下さい」と頼んだそうだ。

お婆さんの元気っぷりはいいが、三途の川が簡単に泳いで渡れるものか調べてみた。人は亡くなって七日目に此岸と彼岸の境にある三途の川を渡るという。生前の罪の重さで渡る場所が決まるそうだ。善人は金銀七宝橋を歩き、軽罪人は浅瀬の山水瀬《さんすいせ》を行くが、重罪人は大蛇が棲む急激流の恐ろしい強深瀬《ごうしんせ》を渡る。

また三途の川の畔には衣領樹《えりょうじゅ》の大樹があり、奪衣婆《だつえば》と懸衣翁《けんえおう》という鬼の老夫婦がいて罪の重さを量るという。江戸時代に「六文銭」を出せば「罪を反省、仏に帰依、信心」の証だとして地獄には行かないとされた。

ところで、冥土に行く途中の「三途の川」の川幅は「どれくらい」かと、古文書を捲ると「四十由旬《ゆじゅん》」だという。由旬は、古代インドの距離の単位で牛車が一日に進む距離で一〇キロ前後だというから四〇〇キロになるようだ。

冥土までは長い道のりだ。

平成時代の自殺者数を見ると、平成十五年（二〇〇三）の三万四四二七人をピークに年々減少してはいるが、三十年は二万八四〇人が自らの命を絶っている。現世の苦しさもあろうが、死してなお「三途の川」を渡るのに四〇〇キロの難行を思えば「自殺」は止めるべきだ。

また「三途の川」には、親よりも先に逝った子どもらが集って「親の供養のための小石を一つ一つ積んで」塔を造る「賽《さい》の河原」にでる。子らが石を積んでも、積んでも鬼に壊されてしまう、が、石を積み続けていると、やがて地蔵菩薩に救われるという。

冥土への旅の途中で、泣きながら「石供養をする我が子」と出合うかもしれない。あの世だから解らない。

人間は輪廻転生。迷いの六道（地獄、餓鬼、畜生、修羅、人間、天上）で生まれ変わり死に変わりを繰り返している。そして人間が人間に生まれ変わるには、釈迦が『涅槃経』に「人趣に生まるるものは、爪の上の土のごとし。三途に堕つるものは、十方の土のごとし」と記すように、五戒（不殺生・不偸盗・不邪淫・不妄語・不飲酒）の戒律を守り続けなければならないと伝わる。

そう、あの世にいったとしても、また、この世で生きるのかもしれない。

（2020・3）

92 神主さんとお坊さん

神社で働く神職の神主さんと寺院で働く僧職のお坊さんの呼び名は各種あるようだ。

まず神社での「神主」と「宮司」の違いを訊いてみると、どちらも同じだと思っていたが、実は「神主」は神社での「役職名」ではなく「職業名」だという。そして「宮司」は役職で神社の責任者だといい代表者である。その下に権《ごん》宮司（神社の副代表）、禰宜《ねぎ》（宮司の補佐）、権禰宜（一般的な職階）と巫女（神に仕える女性）などとなっているようだ。

一方、寺院では僧侶は親しみを込めてお坊さんといわれる。住職《じゅうしょく》は「住持職」の略称で一般的に一寺院の最高位の僧職をいう。宗派によって呼称が違う。

▼法相宗（窺基／六三二〜六八二）……和上《わじょう》など。
▼華厳宗（法蔵／六四三〜七一二）……和尚《おしょう》など。
▼律宗（鑑真／六八八〜七六三）……和上《わじょう》、和尚《おしょう》など。
▼天台宗（最澄／七六七〜八二二）……法印《ほういん》、和尚《かしょう》など。
▼真言宗（空海／七七四〜八三五）……和上《わじょう》、方丈《ほうじょう》など。
▼念仏宗（良忍／一〇七二〜一一三二）……上人《しょうにん》など。
▼浄土宗（法然／一一三三〜一二一二）……和尚《おしょう》など。
▼臨済宗（栄西／一一四一〜一二一五）……和尚《おしょう》、方丈《ほうじょう》など。
▼浄土真宗（親鸞／一一七三〜一二六二）……院家《いんげ》、院住《いんじゅう》など。
▼曹洞宗（道元／一二〇〇〜五三）……方丈《ほうじょう》、和尚《おしょう》など。
▼日蓮宗（日蓮／一二二二〜八二）……聖人、上人《しょうにん》など。
▼時宗（一遍／一二三九〜八九）……上人《しょうにん》など。
▼黄檗宗（隠元／一五九二〜一六七三）……和尚《おしょう》など

また女性僧侶のみの尼寺は庵主《あんじゅ》と呼ぶ。

さらに僧職は、大師（偉大なる師）、入道（天皇などの仏門での尊称）、国師（天子の指南役）、老師（指導する高僧）、菩薩（仏道の修行者）、阿闍梨《あじゃり》（修行僧の師）、行者（行をする者）、比丘《びく》（男性僧侶）、比丘尼（女性僧侶）などがあり、宗派の最高責任者は、管主《かんす》、門主《もんす》、座主《ざす》、院主《いんしゅ》、化《け》主《しゅ》など、ややこしい。

ただ人は、神にも仏にも手を合わせるだけだ。

神国は天から薬降りにけり　小林一茶

こがね雲ただに二人をこめて捲け
　なかのへだてを神もゆるさじ　山川登美子

水音のたえずして御仏とあり　種田山頭火

み仏に救われありと思い得ば
　嘆きは消えむ消えずともよし　伊藤左千夫

（２０２０・３）

露こぼす

僅かなる擦り傷なるも売り物にならぬと茄子を配りて呉るる

稔り田を囲いて光る銀色のねじりテープを風がいたぶる

気負い立つ草を倒せば木の元に風の通れり陽もまた届く

グラウンドに球を追う子も応援に汗する子等もみな輝けり

朝夕に注ぐ日射のやわらぎて萩の花穂の小さくゆるる

児の姿久しくも見ぬ校庭のかやつり草に蜻蛉とまれり

芋の葉に取りしオクラの四つ五つ包みて戻る露をこぼして

老いづく夫

傘寿《さんじゅ》なる夫《つま》に賜いし座布団の鶴むつまじく紫紺に舞えり

暮れなずむ門辺に出でて待ちくるる老いづく夫《つま》の小さく見ゆる

突然のシャワーに菜の葉ゆすぶられおんぶバッタが個個に跳びたつ

高枝のいがを離れて艶めける栗の実露の草にいだかる

蒔き時期の少し遅れし人参の発芽たのみて寒冷紗張る

指示板の文字を頼りて病院の広きフロアーに夫《つま》を伴う

硝子戸に挟まれしまま乾きたる守宮《やもり》は内を窺けるかたち

93　しづの女「渡海灘」の小品

大正九年（一九二〇）に竹下しづの女（一八八七～一九五一）は、女性で初めて高濱虚子主宰『ホトトギス』の巻頭を「短夜や乳ぜり泣く児を須可捨焉乎《すてっちまをか》」ほかで飾った。赤飯を炊いて祝ったという。台所俳句などといわれ女性俳句草創期の頃、男社会の俳句の中「ホトトギス巻頭を獲る」という近代女流俳人のトップを切った。

ところで「巻頭」獲得後、翌十年、しづの女の随想「渡海灘」が『ホトトギス』に載った。この小品は〝夏目漱石『三四郎』のモデルK〟と、福岡県苅田町の周防灘沖に浮かぶ小島の「神の島」への浅瀬を歩いて渡り、数人で懇談した折の思い出を綴ったものだ。

（略）未来のK夫人になる筈の女性の方のことなどの談片の中で、一番私の興味を持ったのは三四郎のモデルということと、私の最も崇拝していて、其新刊著書が見たさには欲しい着物迄犠牲にして買わないでいられなかったこと程それ程好きな好きな漱石先生の愛弟子ということの二事だった。今度Kさんが東京から帰郷してうちへ来ると知った時から何ともいえず嬉しかった。私は勝手に小説的詩人的Kさんを空想で描いて見ては遊戯的興趣にひたっていったものだ。昨晩も日記のはしに「生きた三四郎を観照するの興味」などと書いてよろこんでいたのに。今見るKさん、一向ただの人で何等異彩を見せて呉れぬ。私がこんなに非常識的な非現実的な奇跡的な空想の眼を光らせて、何か漱石先生の噂でも出はせぬか、文壇の評論めいた談片でも聞こえはせぬか、と聴神経を鋭敏に尖らせて聴耳立てながら、一生懸命になっている（略）（「渡海灘」）

明治四十一年（一九〇八）「朝日新聞」連載小説『三四郎』の主人公・小川三四郎は「漱石山房」に出入りするみやこ町出身の独文学者・小宮豊隆（一八八四～一九六六）といわれる。

国民を魅了する名作に行橋市中川出身のしづの女が惹き付けられても不思議ではない。大作家の小説モデルが郷土のよく知る人物だったことを自慢したかったのかもしれない。また超有名な『三四郎』のモデルという人物であっても「故郷へ帰ればタダの人」を伝えたかったのかも知れない。穏やかな海に浮く「神の島」にいて満ち汐に追われて浜へ向かう小宮の姿を「Kさんが後ろからバッバッ水烟を揚げながら、子供のように両手を跳ねて私たちをおい越して行く」と、軽やかタッチの愉しい文で随想を結んでいる。

（2020・3）

94 東京大空襲3・10を忘れまい

令和二年（二〇二〇）三月十一日の政府主催による東日本大震災（死者・行方不明一万八四二八人）の追悼式が新型コロナウイルス感染防止のため中止になった。阪神淡路大震災（一九九五年一月十七日／死者・行方不明六四三七人）しかり、毎年の〝命日〟は追悼の日。

自然災害による被災は宿命として理解するが、人為による被災は怨念と後悔が募る。

二〇〇一年九月十一日の米国同時多発テロ（死者二九九六人）など人が人を殺す〝被害〟は無くさなければならない。国と国の戦争で人が人を殺す行為も絶滅しなければならない。

3・11に関連して「東京大空襲3・10」を「忘れてはなるまい」と「忘れ去られている」事象を、改めて、あるメディアが取り上げていた。大空襲による〝被害〟を追う。昭和二十年（一九四五）三月十日、午前〇時八分から二時三十七分まで〝東京帝都〟は米軍のB29大規模空爆で「下町」を中心に死者（一〇万人超）負傷者（一一万人余）被災者（一〇〇万人超）が出た。二時間余の人為災害の〝被害〟は自然災害の比ではなかった。

太平洋戦争終結までに空襲による日本人の死者は総計三〇万人超といわれ、原爆による広島（死者一四万人余）と長崎（死者七・四万人余）を加えると五〇万人を超す。これは外国のドイツ・ドレスデン大爆撃（死者一・八万人余）やイギリス・ロンドン空爆（死者二万人余）に比べ、日本の被った空爆被害が如何に異常かがわかる。

とにかく東京大空襲が「山の手」ではなく住宅密集地の「下町」を狙って実行されたのは、焼夷弾爆撃が攻撃対象を焼き払うことを目的としており、まさに東京を焼け野原にしてしまうことだった。人が逃げ遅れ、焼け焦げて転がったまま、逃げ延びた先の河原でも折り重なった死体は、狂気ただよう悲惨な光景として記憶に刻まれた。地獄の景色が広がった。米国による焼夷弾攻撃は、日本家屋が木造で燃えやすい構造であることを踏まえ、詳細なデーターを収集、解析を行い、模型を作ってアリゾナ州の沙漠で実験を繰り返した後の「東京空襲作戦」といわれる。米国の「組織的かつ徹底的な分析作業」を進めての実戦は「やることとなすこと場当たり的」な日本とは比較にならないだろう。何事も同じだ。

今、大きな犠牲の「東京大空襲」に、日本国民のどれほどの人が想いを寄せているだろうか、公的な慰霊碑さえない。忘れてはならない「3・10」を「忘れまい」。

（2020・3）

山の小さな小学校

嶋田洋子

「せんせぇー、早うおいでぇー」

「待っちょったんぞね」

六キロの坂道を、ひたすらに歩いて来た新担任を、校門まで出迎えてくれていたのだ。男児三名、女児十名の三年生。四十年も前のことだ。

寒田《そうだ》小学校は、海抜三百米の山ふところに在る小さな学校。村人の殆どは林業に携わっていた。

「こんな辺鄙な所まで、よう来ておくれました。ご苦労でございます」

学校に子どもを預けていない村人までもがこう言って挨拶した。

児童数は百名ばかり。職員の殆どが男性で、朝は急な坂道を、あえぎながらの自転車通勤。私には無理であった。朝の通勤には役立たない定期バスも、夕方には、学校前から、たった一人の客を乗せて下ってくれた。以来八年間、私は山の子ども達と過ごし、小さな学校に愛着を覚えていった。

放課後の子ども達は、幼い弟妹の守りをしながら、よく学校に遊びに来た。職員室の窓によじのぼっては、

「先生、何しょっと」

と、どの学年の子どもも声をかけて来て、

「先生、はい、上げるよ」

と蓮華や藍の花束を差し出した。秋には、椎の実やどんぐり、あけび等も採って来ては、食べよとすすめた。

春の遠足は、新一年生の手を引き、四キロばかり奥の丘陵地と決まっていた。長蛇の列を作って、細い道を上って行く吾が子を、親達は道端に待ち受け、笑顔で見送った。

「家では何も出来ませんき、宜しゅうにお願い申し上げます」

どの親も、口を揃えてこう言った。毎年、新担任との初顔合わせとなった。山に着いた子ども達は、りすのように動き廻り、抱えるほどのわらびを摘んで来た。

毎年五月、学校の茶畑で、全校児童で茶摘をした。初めは、学年相応に分担して摘んでいるが、どうしても下級生は遅れる。早く済んだ上級生は、「〇〇ちゃん」、「△△ちゃん」と呼び合い乍ら、自然に手伝っている。籠一杯になるまで、せっせと手伝う。全校の子ども達が、兄弟姉妹のように仲良しだった。子ども達が一年中飲むほどのお茶になった。

夏、渓流に冷された風が、下から吹き上げ、山の木々は、緑の風を教室の窓一杯に送ってくれた。下界とは比べものにならない。別天地だった。

秋の遠足は、運動場続きの乳呑み坂を登った。細い山道の両側から秋の草花が差し合う中、上級生は草を押し分けて道を開けてくれた。二時間かけて着いた目的地、国見峠は、急に広々とした展望が開け、遙かに周防の灘が光って見えた。

「海が見えるぞぉー」

子ども達は手を振って、歓声を上げた。下りは速かった。疲れも見せず、跳ねるように追い抜いて行く子ども達。気がつけば女教師一人が、しんがりを努めていた。黄

の色の澄んだきりん草、曲がった白い花房が面白いとらの尾。毎年折って持ち帰った。

薪取りも、山の学校ならではの行事だった。近くの山の持主が、木を出した後の枝木を、取らないかと言ってくれた。山の様子や道のりによって、出かける学年は変わったが、山の子達は器用に枝を揃え、束ねた。縄や紐、時にはかずらで背負って下りた。上級生は下級生に、手頃な荷物を作って背負わせ、手を引いてくれた。薪はお茶を沸かしたりで、何よりも、厳しい冬の間の掃除の湯をふんだんに沸かすことが出来た。

寒くなると、教室に巨大な火鉢が据った。幅広いふち板は、木目が浮き出て年代を感じさせた。周りで弁当を食べたり、おしゃべり、なぞなぞ、じゃんけん遊び、学年相応の楽しみ方があった。カッカッと熾《おこ》った炭火は、小さな教室を温め、みんなの心を和ませた。

廊下に大きな木箱が置かれた。扉を開けると内側はトタン張りで、三段の金網にアルミの弁当箱が並んだ。下には火鉢が入った。どれもが温まるように、昼までに上下の入れ替えもした。昼近く、醤油の焦げるようなほんわかとした匂いが漂い、子ども達の食欲をそそった。外は雪、でも湯気の立ち上がる弁当に、満足そうな顔があった。

一旦雪が降り出すと、大抵根雪となった。運動場には、三十糎、四十糎、多い年は六十糎も積んだ。雪投げ、雪滑り、校庭のあちこちには雪だるまが何日も坐りつづけた。校庭の陰には、春まで消えない雪が残った。

奥地から下って来る子ども達が、大きな氷柱を採って来た。厳しい年には、手首ほどもあるような太い氷柱を、大事そうに抱えて来た。水から浸し出る水が凍り、幾日もかかって次第に太くなったのだ。

「奥山ん滝や、もう凍っちょるぞね」

こう話してくれた。

雪が降り積もると、バスは上がって来なかった。山に夕闇が迫る頃、人影の絶えた雪の道を、黙々と歩き乍ら、ひしひしと、「僻地」という言葉を噛みしめていた。S地区は陸の孤島に等しかった。

一旦平地校に戻り、十年後再びS校にかわった。百年を超す古い木造校舎は、二階建ての明るい鉄筋校舎に。ランチルームで食べる米飯給食。近代的な備品の数々。巨大な火鉢にとって代わった石炭のストーブの姿も、もうなかった。かつて九十分をかけて歩き、後に早朝の回送バスに便乗した朝の通勤を、定期バスは十五分で運んでくれた。

子ども達の純朴さは昔のままだった。各教室のカラーテレビは、児童の話題を豊富にした。年々減少していく児童数。複式学級への声が高くなっていった。

里帰りした喜びを胸に、最後の御奉公と決めて、四年後に山の学校で幕を閉じた。辞任式の日、五十名足らずの全校児童に、楽しかった巨大火鉢の生活、薪取り、弁当温め等々思い出話をした。初めて聞く昔の学校生活に、若い教師も児童も聞き入った。寒田地区は、もはや僻地ではないのだ。

長い教師生活の中で、一番大切だったのも、一番手ごたえを感じたのも、山の学校での十余年間であったようだ。忘れ難い思い出である。（『群羊』24号、一九九七年）

95　パパどこのお空にいるの

令和二年（二〇二〇）三月十二日の新聞に宮城県登米市の奥田梨智《りさと》（八）さんの海をバックにした愛らしい笑顔の写真と「あいたいよ　パパ」の詩が載った。南三陸町で開かれた「全国被災地語り部シンポジューム」で彼女自身が朗読した。父の智史さん（当時二三）は江利香（三六）さんと震災六日前に結婚式を挙げたばかりだった。祖父母と妹（当時九）と共に、石巻市の自宅近くで津波にのまれて逝った四人。梨智さんの詩を読む。

パパ　あのね　つなみのときは　ママと　ママのおなかのなかの　わたしをまもってくれてありがとう／パパ　あのね　パパがてんごくにいったあと　七月十二日に　わたしがうまれたよ／パパ　あのね　わたしはもう一年生になったから　しんぱいしないでね　お空の上で　ずっと生きていてね／パパ　あのね　ママからきいたよ　パパは　テニス　やきゅう　スキーがすごくじょうずだって　とてもかっこいいよ／パパ　あのね　ままとおねえちゃんは　かみをかわいくむすんでくれるよ／パパ　あのね　ばっぱは　おんせんにつれていってくれるよ　おりょうりもおいしいよ　じっちは　わたしがすきな二チャンネルを　見せてくれるよ　やさしいからね　ぴいちゃんは　いつも　わたしのめんどうをみてくれるよ　こんどは　わたしが　ぴいちゃんのめんどうをみるよ／パパ　あのね　ママに　ときどき　しかられるときもあるけど　パパのしゃしんのまえにきて　「ママにしかられたあ。」とはなすと　パパのこえがきこえてきそうだよ／パパ　いま　どこのお空にいるの　おうちの上のくもの上かな／あいたいよ　パパ

「あいたいよ　パパ」（「作文宮城」六七号から）

母の江利香さんは、梨智さんが赤ちゃんの時から父親の写真を前に「父のこと」を語り、何気ない会話に「いつもパパ」がいる暮らしを続けているようだ。梨智さんが一年生の夏休みに「被災した海」である父の実家傍の砂浜に連れて行った。その海辺で遊んだ思い出を記した「一行日記」が担任の目に留まり「あいたいよ　パパ」の詩になった。詩は仙台市出身の詩人・土井晩翠を顕彰する「晩翠わかば賞」に選ばれた。こころに染む詩だ。

時は、思い出を生み、残しながら過ぎて行く。あの震災時に生まれてなかった子が母の言葉で「写真のパパ」と素直に生きてゆく。パパ似の梨智さんをパパは空から永遠に見守り続ける。

（2020・3）

福岡県行橋市とみやこ町、苅田町あたりを京都《みやこ》地方と呼ぶ。歴史を遡れば平安時代中期、承平年間（九三一〜三八）に源 順《みなもとのしたごう》によって編纂された辞書の『和名類聚抄』が起点になるようだ。そこには「豊前国（国府在京都郡）」とあり「田河、企救、京都（美夜古）、仲津、築城（豆伊岐）、上毛、下毛、宇佐」の郡名を記す。まず地名の由来からして「みやこ」だから、まさに「住めばみやこ」の原点といっても可笑しくはないだろう。

みやこの地の不思議をみる。

京都郡内の北には、景行帝を奉る幸山《みゆきやま》があり、南の仏《ほとぎ》山《やま》山頂には景行神社がある。そこは御所ケ谷ともいい、日本でも最大級の貴重な神籠石《こうごいし》（国指定史跡）が山腹に帯状に連なる。また近くには仲哀天皇に由来するのだろうか、仲哀隧道もある。さらには神功皇后を祀るとされる女帝神社（国指定史跡）の綾塚古墳も鎮座する。

古代史にぎやかな土地柄である。

気候は、温暖な瀬戸内式気候で住みやすい環境だ。

穏やかな土地の歴史もさることながら「えっ、嘘でしょう」みたいな不思議現象にも出会えるから愉しい。それは行橋市周辺の神社マップを見ていて「清地神社」が九カ所ある。それも全国三番目に多い福岡県内の神社三八〇六社中「清地」は京都地方だけにしか存在しないようだ。その九社内の七社の位置を繋ぐと「北斗七星」の形になるから驚いた。

96 清地神社と北斗七星

それぞれの清地神社は、きよじ、きよち、すがち、などと呼ぶようだが、地域の人々が守り、引き継ぎ、伝える「清」らかな「地」であることに違いはないようだ。

京都地方の管内図で「清地」を確認すると、行橋市の道場寺、天生田、矢留、前田、長音寺、福丸、柳井田と苅田町は堤、みやこ町は長川にある。

まさに旧「京都郡」内だ。

北斗七星は、おおくま座の尻尾を七つの明るい恒星が柄杓《ひしゃく》形を象《かたど》る。みやこの地の「七つの清地」を結ぶと柄杓の形になる。人に親しい星が「天の北斗」であるならば「地の北斗」もあっていいだろう。

北斗七星による〝夢遊び〟も楽しい。

ところで京都平野が北方連山に囲まれ風光明媚な地で、山の幸、野の幸、海の幸が豊かな里であるのは、宋の時代の道教の書に北斗七星と輔星《ほせい》と弼星《ひっせい》を併せた北斗九星が郷を守るように、京都地方も「九つの清地」に守られている気がする。

（２０２０・３）

みぞそば

みぞそばのまばたく如き花群を逆さに写す水の流れは

目の限り川面うずむる草の穂の軽きが揺るる入りつ日の中

白菜をふたついただき隼人瓜三つ返して話のつきず

乾きたるハブ草の莢《さや》自らにさけて細かき実の黒光《くろびか》る

数のみは違《たが》わず打てり夜の更けをねじ巻き時計の間延びせる音

玉葱苗ことば少なに植えつづく斑《まだら》に雪の残る畑に

四囲《よも》の山にどよめき止《や》まず新年を迎うる花火高く散華《さんげ》す

立春前後

落つるにはまだ間もあるに寒の陽のおぼろとなれば切干し仕舞う

この冬は山に木の実の乏しきか小鳥が庭に日替わりで来る

ブロックの塀にとまりて尾を叩く小鳥よ何も逃げずともよい

浅みどりの葉先ゆるびて蕗のとうつぶら蕾は寒風の中

花の色も濃きみどり葉も変るなく壺に命の長き寒菊

ちぢまりて頭とがれる白菜は並ぶ地蔵よ雪をいただく

春立つと言うは名のみぞ届きたる歌誌に読み入る炬燵に独り

97　ハートマークは猪の目

北九州の女性二人を福岡県行橋市天生田の清地《すがち》神社に案内した。社に向かう細い山道には、杉や檜が空に向かって真っすぐ伸び林立、山の奥へと広がる。鳥居を一つ、二つ、三つ、と潜って小山中腹の境内に着くと、参道脇に、さりげなく、苔むした手水鉢があった。

それはクッキリしたハート型の御影石。何度か訪ねたが気付かなかった。

清地神社は、厳かな深い森の中に在り、静謐な雰囲気の社は隠れた郷土の景勝地と言っていい。寛文十二年（一六七二）に建立され、素戔嗚命《すさのおのみこと》、大己貴命《おおなむちのみこと》、五十猛命《いそたけるのみこと》を祀る。また境内には、児屋根命の春日、仁徳天皇の若宮、岡象女神の貴船を祀る三神社も鎮座する。

社が特徴的なのは、拝殿背後の神殿へ登る階段は、幅が広く、急勾配で数十段の石段になっていることだ。どっかと、上へ向かう巨大な石造りには驚く。さらに社の奥の岡には古墳も確認されており、里を見下ろす高台の神社は、謎を秘めた守り神である。

ところで、昔から境内の一角に建つ手水舎に備わっていたであろう「ハート型手水鉢」を意識する村人も参拝者も居なかったようだ。ハートは現代風で、古式ゆかしい神社などには似合わない代物だと思っていたが、豈はからんや「猪目《いのめ》」という文様で、古来魔除けのために神社仏閣に使われている日本風土に根付いたもののようだ。日本建築は木造であることから火を防ぐ術として、水に縁のある魚型の「鯱《しゃちほこ》」などを「鬼瓦」と共に屋根に上げるが、「切妻」や「入母屋」の両端には、獣の目力で魔除けをと、透かし彫りなどの「破《は》風《ふ》板」を付ける。そこに猪の目としてハートマークを刻んだようだ。

それは島根県出雲市に「猪目洞窟」があり「見たら死ぬ」という黄泉の入り口とかで「猪の目」の強烈な悪霊退治の霊力を伝える。昔からの日本人の知恵で「恐いもの」を「良いもの」に変える「逆もまた真なり」の独特な発想を「猪目」としたのかも知れない。

ところでハートはキリスト教で「三つの徳」である信仰（十字架）、希望（錨）、愛（ハート）の一つと聞き、もしかしたら、と思ったが、違うようだ。古墳や奈良時代の古くから遺物や器物にある文様のようで、意外だった。女性は「道から少し入ると珍しいものが色々あるんですね」と感心する。神が守ってきた「ハート鉢」が若者らの〝恋のメッカ〟になるのもいいだろう。郷土で忘れられた遺産発掘のプチ探索を楽しむのもいい。

（２０２０・３）

令和二年（二〇二〇）の春。映画『三島由紀夫vs.東大全共闘／五〇年目の真実』が公開された。禁断のスクープ映像、解禁！　自決一年前に何があったのか？　伝説の討論会……とある。そうか、あれから、もう五十年になるのかと思う。市職員になって間もなくだった。職場の同僚と別府温泉で忘年会の日、旅館のＴＶで「三島自決」のニュースを観て驚いた記憶が、今でも鮮明に甦る。計り知れない衝撃だった。光陰矢の如し、だ。

我が家の書棚から昭和四十四年（一九六九）六月二十五日発行の『討論三島由紀夫vs.東大全共闘〈美と共同体と東大闘争〉』を取り出す。討論は「三島　いま、私を壇上に立たせるのは反動的だという意見があったそうで、まあ反動が反動的なのは不思議はございませんので、立たしていただきましたが、私は、男子一度門を出ずれば七人の敵ありというんで、きょうは七人じゃきかないようで、大変な気概を持って参りました。（略）気違いが騒いで困るというのならば気違い病院へ入れればいいので、気違いというのを相手にして政府が騒ぐなんて、そっちのほうがみっともないじゃないか（略）」で始まっている。

書籍刊行の一年後、昭和四十五年十一月二十五日、憲法改正のため自衛隊に決起を呼びかけた三島は、陸上自衛隊市ヶ谷駐屯地の東部方面総監部で「楯の会」メンバーと共に割腹自殺を遂げた。

三島と「楯の会」の森田必勝の辞世が遺る。

益良男がたばさむ太刀の鞘鳴りに
　幾とせ耐へて今日の初霜　　由紀夫

散るをいとふ世にも人にもさきがけて
　散るこそ花と吹く小夜嵐　　由紀夫

今日にかけてかねて誓ひしわが胸の
　思ひを知るは野分のみかは　　必勝

この討論の行われた年の一月、全共闘が東大の安田講堂を占拠、機動隊突入で武装解除など「東大紛争」が起きて「東大の入試」が中止された。この紛争がセンター試験や共通一次へつながったともいわれる。まさに国のカタチの変革の時期。今年、三島が死んで五十年。映画は「いきいきした三島由紀夫」が「千人の過激派学生という〈敵〉を前に上機嫌だった」のは、顔と名前を出して正々堂々、お互いの人間論、国家論を真剣に重ねた「討論」だからだろう。今、「Twitter などネット空間で顔も名も出さずに匿名発信する世に、真の「革命戦士」はどこにいるのか、を問いかける映像提供かも知れない。

（２０２０・３）

98　三島と東大全共闘の五十年

春の草

紋白《もんしろ》のひらひら舞いてみどり葉に紡錘卵《ぼうすいらん》の垂直に立つ

春の空一直線のジェット機に背を向け知らぬふりの半月

尖りたる向かいの山の頂きを真東《まひがし》と知る春分の朝

たっぷりと敷き水なしてにんじんの種打ち叩き発芽促す

赤糸で縫いし刺し子の花布巾針の糸目の揃わぬもよし

あめんぼは足軽くふれ水の面を沈まぬ自信もちて走れり

畑隅《はたすみ》に一つ残りし大根の白花《しろばな》風にすがたよく揺《ゆ》る

ころくとほうせ

蒸し加減揉み加減みな我流にて手作りの茶の素朴に乾く

乾きたるじゃが芋納屋にとり込めば冷えたる土間にほてりを放つ

根こそぎに引きたる豆のうら先の未だ実らぬ莢《さや》の冷たし

帰りたる吾をとらえて細ごまと留守の出来ごと告げくるる老夫

丸き実の健気に光る草の中自生の南瓜に藁敷きてやる

溜まり水無心に舐める野良猫の気づかぬうちにカーテン閉める

夜の更けを遠くに啼けるふくろうの「ころくとほうせ、苗代つくれ」

こん前、おもしれ話を聞ぃたちゃ。話しゃ、寺の坊さんやったけど、面白おかしゅう話すけ、説教ちゃ、思わんやったのー。坊さんは説経するもんじゃ、思うちょったけど、坊さんも色々おるごとあっぞ。眠っちょってい い、ち、言うて、話を始めたちゃ。聞いちょったら落語か漫才んごとある〝説教〟やったちゃ。

噺家も勝てめえ話はジンときたちゃ。

小さな村の住職が、親のない子を集めて習字を教えたり、話を聞いたり、面倒をみていた時のこと。坊守が、子らのところから、なかなか帰ってこないので、住職が心配になって、お堂に行くと、坊守は、壁に向かって涙を流していたそうだ。どうした、と訊くと「あの子を見て下さい」という。幼い子が、習った「おかあさん」と書いた字を壁に貼り、ミカン箱の上に置いた空き缶に野の花を挿し、手を合わせていたという。坊守が「もっといい仏壇を」と言うと、住職は首を横に振り「私は、これまで、こんな立派な仏壇をみたことがありません」と坊守に伝えたという。二人は〝仏壇〟に手を合わせる子をそっと見守ったそうだ。

こん話、聞ぃちょった婆さんの何人もが目頭をおさえよったちゃ。親がおらん、小せぇ子が習ろぅた字で「おかあさん」ち、書き、手を合わせちょったら、な〜も、ものは言えんだい。そいけ、わぁやらおぃの子が、こいだけの子やったら、な〜も、言ぅこたねぇけどのー。やっぱぁー、なんか失のぅちょる人ちゃー、強ょうなるもんかのー。もう一つ。

99 ―― 人ちゅう字は夫婦の姿ちぞ

皆さん、人という字は一人、一人、お互いが支え合っている姿が人という字になるという話を聞いたことがあるでしょう。まさにその通りだと思います。特に、これは愛し合って結ばれた夫婦にピタリの字だと思うのです。二人が支え合い、子らと共に円満な家庭が続くのだと思います。ところがですよ、長い年月が経つと、おや、おや、という毎日を過ごす家庭も出てまいります。キッタハッタの現象も生まれ、それを乗り越えての夫婦であれば言うことありません。心の中では、お互いクタバレばいい、の思いがありますまいか。そして、先にご婦人が亡くなれば支えが無くなった旦那は倒れてしまうよう、で、一方、旦那が先に亡くなれば支えをしなくてすむご婦人は、のびのび生きてゆく、という字が「人」という字だそうです。考えてみれば、こわい「字」ではありますまいか。話を聞きゃあ、こぃが真かも知れんち思う。

（２０２０・４）

家で靴を磨いている姿を珍しく見ることがあった。出かける時にちょい、ちょい撫でるだけの不養生、不調法にとって新鮮に見えた。オシャレは足元からといい、人の内面は靴に現れるという。しかし、毎日、出かける時に履く靴について考えたことはなかった。

男や女が履く靴の種類は様々。調べて見ると、メンズはスニーカー、スリッポン、ドライビングシューズ、ブーツ、革靴、ビジネスシューズ、サンダル、レインシューズがあり、レディースにブーツ、エスパドリーユ、フラットシューズ、モンクシューズ、ローファー、サブリナシューズ、サンダル、パンプスがあるようだ。これだけ多種多様とは知らなかった。靴と言えば、童話の『シンデレラ』の「ガラスの靴」がある。城の舞踏会に行きたいと願う不幸な娘は不思議な力で望みが叶う、が「午前零時の鐘の音」で帰るよう魔法使いに警告を受けていた。彼女は王子に見初められ「魔法が解ける零時」前に階段を駆け下りていて靴を落としてしまった。王子は「靴」を手掛かりにシンデレラを捜して見つけ出す話。

また明治四十年（一九〇七）の夏。新詩社主宰の三十五歳の与謝野鉄幹が二十三歳の学生四人、北原白秋、木下杢太郎《もくたろう》、吉井勇、平野万里を連れて九州の旅に出た。

100 ―― 靴を履いて歩いてゆく

その時「五人の詩人」による紀行文「五足の靴」が新聞に載った。異国情緒漂う平戸や長崎、天草などに伝わる南蛮文化、キリシタンへの想いが、日本の重要な文化遺産の一つであることを、彼らの文が伝え、「文壇」に「南蛮」流行をもたらしたといわれる。五足で歩いた足跡だ。

白秋とともに泊まりし天草の
大江の宿は伴天連の宿　　吉井　勇

劇作家の山本有三が「右のクツは左の足には合わない。でも両方無いと一足とは言われない」と記すように、五足の靴が大地を踏み、そこに暮らす人々の息吹を伝えた。

さらに女優のマリリン・モンロー（一九二六〜六二）の愛用したファッションアイテムは、デニムのパンツとシャネルの五番、それにイタリア・フェラガモのパンプス、アメリカ・ケッズのチャンピョンスニーカーといわれ「ふさわしい靴を与えれば、女の子は世界を征服することだってできる」の言葉も遺す。これは、如何に、拠って立つ足を守る〝靴〟に注意を払っていたかの証左だろう。二足の草鞋を履いてゆく道もある。自分の足にピタリの靴を履き、歩いて隔靴搔痒だとしても振り向けば靴の跡は必ず付いていることを忘れまい。

（2020・4）

空に薄月

川風にそよぎて紅き対岸の合歓《ねむ》の花房一枝が欲し

後ろ手に腰を支えて草刈りを終えたる身体風に吹かるる

往《い》き交《か》える車避《よ》け得ず傷つきし雀は朝の舗道に潰《つい》ゆ

五月雨のしぶける朝を登校の児等カラフルな傘かざしゆく

里芋の葉陰《はかげ》に生《お》いしミニトマト夏逝《ゆ》く頃に熟れ初めたり

大根の種にかけゆく薄土を叩く手の甲汗のにじめり

一張りのテント輝き校庭に運動会の稽古始まる

綿毛の光る

校門は固く閉ざされ廃校の狭き校庭秋日溢《あふ》る

過疎の村に終止符打ちし小学校中庭埋《うず》めあわだち草生《は》う

玉葱の移植終わるを待つごとく土を叩きて通り雨過ぐ

かすかなる気流に乗りて漂える綿毛光らす秋のやわら陽《び》

襖絵《ふすまえ》の放映観しとう旧友の手紙読む老夫《つま》声つまらせる

菜園のみどりの中に咲き初《そ》めし寒の小菊の澄《す》みてそろえり

軒下に忘れられたる玉葱の玉の細りて伸びしみどり葉

101 ―――― アスリートの遺す言の葉

二〇二〇東京五輪が、新型コロナウイルスのために一年延長になった。歴史上、初めてのことだ。アスリートにとって一年の時間はどんな作用をするだろうか。

人間究極の技と力を発揮してきたアスリートの遺す〝言の葉〟を追ってみる。

野球▼イチロー（一九七三〜、愛知県）

小さいことを重ねることが、とんでもないところに行くただ一つの道だ。

男子マラソン▼円谷《つぶらや》幸吉（一九四〇〜六八、福島県）

父上様、母上様、三日とろろ美味しゅうございました。干し柿、餅も美味しゅうございました。

女子マラソン▼高橋尚子（一九七二〜、岐阜県）

何も咲かない寒い日は、下へ下へと根を伸ばせ。やがて大きな花が咲く。

サッカー▼三浦知良（一九六七〜、静岡県）

一％あるんですね？　じゃあ僕はその一％を信じます。

スケート▼浅田真央（一九九〇〜、愛知県）

昨日の自分は決して今日の自分を裏切らない。

テニス▼錦織圭（一九八九〜、島根県）

カッコ悪くても、勝つことが一番大事。

卓球▼福原愛（一九八八〜、宮城県）

私、誰よりも練習してるよ。他の子がみんな帰っても、ひとりで練習してるよ。

ジョッキー▼武豊（一九六九〜、京都府）

もっと上に行こうという欲を失ったら終り、努力とか根性とかよりも欲ですよ。

バスケット▼田臥勇太（一九八〇〜、神奈川県）

バスケットが好きだという気持ちを、誰にも負けずにやる。

バレー▼中田久美（一九六五〜、東京都）

常識の延長線上に勝利はありません。

相撲▼千代の富士（一九五五〜二〇一六、北海道）

自分を信じてやるしかない。大切なのは信念だよ。

プロレス▼アントニオ猪木（一九四三〜、神奈川県）

この道をゆけば／どうなるものか／危ぶむなかれ／危ぶめば道はなし／踏み出せば／その一足が道となり／その一足が道となる／迷わず行けよ／行けばわかるさ

人が鍛錬を重ねて生んだ言葉は、救いであり、未来への夢を繋ぐ力でもある。

（2020・4）

102――コロナウイルス発生を予言

令和二年（二〇二〇）四月、新型コロナウイルスの感染が止まらない。現在、世界での感染者数は一三〇万人近く、死者は七万人近く。

日本は四千人超で百人超が死亡している。

人間の住む地球が脅威に曝され、治療薬もない未知のウイルスに対処できないでいる。発生を遡ると、二〇一九年十二月八日、中国の湖北省武漢市の肺炎からだ。感染が始まり半年もたたずに世界に一〇〇万人を超す「患者」が生まれ、止まる気配もない。恐ろしい疫病だ。

果たして、この病気を言い当てた預言者（預《あず》かった言葉を言う）ではなく、予言者（予《あらかじ》め言う）がいたようで、追ってみた。やはり予知能力者はいるものだ。

まずアメリカの作家ディーン・R・クーンツ（一九四五〜）が一九八一年に発表した小説『闇の眼』が予言的な内容になっている。驚きのストーリーは、ウイルスが武漢ウイルス研究所でつくられ「武漢四〇〇」としてアメリカに持ち込まれ、人間に感染させさえすれば致死率一〇〇％で殺傷できて自然消滅する「最高の武器」の誕生という設定である。それにしても四十年前の恐怖物語が「中国武漢」スタートとは恐れ入る。このストーリーは〝生物兵器〟という負の思考に派生、展開する恐ろしさを内包していることだ。

次にアメリカの霊能者シルビア・ブラウン（一九三六〜二〇一三）が、二〇〇八年に刊行した『END of DAYS』は、あまりにもピタリの予言で驚くしかない。

――2020年、重篤な肺炎のような症状を持つ疾病が世界中にパンデミックを起こす。この病気は肺や気管支を痛め、既存の治療法で治せない。この病気そのもの以上に不可解なのは、このパンデミックが唐突に終息するということ。10年後に再び流行するが、それ以降は完全に消滅する。――と進行中の感染状況を当てている。

さらにアメリカのジョンズ・ホプキンス大学の科学者陣が二〇一八年に「パンデミック病原体」レポートを発表。――その病原体の名称はまだわからない。そして、その感染がどこから始まるのかも今はわからない。しかし、その病気は、ほぼ間違いなく私たちの社会にやってくることがわかっている。（略）世界の文明を変えてしまうような病原体は、呼吸器感染を通して感染拡大していくものとなる可能性（略）――これも現在を予測している。コロナ予言は見事なまでに「今」を映す。どんな予言であったとしても嗤えない。

（2020・4）

寒菊

温暖化の兆しならんか寒菊の月余《げつよ》も早く咲き揃いたり

寅年のつきやいかにと調べゆく年賀はがきの番号微妙

山の端は夕明かりして峡《かい》をゆくバスの足元次第に冷ゆる

メンバーの足らねば二役引き受けてゲートボールの球音楽し

ねじ巻の捻子《ねじ》のゆるみし古時計六時を五つもの憂げに打つ

園児等と劇のバックを描きしと老夫《ろうふ》はズボンに絵の具にじます

体調を気遣いながらはらからと搗《つ》きたる味噌のかめに納むる

十字絣

群れなして飛び立つ雀中空に十字絣の模様おりゆく

輝きてこぶしの花の咲く庭に繋《つな》がれし子犬おずおず吠ゆる

前山の木立に来鳴く鶯の声の透《とお》るを朝あさに聴く

作業着に赤土つけて袋より選りし筍三本置きぬ

取り入るる洗濯物を軽くけり天道虫は春空に消ゆ

賽銭《さいせん》を握れる幼《よう》と門に立ち楽《がく》の誘《いざな》い来るみこし待つ

御神輿の白装束の群像が五月の高き陽に揉まれくる

103　松、竹、梅そして桜

わが国では、正月飾りの「松竹梅」は縁起物とされる。中国の画題の一つ「歳寒三友《さいかんのさんゆう》」に由るという松竹梅は、冬に松と竹は緑を保ち、梅は花を咲かせる。そして平安時代に松、室町時代に竹、江戸時代に梅が不老長寿に繋がるとして吉祥の象徴とされるようなった。

また植物学的には、裸子植物代表の松、単子葉類代表の竹、双子葉類代表の梅で「植物三界代表」が揃う。

さらに、しめ飾りに使う隠花植物代表のウラジロが加わると「植物界全体の代表」が揃い踏みになるそうだ。

それで松、竹、梅の「ことわざ」と「歌」を探した。

【松】▼男は松女は藤（大地に根を張る松にからむ藤）▼門松は冥土の旅の一里塚（あの世へ向かう標）に「めでたくもありめでたくもなし」と続く ▼松柏《しょうはく》の操《みさお》（どんな困難にも負けない）▼松かさより年かさ（年配者の経験豊かな知識が役立つ）など。

松の葉の葉毎に結ぶ白露の
　置きてはこぼれこぼれては置く　　正岡子規

【竹】▼木七竹八塀十郎（木は七月、竹は八月に伐り塀は十月に塗る）▼木もと竹うら（木は根本、竹は先から割るように物事には方法や順序がある）▼破竹の勢い（止めようがない激しい勢い）▼地震の時は竹藪に逃げろ（避難場所としてすぐれている）など。

わが庭の竹の林の浅けれど
　降る雨見れば春は来にけり　　若山牧水

【梅】▼梅に鶯（よく似合って調和する）▼梅一輪一輪ほどの暖かさ（日ごとに春めく）▼梅根性（頑固でなかなか変わらない）▼梅は百花の魁《さきがけ》（花の先頭を切って咲く）▼梅は蕾より香あり（才能ある人は幼い頃からそれが判る）▼梅木学問（にわか仕込み）など。

針の穴一つ通してきさらぎの
　梅咲く空にぬけてゆかまし　　馬場あき子

そして桜。花言葉は「精神の美」といわれ、「もののあわれ」を基調とする日本人の精神美を象徴する。日本文化の中で花といえばサクラ。多くの作品に遺る。

【桜】▼花は桜木、人は武士（花は桜で人は武士が一番）▼桜は花に顕れる（優れた才能は機会あれば開花する）▼明日ありと思う心の仇桜（何が起こるかわからぬ無常）に「夜半《よわ》に嵐の吹かぬものかは」と続く ▼三日見ぬ間の桜（世の中の移り変わりは激しい）など。

満開の桜ずずんと四股を踏み
　われは古代の王として立つ　　佐々木幸綱

（2020・4）

104 月ごとの満月の名いろいろ

満月は望月といい、十五夜という。安永三年（一七七四）に与謝蕪村（一七一六〜八四）は、神戸の六甲山地の摩耶山を訪ねた折に「菜の花や月は東に日は西に」を詠んだ。この月は満月という。

月のみえ方による名の満月ほか新月、繊月《せんげつ》、三日月、上弦の月、十三夜月、十六夜、立待月、居待月、寝待月、更待月、下弦の月、有明月など様々な月がある。

またネイティブ・アメリカンは、月ごとの満月に名を付けて生活に取り込んでいる。

一月▼狼月（ウルフムーン）……エサの無い冬に遠吠えする狼を指す。

二月▼雪月（スノームーン）……雪が多いことを指す。

三月▼芋虫月（ワームムーン）……雪の上に残る虫の這った跡を指す。

四月▼桃色月（ピンクムーン）……草花が咲く季節を指す。

五月▼花月（フラワームーン）……多くの花が咲く月。

六月▼苺月（ストロベリームーン）……イチゴの収穫期。

七月▼男鹿月（バックムーン）……オス鹿のツノの生え変わりを指す。

八月▼チョウザメ月（スタージョンムーン）……チョウザメの豊漁を指す。

九月▼収穫月（ハーベストムーン）……作物の収穫時期。

十月▼狩猟月（ハンターズムーン）……狩猟に適した月。

十一月▼ビーバー月（ビーバームーン）……ビーバーの巣作り時期を指す。

十二月▼寒月（コールドムーン）……冬の到来を指す。

そしてブラックムーン（ひと月に二回新月がある）やブルームーン（ひと月に二回満月がある）、スーパームーン（月の円が最大に見える）、マイクロムーン（月の円が最小に見える）など月の世界はいろいろ「月」見ができる。

『小倉百人一首』の月詠む十二首から三首。

天の原ふりさけ見れば春日なる
　三笠の山に出でし月かも　　阿倍仲麻呂

月見ればちぢにものこそ悲しけれ
　わが身ひとつの秋にはあらねど　　大江千里

めぐり逢ひて見しやそれとも分かぬ間に
　雲隠れにし夜半の月影　　紫式部

それに「月」をたくさん詠む歌を拾った。

すると「この月」は八つ目の「八月」だとか。

月々に月見る月は多けれど
　月見る月はこの月の月　　詠み人知らず

（２０２０・４）

四分休符

四分休符なして眉月電線の第一間を占《し》めてゆらげり

差し交わす枝かき分けて入りゆけば檜の生気身に移り来る

天道生《てんとば》えのハブ草一本道ふさぎ反りて通れば黄の花こぼる

一合の焼酎に酔う老い夫《つま》の箸持ちしまうなじを垂るる

齢《よわい》ひとつ重ぬる葉月ついたちを鈴の緒高く振りて詣ずる

案内はテープで降車は押しボタン触れ合い薄れし乗り合いのバス

長き刻《とき》かけし菜屑《なくず》の堆《つ》み肥《ごえ》のほぐれて黒く両手にこぼる

雲の動き

喜寿とうはどのへんならん両の手の生命線の同じにあらず

ほとばしる深井戸の水十五度を保ちて洗う小寒の入り

帰省せし孫娘と漬くる白菜の私流を伝えておきぬ

水滴に曇るハウスの裾透かし芋の芽立ちの温度ととのう

学友の柩送りし若き等が声なく帰る早苗田の道

濡れ膚《はだ》の細き蛙がおずおずと動き出したり余寒の庭に

住みつきてひととせを経し隣人のわらび分かつと声の弾めり

105 ―― 鳥たちの詠まれた姿がいい

生活のそばに鳥たちがいる。飛んで、跳ねて、つっ立って、横切り、昇って、啄《ついば》んで、鳴いて、下って木を揺らす、姿を隠して、また見せる。さらに砂遊びも垣間見ることがある。めぐる季節の中、鳥たちのさりげない景色に癒される。詠まれた鳥の姿がいい。

【鶯】谷の雪鶯わたるあちこちと　河東碧梧桐

春きぬとかすむけしきをしるべにて
　こずゑにつたふ鶯のこゑ　藤原定家

【雁】雁聞きに京の秋に赴かん　松尾芭蕉

春の雲かたよりゆきし昼つかた
　とほき真菰に雁しづまりぬ　斎藤茂吉

【啄木鳥】啄木鳥のつゝき落とすやせみのから　正岡子規

啄木鳥の木つつき了《お》へて去りし時
　黄なる夕日に音を断ちしとき　北原白秋

【雉】雉子の声大竹原を鳴り渡る　夏目漱石

旧道ののぼりくだりを行きしかば
　雉子鳴くもよ草山の上に　島木赤彦

【雀】夕立や草葉をつかむむら雀　与謝蕪村

雪埋む園の呉竹折れふして
　ねぐらもとむる村雀かな　西行

【鶴】夕影の青芝踏みて鶴涼し　日野草城

一輪とよぶべく立てる鶴にして
　夕闇の中に蕾《つぼみ》のごとし　佐佐木幸綱

【燕】初つばめ父子に友の来てゐる日　加藤楸邨

つばくらめ小雨にぬれぬわが膝は
　ただいささかの涙にぬれぬ　与謝野晶子

【鳶】春の鳶寄りわかれては高みつつ　飯田龍太

鳶はとび雀はすずめ鷺はさぎ
　鳥はからす何かあやしき　貞心尼

【鳩】ぶつぶつと鳩の小言や衣配り　小林一茶

とばすべき鳩を両手でぬくめれば
　朝焼けてくる自伝の曠野　寺山修司

【雲雀】囀《さえず》りにものの交らぬひばりかな　加賀千代女

あはれにも空に囀る雲雀かな
　しばふの巣をばおもふものから　藤原俊成

【不如帰】谺して山ほととぎすほしいまゝ　杉田久女

またねどももの思ふ人はおのづから
　山ほととぎす先ぞききつる　和泉式部

日本の四季を彩る鳥たちの姿を多くの俳人、歌人が詠む。研ぎ澄まされた言葉で紡がれた鳥たちの姿がある。言葉から想像する鳥の姿も、また一興である。

（２０２０・４）

106 年号で覚える日本の歴史

日本の歴史は、まず年号の語呂合わせで覚えるといい、の意見で先人の残したものや勝手気ままな語呂合わせで覚えた記憶がある。が、なかなかだった。要するに、どれだけ確かに記憶するかだろう。記憶には、短時間で消える容量小の「短期記憶」と、長時間もつ容量大の「長期記憶」があり、如何に長時間記憶ができるかだ。この覚え方を調べると「見ると書く」だけではなく、それを「口に出して喋る」ことで長時間の記憶に繋がるという。考えてみれば、歴史には全てストーリーがあり、あらすじを覚える、所謂《いわゆる》ドラマを再現することで、点が線になり「歴史」が記憶にインプットされる。

語呂で「歴史」の年号を見る。

【古墳】卑弥呼にサンキュー（二三九）魏の皇帝／百済の仏にご参拝（五三八）。

【飛鳥】役人の村鎮める（六〇四）十七条憲法／朝廷の虫殺し（六四五）大化の改新。

【奈良】何と（七一〇）見事な平城京／何を（七二〇）書こうか日本書紀。

【平安】鳴くよ（七九四）鶯平安京／くみ殺せ（九三五）都の奴ら平将門。

【鎌倉】いい国（一一九二）つくろう鎌倉幕府／人さんざんさり（一三三三）鎌倉幕府。

【室町】瞳さわやか（一三三八）足利尊氏／以後よく（一五四九）知られるキリスト教。

【安土桃山】十五夜に（一五八二）本能寺で変／一国に（一五九二）留めず朝鮮出兵。

【江戸】一路おおしく（一六〇〇）関ケ原／人はいつ見た（一八五三）黒い船。

【明治】藩とはいわない（一八七一）県という／人は苦心（一八八九）の日清戦争。

【大正】行く意思（一九一四）あるか世界大戦／とくに災難（一九二三）関東大震災。

【昭和】行くよ一発（一九四一）太平洋戦争／解く信号は（一九四五）ポツダム宣言。

【平成】行く救護（一九九五）阪神淡路大震災／二度はいい（二〇一一）東日本大震災。

各国の年号も「キリスト教暦（西暦）」、「仏教暦」、「イスラーム暦」、「ユダヤ暦」などがある。ちなみに令和二年（和暦）を各「暦」で見ると、西暦は二〇二〇年、仏教暦は二五六三年、イスラーム暦は一四四二年、ユダヤ暦は五七八一年となる。年号も意外と奥深い。

（２０２０・４）

余寒

武骨なる裸木《らぼく》となりし大銀杏《いちょう》雪をまといて今朝は穏やか

吹き付くる雪を目に詰め視野を断つバックネットは氷壁となる

恐竜の角の如くに起き出づるじゃが芋の芽の春待つ構え

バレンタインのチョコ貰いしと翳《かざ》しゆく下校の男の子《おこ》声弾ませる

動くともなき緋の稚魚を浮かばしめ底《そこ》いに映る雪の逆さ木

針先を頭にこすり粗き目に老夫《ろうふ》の作業着ごわごわかがる

大根を漬け込む両手塩に濡れ余寒の風の沁みて赤らむ

スタート台

盆の客も去《い》にて静けさ戻る朝七九歳のスタートに立つ
新しき表紙真直ぐに折り目つけ家計簿日誌おもむろに記す
朝露が塩をとかして輝けり夜干しの梅の皺をゆるめて
四羽五羽連ねて高き白鷺の朝《あした》の虹の弧の中をゆく
距離置きて明星一つ従うる残月高し輝き持ちて
若くして逝きたる母を今も恋う老夫十二歳の春の残酷
紅《くれない》の彗星かとも落日を追いて飛行機は雲をひきゆく　［遺詠］

人の最期は地獄極楽どちらだろう。地獄は、仏教では六道（天・人間・阿修羅・畜生・餓鬼・地獄）の最下位。キリスト教は死者の国・シェオールあるいはハデスのゲヘナで刑罰を受ける。イスラム教は深い穴の中で永遠の責め苦があるようだ。地獄と極楽の詠みを見る。

世の中は地獄の上の花見哉　小林一茶
恋地獄草矢で胸を狙い打ち　寺山修司
秋の雲地獄の底へ吹き落す　正岡子規
地獄へは落ぬ木葉の夕哉　山崎宗鑑
地獄灼け面もふらず人うごく　横山白虹
南無釈迦じゃ娑婆じゃ地獄じゃ苦じゃ楽じゃ
　どうじゃこうじゃというが愚かじゃ　一休
夜は蚊ぜめの地獄昼は蝿ぜめの地獄
　地獄地獄地獄　野間　宏
からくりに見たる地獄の叫喚《きょうかん》が
　待ち居るものと思ふ可笑しさ　萩原朔太郎
地獄酒極楽酒のけじめなく
　二升たちまち火の粉となりぬ　菱川善夫
ひしがれてあいろもわかず堕地獄の
　やぶれかぶれに五体震はす　吉野秀雄
遅桜極楽水と申しけり　芥川龍之介

107　道は地獄極楽あるがまま

湯あがりの極楽浄土虫浄土　阿倍みどり女
極楽の近道こゝか曼殊沙華　大谷句佛《くぶつ》
極楽に行く人送る花野かな　永井荷風
極楽のちか道いくつ寒念仏　与謝蕪村
極楽も地獄も先は有明の
　月の心に懸かる雲なし　上杉謙信
極楽の道はひとすぢ君ともに
　阿弥陀をそへて四十八人　大石内蔵助
極楽へまだ我が心ゆきつかず
　羊の歩みしばしとゞまれ　慈円
極東を極楽とわが読み違へ
　黒霞零る日本かここは　寺尾登志子
極楽へつとめてはやくいてたゝは
　身のおはりにはまいりつきなん　法然上人

極楽は、浄土であり、天国であり、苦しみの無い「幸福のあるところ」とされる。

人の地獄極楽は想像の世界。ただ「あるがまま雑草として芽をふく　山頭火」の生き方が最善だろう。しかし「生き死にの境離れて住む身にもさらぬ別れのあるぞ悲しき　貞心尼」の道を辿るしかないようだ。

（2020・4）

108 作家・画家・音楽家三兄弟

作家の鶴田知也（一九〇二～八八）は、福岡県小倉市大阪町（北九州市）で高橋庸太郎の三男として生まれ、後、原籍の豊津村（みやこ町）に移り、母の兄・鶴田和彦の養子になった。豊津中（育徳館高）入学後、葉山嘉樹らと交流。東京神学社神学校に進み、北海道に渡った。酪農業に興味を抱き、ロシア文学に浸った。後、神学校を中退し帰郷、葉山らの誘いで労働運動に身を投じた。その頃、郷里の豊津で手書き回覧同人誌『村の我等』を弟二人や落合久生、大石千代子らと発刊。後『文芸戦線』などに作品の発表を始め、昭和十一年（一九三六）『コシャマイン記』で第三回芥川賞を受賞した。

鶴田の随想「等閑記」に好きだった川漁について「（略）私の故郷は、小高い山の上（略）修験道で名のある英彦山に源を発するのが西の今川で、英彦山の隣の求菩提山からのが東の祓川であった。末流を周防灘に注ぐ両川ともアユが豊富だった（略）白砂が多くそして流れのゆるやかな今川のアユは黄色味の勝った見た目に優しい体形だったのにたいし、玉石だらけのそしてより流れの早い祓川のアユは、黒ずんでたくましかった。（略）」と郷土への想いを懐かしむ。併せて弟二人について「（略）東京には、私も世話になった叔父が、千駄ヶ谷にいたし、そこに、絵の勉強をしていた私のすぐの弟〈福田新生〉が厄介になっていた（略）」と「（略）私の次の次の弟は、音楽家を志し、いくらか世に知られるようになった時亡くなった。時折亡弟の作曲したり編曲したりした小曲が演奏されている。名前は三つある。本名高橋信夫、変名北沢三郎と大井辰夫（略）」との憶いも記している。

福田新生（一九〇五～八八）は、豊津中卒業後、光風会に初出品、帝展初入選、一水会に出品、日展出品を始める、渡欧、後「土蔵の前で」が日展の内閣総理大臣賞を受賞する。日展参与になる。農漁村の労働者を好んで描き、生活の力強さを画面に表す画家だった。

高橋信夫（一九〇七～四五）は、小倉中に入学後、一家転住で豊津中に編入。東京音楽学校受験で上京、だが吐血して受験断念。後、東京音楽書院に入社。作詞、訳詞、作曲、編曲を一〇〇〇曲以上発表。ドイツ民謡の作詞「お祭り」は代表作。三十八歳の若さで逝った。

人の才能はどんな形で発揮されるかわからない。三兄弟がそれぞれ作家、画家、音楽家として花開いたのは珍しいだろう。

風土が生んだ芸術家の魂を受け継ぎたいものだ。

（２０２０・４）

おわりに

令和二年（二〇二〇）の夏、一冊の「画集」に出会った。
福岡県築上町本庄に生まれ育ち、暮らした嶋田隆さん（一九一六〜二〇一〇）の『嶋田隆作品集——樟を描いて八十余年』だ。刊行の辞を見る。

本庄の大樟。樹齢1900年といわれる国の天然記念物。これがわたしの対象です。「見たとおりに描いても絵にならない」「（大樟を見る角度が）1度違えば、絵も変わる」「色と形で勝負しなさい」。師と仰ぐ方々の教えを手がかりに、大樟と向き合っているうちに、80年余りの年月が流れていきました。母に抱かれ、大樟に住むふくろうの声に耳を澄ませた幼い日。初めてクレヨンで描いた大樟の絵。夏休みの宿題で大樟を描くと、必ず額に入れて飾ってもらえた小学校や中学校。師範学校で油彩に出会い、教師生活の中で日本画に挑戦。もっと描きたいと思いつつも、果たせなかった現職の日々。50歳をすぎ、ようやく落ち着いて絵筆をとりました。（略）

2004年　　　　嶋田　隆（楠水）

嶋田さんは、旧制豊津中学校から小倉師範学校へ入り、数学を専攻、美術の勉強も続けた。戦後、中学校の数学と美術の教師を務めた。絵は「本庄の大樟」を一途に描き続けた。『日本書紀』の景行記に「熊襲征伐の為九州御巡幸の砌《みぎり》、京都郡長《なが》峡《お》の宮にとどまれた時、あたりの土蜘蛛を征し給い誅状のしるしとして常磐木《ときわぎ》を植えさせられた」とあり、この常磐木が「大樟」と伝わる。悠久の時を超えて聳える「日本三大巨木」の一つといわれる巨樹だ。まさに長寿、延命の神木といっていい。

彼は、絵と歩き、「いつもそこには樟の木があった」といい、「生命力の強さに驚き、新しい発見と感動」を受け続け、数多くの「本庄の大樟」が生まれた。

作品は国内各地の展覧会はもちろん海を越え、アラブやバングラディシュ、サロン・ド・パリ・ニューヨーク展などに出品。さらに「本庄の大クス書き続け」て六十年、七十年と各メディアにも取り上げられ郷土の「大樟」紹介に大きく貢献した。

そして「樟を描いて八十余年」に画集を刊行した。

大樟のそばで暮らして絵一筋の道を歩み続けた人生だったようだ。

妻の洋子さん（一九二〇～二〇〇〇）は、佐賀県で生まれた。福岡女子師範学校卒業後、福岡県内各地の小学校を転任。隆さんと結ばれ、二人の娘を育てながら教員を続けた。築上町の小学校を最後に退職。そして娘さんには、いつも「短歌をもう一度勉強したい」が口癖で「師範時代に出会った短歌」と、四十年ぶりに再び巡り合うことになり、下の娘さんとともに短歌会の結社に所属した。何かをつくることが好きだった洋子さんは「六十歳からの人生は母らしいものだった」と娘さん。大正琴や七宝焼き、ピアノ、刺し子や編物など多彩な才能を発揮した。夫の創作を支え、健康のための家庭菜園の作業は「短歌」の素材に満ちていた。歌の師は「力強い生活の歌を得意としてきた」といい、歌友は「口数も少なく温厚そのもの」と振り返る。彼女は、多忙な日々の中、畑作りで素材を見付けては歌を詠んだ。

平成二十年（二〇〇八）に歌集『みぞそば』を上梓した。

野苺のつぶら実幾つ草刈りを終えたる夫の口に含ます
大楠を描きてテレビに映されし夫は画歴にこまごま記す
ひと日かけ夫と植えたる里芋の畑を白く月が照らせり

また、明治二十三年（一八九〇）生まれの父・徳三さん（一八九〇〜一九八一）が、かずら筆揮毫の書を遺していたことだ。剛毅・雄渾の筆致は、その筆によるものだ。

かずら筆は、小笠原藩主の手習い師範だった下枝董村《しもえだとうそん》（一八〇七〜八五）が、元治元年（一八六四）の豊長戦争で小倉城炎上後、藩士らとともに草深い山里に逃げ延び、ひっそりと暮らしていたが、書の研鑽のため、野山にある「蔓」を木槌で叩いて筆にし、川の水を墨、乾いた石を紙として書の道を究めたといわれる。

かずら筆は、董村の眠る福岡県みやこ町木井馬場で平成元年（一九八九）に百年を超えて復活し、特産品として広まった。ところが徳三さんは、昭和の時代、自ら山にある「蔓」を筆にして、すでに使っていたようだ。密かに伝承されていた。訊くと「嶋田家は、藩主とともに逃げ延びた一族」だといい、「お祖父さんは董村のかずら筆を知っていたようですね」という。

この度、郷土の文化遺産を伝え、育んだ先達夫妻と、その父の貴重な作品に添わせていただけたことに深甚なる敬意を表したい。

この『大樟の里／田舎日記』刊行にご配慮いただいた嶋田さんの娘・野元千寿子さんと藤原千佳子さんに心からお礼を申し上げます。

今回の『大樟の里／田舎日記』（一〇八篇）は、「田舎日記」シリーズ――『田舎日記・一文一筆』（一〇八篇）、『田舎日記／一写一心』（一〇八篇）、『平成田舎日記』（三六五篇）、『令和田舎日記』（三六五篇）に次ぐ五冊目になる。題字は、書家の棚田看山氏にかずら筆での揮毫を快諾いただき、校正などでは花乱社の別府大悟さん、宇野道子さんほか関係者にご迷惑をおかけしました。深く感謝申し上げます。

光畑浩治《こうはたこうじ》

【執筆者など紹介】

嶋田徳三（しまだ・とくぞう）
1890（明治23）～1982（昭和56）年。
福岡県築上郡築上町本庄にて，父嶋田虎鎚，母井口エイの長男として生まれる。母と共に呉服屋「井ノ口商店」を営む。1952（昭和27）年まで上城井村の村会議員を務める。39歳のとき妻（稲垣ハル）が病没。男手一つで6人の子を育てる。書道は生涯の趣味で，後年はかずら筆で揮毫。「徳水」と号す。

嶋田　隆（しまだ・たかし）
1916（大正5）～2010（平成22）年。
福岡県築上郡築上町本庄にて，父嶋田徳三，母ハルの長男として生まれる。小倉師範学校専攻科卒業。若松市修多羅小学校，椎田国民学校，城井中学校などで美術と数学を教える。国の天然記念物「本庄の大樟」に魅せられ，生涯を通して描き続ける。「楠水」と号し書道にも親しんだ。著書＝『嶋田隆作品集』（野元千寿子・藤原千佳子編，2004年）

嶋田洋子（しまだ・ようこ）
1920（大正9）年～2000（平成12）年。
佐賀県東松浦郡にて，父江崎又吉（三菱炭鉱勤務），母スエノの二女として生まれる。福岡女子師範学校卒業。父の転勤に伴い，下山田小学校，朳《えぶり》小学校，香春小学校などで教鞭をとる。隆と結婚後は寒田小学校，上城井小学校勤務。結婚前の呼び名「比呂」として歌を詠んだ。著書＝『みぞそば　嶋田洋子歌集』（早蕨文庫，2008年）

野元　桂（のもと・けい）　　＊表紙カバー及び口絵写真撮影
1954（昭和29）年3月4日，東京都目黒区に生まれる。慶應義塾大学卒業。KDD（現KDDI）入社。リスボン大学留学（1978～80），在アラブ首長国連邦日本国大使館勤務（1984～86），ブラジル連邦共和国KDDサンパウロ事務所長（1992～95），一貫して国際協力業務に従事し定年を迎える。目黒ウォーキングクラブ及び東山フォトクラブ在籍。

光畑浩治（こうはた・こうじ）
1946（昭和21）年12月5日，福岡県行橋市に生まれる。1965年，福岡県立豊津高等学校卒業。1968年，行橋市役所に入所。総務課長，教育部長などを経て，2007（平成19）年に退職。著書＝『ふるさと私記』（海鳥社，2006年），『平成田舎日記』（花乱社，2019年），『令和田舎日記』（同，2020年），編著＝『句碑建立記念 竹下しづの女』（私家版，1980年），共著＝『ものがたり京築』（葦書房，1984年），『京築文化考1～3』（海鳥社，1987～93年），『京築を歩く』（同，2005年），『田舎日記・一文一筆』（花乱社，2014年），『田舎日記／一写一心』（同，2016年）

棚田看山（たなだ・かんざん）　＊題字，書の監修
本名・棚田規生《のりお》。1947（昭和22）年，福岡県みやこ町に生まれる。1971年，福岡県立大里高等学校教諭（書道）を振り出しに，八幡中央，京都，豊津を経て北九州高等学校で定年退職。2008年，行橋市歴史資料館に勤務。2014年に退職。共著＝『三輪田米山游遊』（木耳社，1994年／同改訂版，2009年），『田舎日記・一文一筆』（花乱社，2014年）

JASRAC 出 2105327-101

大樟《おおくす》の里《さと》／田舎日記《いなかにっき》

❖

2021（令和3）年9月9日　第1刷発行

❖

著　者　嶋田徳三・嶋田　隆・嶋田洋子／光畑浩治

発行者　別府大悟

発行所　合同会社花乱社
〒810-0001　福岡市中央区天神 5-5-8-5D
電話 092(781)7550　FAX 092(781)7555

印　刷　株式会社西日本新聞印刷

製　本　篠原製本株式会社

［定価はカバーに表示］

ISBN978-4-910038-35-3

田舎日記❖シリーズ

田舎日記・一文一筆《いちぶんいっぴつ》

文：光畑浩治　書：棚田看山

かつて京都《みやこ》とされた地の片隅に閑居。人と歴史と世相をめぐってゆるりと綴られたエッセイ108話 vs. 一文字墨書108字――遊び心に満ちた，前代未聞のコラボレーション。

▷Ａ５判変型／240ページ／並製／本体1800円

＊日本図書館協会選定図書

田舎日記／一写一心《いっしゃいっしん》

文：光畑浩治　写真：木村尚典

福岡県・京築《みやこ》地域の歴史に材を取ったエッセイと自然風景・祭り・花を尋ねた写真との異色のコラボレーション。エッセイと写真それぞれ108点を見開き交替で併録した。

▷Ａ５判変型／240ページ／並製／本体1800円

平成田舎日記

光畑浩治著

時代がめぐっても語り継ぎたいことがある。ふるさと京築のこと，埋もれた歴史，忘れられた人々，世相……。隠れたもの・忘れたもの・大事なものに光をあてるエッセイ。

▷Ａ５判変型／392ページ／並製／本体2000円

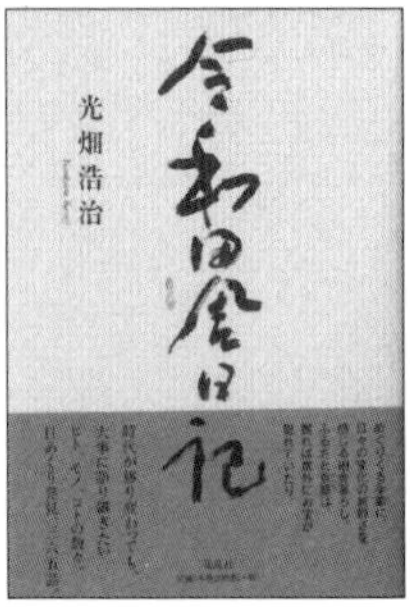

令和田舎日記

光畑浩治著

ふるさと京築《けいちく》は，掘れば意外にお宝が隠れている。時代が移り変わっても，大事に語り継ぎたいヒト，モノ，コトの数々。日めくり発見365話。田舎日記シリーズ４作目！

▷Ａ５判変型／392ページ／並製／本体2000円